Norbert Robers
Annas Trauerspiel

Annas Trauerspiel

von Norbert Robers

Bibliografische Information der Deutschen Bibliothek
Die Deutsche Bibliothek verzeichnet diese Publikation in der
Deutschen Nationalbibliografie; detaillierte bibliografische Daten
sind im Internet über <http://dnb.ddb.de> abrufbar.

© 2023 Aschendorff Verlag GmbH & Co. KG, Münster

www.aschendorff-buchverlag.de

Das Werk ist urheberrechtlich geschützt. Die dadurch begründeten Rechte, insbesondere die der Übersetzung, des Nachdrucks, der Entnahme von Abbildungen, der Funksendung, der Wiedergabe auf fotomechanischem oder ähnlichem Wege und der Speicherung in Datenverarbeitungsanlagen bleiben, auch bei nur auszugsweiser Verwertung, vorbehalten. Die Vergütungsansprüche des § 54 UrhG werden durch die Verwertungsgesellschaft Wort wahrgenommen.

Printed in Germany

ISBN 978-3-402-24983-3

Für

Anne und Vera

I.

Ihr erster Gedanke war: zehn Minuten für 90 Jahre.

»Mehr kann ich Ihnen nicht über meine Mutter sagen«, betonte der Sohn der Verstorbenen mit ruhiger Stimme und schaute dabei mit weit geöffneten Augen aus dem Fenster. Anna Verhaak ließ die Stille wirken. Sie saß Peter Kintrup in dessen Wohnzimmer an einem oval-braunen Tisch direkt gegenüber, er hatte ihr eine Tasse Kaffee und ein Glas Mineralwasser bereitgestellt. Die Stille machte ihr nichts aus, sie wusste selbst mit langem Schweigen umzugehen. Pünktlich um 15 Uhr hatte sie bei »Malermeister Kintrup« in der Sprengelstraße geklingelt, der sie nach einem kurzen Willkommensgruß direkt ins Wohnzimmer gebeten hatte. Von Vorgeplänkel schien er nicht viel zu halten, mit seinem beharrlichen Schweigen signalisierte er ihr seine Bereitschaft, die Gesprächsführung an sie zu übergeben.

»Zunächst möchte ich Ihnen erneut meine aufrichtige Anteilnahme am Tod Ihrer Mutter aussprechen«, nahm Anna diese unausgesprochene Aufforderung sofort an. »Wir haben ja bislang nur kurz am Telefon miteinander gesprochen. Schön, dass Sie sich heute Zeit nehmen, um mir von Ihrer Mutter zu berichten.« Peter Kintrup, der sich für den Besuch der Trauerrednerin einen grauen Anzug mit einer anthrazitfarbenen Krawatte ausgesucht hatte, nickte kurz und nippte an seinem Wasserglas. Anna legte sich ihr Notizheft und einen schwarzen Füllfederhalter in ihren Schoß. Sie trank einen Schluck Kaffee und hielt die Tasse bewusst einige Sekunden länger als nötig in der Hand, um abzuwarten, ob Peter Kintrup etwas erwidern wollte. Nein, danach sah er nicht aus.

Die Kintrups, das hatte sie am Vormittag bei ihrer Vorbereitung auf das nachmittägliche Gespräch dem Internetauftritt des Familienbetriebs entnommen, lebten schon seit Ewigkeiten im Klosterflecken Ebstorf. Als sie 2018 das Angebot bekam, die Leitung der Lüneburger Ratsbücherei zu übernehmen, studierte sie eines Abends auf »Google maps« die Umgebung der Hansestadt, in der rund 80.000 Menschen lebten. Sie wusste zwar um die Vorzüge und Attraktivität Lüneburgs, nachdem sie bereits zwei Wochenenden hier verbracht hatte. Aber Anna wollte bewusst aufs Land. Sie wollte keine Einsamkeit, aber ihre Ruhe. Es musste also nicht unbedingt ein Dorf sein, in dem sie außer dem obligatorischen Bäcker und einer Tankstelle nichts geboten bekam. Mit dem Finger hatte sie die Orte rund um Lüneburg am Bildschirm verfolgt, bis sie auf Ebstorf, rund 25 Kilometer schnurgerade südlich von Lüneburg gelegen, stieß. Keine Stadt, kein Ort, keine Gemeinde, ein »Klosterflecken«. Diese ihr unbekannte Bezeichnung weckte ihr Interesse. Eine Recherche im Netz ergab, dass es seit dem 12. Jahrhundert ein Kloster in Ebstorf gibt und dass sich der Ort seit dem 24. Juni 2010 offiziell mit dieser deutschlandweit einzigartigen Bezeichnung schmücken darf, mit der im Mittelalter die Gewährung von Marktrechten einherging. 5500 Einwohner, reichlich Vereine, mehrere Restaurants, die um 1300 entstandene Ebstorfer Weltkarte als Hauptattraktion, ein Schwimmbad, Kulturveranstaltungen in greifbarer Nähe, viel Wald, Rad- und Wanderwege, dazu eine ideale Anbindung nach Lüneburg – an einem Samstagmorgen machte sich Anna gegen neun Uhr morgens von ihrer Wohnung in Hamburg-Ottensen auf, um Ebstorf genauer kennenzulernen.

Dem rund 27 Kilometer langen Teilstück von Lüneburg bis Ebstorf widmete sie besondere Aufmerksamkeit. Möglicherweise wird das meine tägliche Strecke, dachte sie, als sie das futuristische, von Daniel Libeskind entworfene Gebäude der Leuphana-Universität rechts liegen ließ und kurz danach das Ortsausgangsschild sah. Sie fuhr absichtlich langsamer als erlaubt, um die Landschaft zu erkunden und zu genießen. Um diese Uhrzeit waren nur wenige Autos unterwegs, sie würde also niemanden behindern. In Melbeck, wo sich die zweispurige Bundesstraße 4 auf eine Spur verjüngte – bislang hatte sie es immer wieder vergessen, nachzuschauen, warum man in diesem Zusammenhang diesen kurios anmutenden Begriff »verjüngen« verwendete – und sie rechts abbiegen musste, schaltete sie das Radio aus. Nach einer Stunde *Deutschlandfunk* fühlte sie sich ohnehin ausreichend informiert und wollte sich fortan von nichts ablenken lassen.

Welch eine wunderbare Fahrt, dachte sie. Die Strecke führte sie durch kleine Wälder und entlang langgezogener Rapsfelder; reichlich Kurven und ein ständiges Auf und Ab sorgten für angenehme Abwechslung und so manche landschaftliche Überraschung hinter der nächsten Abbiegung. Mal bot sich ihr ein weitreichender Blick über den nächsten vor ihr liegenden hügeligen Kilometer, kurz darauf fühlte sie sich an die schönsten Alleen Brandenburgs, die sogenannten »grünen Tunnel«, erinnert.

Nach gut einer Stunde Fahrzeit stellte sie ihren Opel Corsa am Ebstorfer Rathaus, einem wenig ansehnlichen Betonbau an der Hauptstraße, ab. Einfach kreuz und quer durch den Ort gehen, hatte sie sich vorgenommen, vielleicht ein Eis essen und einen Kaffee trinken – das würde ihr den gewünschten ersten Eindruck verschaffen. Nach einem langen Spaziergang über die Besinnungswege, an der Georgsanstalt und der größten Vierständescheune Norddeutschlands vorbei, entlang eindrucksvoll restaurierter Bürger- und Herrenhäuser am Domänenplatz hatte für sie bereits auf der Heimfahrt nach Hamburg mehr oder weniger festgestanden: Ebstorf passt.

Unter den Ebstorfern hatte sie bislang eher selten Menschen kennengelernt, die mehr als unbedingt nötig redeten. Nicht, dass sie unhöflich waren. Im Gegenteil. Die große Mehrheit war freundlich, aber vorzugsweise wortkarg. Auch die Kinder grüßten stets mit einem »Hallo«, wenn sie nach der Schule mit ihren Fahrrädern auf den Gehwegen nach Hause fuhren. Und fast immer lächelten sie dabei. Aus Bremen und Hamburg kannte Anna so etwas nicht. Es hatte sie auch noch nie gestört, dass das Gespräch, wenn sie beim Metzger oder Bäcker die einzige Kundin war, kaum mehr als die übliche Wetterbilanz und den freitäglichen Wunsch für ein schönes Wochenende boten. Nach drei Jahren am östlichen Rand der Lüneburger Heide wusste sie vielmehr die Verlässlichkeit und die Reserviertheit, die sich eben nicht in der allseits verpönten »Vielschnackerei« äußerte, sogar zu schätzen.

Peter Kintrup schien ihr in dieser Hinsicht ein typischer Ebstorfer zu sein. Höflich und aufmerksam, ruhig und zurückhaltend, korrekt und einsilbig. Aber seine Gesichtszüge und seine Augen verrieten ihr, dass er in diesem Moment mehr als nur mundfaul war. Peter Kintrup strahlte tief empfundene Trauer aus. Immer wieder drehte er seinen Kopf nach rechts, um aus dem Fenster zu schauen, vor dem eine prächtige Kastanie stand. Seine Augen waren weit geöffnet, er blinzelte nur selten, sein Mund war leicht geöffnet. Er wirkte gedankenvoll und zeitweise abwesend. Anna kannte diese Blicke, diese Art von Entrücktheit. Es bedurfte keiner Tränen, um die Traurigkeit ihres Gegenübers zu spüren – ihr reichte der Blick in Peter Kintrups stahlblaue Augen, die feucht schimmerten. Aber er hielt seine Tränen zurück.

»Woran erinnern Sie sich denn am liebsten, wenn Sie jetzt an Ihre Mutter denken?« Anna hatte die Erfahrung gemacht, dass diese Frage wahre Wunder bewirken, zumindest aber die Zunge selbst in besonders schwierigen Fällen etwas lösen konnte. Eine bewusst offene Frage, eine Einladung zum Drauflosreden. Fangen Sie einfach an, womit auch immer sie wollen, lautete der unausgesprochene Subtext, der bislang noch immer die gewünschte Wirkung entfaltet hatte. Plötzlich schaute Peter Kintrup sie direkt an, und nach einem weiteren Schluck Wasser legte er los. Anna öffnete ihr Notizbuch und ihren Füllfederhalter, den ihre Eltern ihr vor drei Jahren zu Weihnachten geschenkt hatten, und schrieb auf das nächstleere Blatt oben rechts: »Peter Kintrup, 18. Mai 2020, 15 Uhr«.

»Meine Mutter wurde am 14. Februar 1930, also vor genau vor 90 Jahren in Dahme geboren. Wissen Sie, wo das ist?«

»Sie meinen den Ort Dahme an der Ostsee?«

»Genau.«

Anna dachte kurz nach, wie viele Jahre vergangen sein mussten, als sie mit ihrer besten Freundin Andrea Steinbach ein langes Wochenende in Dahme verbracht hatte. Zehn oder elf? Woran sie sich in diesem Moment allerdings genau erinnerte, war, dass ihr der Ort seinerzeit nicht wirklich gefallen hatte. Kein echter Charme, wenig Atmosphäre, reichlich Beton. Sie war ohnehin eher der Nordsee-Typ, sie mochte das raue Klima und die ruppige See, vor allem aber die Reet-Häuser und die langen Strandspaziergänge auf Amrum. Oder Norderney. Mein Gott, dachte sie und starrte dabei auf ihre Kaffeetasse, bis ans Wrack an die äußerste Ostseite habe ich es sogar mal zu Fuß geschafft. Ganz allein, nur mit dem Stolz auf ihre Energieleistung und der Freude darüber, dass die Nachbarinsel Baltrum zum Greifen nah schien.

»Sie war erst 19 Jahre alt, als sie meinen Vater geheiratet hat«, hörte sie plötzlich Peter Kintrup sagen und bemerkte daran, dass sie für kurze Zeit in Gedanken woanders gewesen war.

»Früher machte man das wohl so«, fügte er hinzu.

»Ja, das waren andere Zeiten«, erwiderte sie, um Peter Kintrup zu signalisieren, dass sie sehr wohl aufmerksam zuhörte. Dass ihr in diesem Moment nur diese Floskel einfiel, war ihr unangenehm. Wenn Anna etwas seit jeher zu vermeiden versuchte, dann waren es Plattheiten, Phrasen und Gemeinplätze. Natürlich waren es vor 90 Jahren andere Zeiten, dachte sie. So wie es auch vor 50 Jahren andere Zeiten waren. Welch ein Geschwätz.

Ihr Gegenüber störte sich nicht an diesen abgegriffenen Redensarten. Nein, es war ihr eigener Anspruch, eine Forderung an sich selbst, auf Binsenweisheiten zu verzichten. Die 28. Auflage des Rechtschreib-Dudens, das hatte sie erst vor wenigen Wochen mit großem Interesse gelesen, enthält 148.000 Stichwörter. Und dabei handelt es sich nur um die Wörter, die häufig und über einen längeren Zeitraum verwendet werden. Der sogenannte Dudenkorpus listet demnach auch seltene Wörter, Namen und Zusammensetzungen auf – summa summarum über 18 Millionen

Wörter. Welch ein Arsenal an verbalen Möglichkeiten und Varianten, schoss es ihr damals wie heute durch den Kopf. Wenn es noch eines Arguments bedurft hätte, um sie von der Überflüssigkeit abgedroschener Sprechblasen zu überzeugen – die Zahl 18 Millionen würde sie jedenfalls nie vergessen.

»Meine Mutter ist als Kind viel in der Ostsee geschwommen«, fuhr Peter Kintrup fort. »Und sie hat gerne gestrickt, überhaupt hat sie mit ihrer besten Freundin gerne zusammen gehandarbeitet. Sagt man das eigentlich so?«

»Ich verstehe«, antwortet Anna, die mit dieser ausweichenden Antwort überspielen wollte, dass sie selber nicht wusste, ob »gehandarbeitet« der korrekte Ausdruck war. »Gehandarbeitet«, schrieb sie in ihr Notizbuch und setzte ein Fragezeichen dahinter. Zusätzlich unterstrich sie das Wort, um es später daheim nachzuschlagen. Sprachliche Ordnung musste sein.

»Sie ist in Glücksburg in der Nähe von Flensburg aufgewachsen, mein Vater war bei der Marine und wurde dorthin versetzt. Aber nachdem sie meinen Bruder und mich zur Welt gebracht hatte, war sie oft krank. Irgendwie ließ alles nach, selbst der Kontakt zu den Nachbarn brach ab.«

Anna war froh, dass Peter Kintrup kurz Luft holte und wieder zum Fenster rausschaute; sie notierte alles genau so, wie er es formuliert hatte.

»Aber immerhin konnte sie viel mit dem Rad fahren, das hat sie wirklich gerne gemacht, sie hat sich sogar ein Trimmrad gekauft. Und meine Eltern sind viel gereist, durch ganz Europa, mit dem Flugzeug sogar nach Mallorca, mein Gott, war das eine Sensation, mit dem Flugzeug, zu der Zeit!«

Für seine Verhältnisse, vermutete Anna, redete Peter Kintrup mittlerweile wie ein Wasserfall. »Und sie liebte Blumen.« Stille. Anna schaute von ihrem Notizheft auf und sah, dass Peter Kintrup wieder zur Kastanie hinüberschaute. Sie hatte das beruhigende Gefühl, dass ihre »Sich-Öffnen-Frage« auch bei Peter Kintrup verfangen hatte und er wahrscheinlich nur eine kurze Pause einlegte, um seine Gedanken zu sammeln und fortzufahren. Er trank einen Schluck Wasser und schaute sie an. Der Blick sagte ihr alles: Ich bin fertig, mehr habe ich nicht zu sagen. Anna tat so, also ob sie ihren Notizen etwas hinzufügen würde, schaute aber verstohlen auf ihre Armbanduhr. Zehn Minuten waren vergangen, seit Peter Kintrup angefangen hatte, das Leben seiner vor zwei Tagen verstorbenen Mutter zusammenzufassen. Zehn Minuten für 90 Jahre.

Der Rest waren Formalien. Routine. Die Trauerfeier würde in drei Tagen um 11 Uhr beginnen, berichtete Anna.

»Ich weiß.«

»Üblicherweise trifft man sich in der kleinen Trauerhalle auf dem Friedhof.«

»In Ordnung.«

Ob sie auch am Grab noch einige Worte sagen solle. »Nein danke.« Mit wie vielen Gästen er rechne. »Höchstens 20.«

»Möchten Sie mir noch etwas über Ihren Vater und Bruder sagen?«, fragte Anna, die bislang aus dem Telefonat mit Peter Kintrup nur wusste, dass der Vater noch lebte und der Bruder nicht beim Gespräch dabei sein wollte.

»Mein Vater ist schwer demenzkrank, aber ich werde ihn aus dem Heim abholen und mitbringen. Mein Bruder Franz-Josef lebt in einem kleinen Ort im Ammerland, viel mehr weiß ich gar nicht von ihm, er wird mit seiner Familie ebenfalls dabei sein.«

»Ich danke Ihnen sehr für Ihre Zeit und Offenheit, Herr Kintrup.«

»Gern geschehen. Wir sehen uns am Donnerstag um 11 Uhr.«

Peter Kintrup stand auf, knüpfte sein Sakko zu und ging langsam zur Tür. Anna klappte ihr Notizbuch zu und legte es mitsamt Füller in ihre Handtasche. Gleichzeitig schaute sie sich ein letztes Mal kurz um im Wohnzimmer. Auch Möbel, das wusste sie mittlerweile, sagen etwas über ihre Nutzer aus. Eine massive dunkelbraune Schrankwand, eine hellgraue Polstergarnitur mit einem Zwei- und zwei Einsitzern, ein Esstisch mit vier Holzstühlen, zwei Bilder mit Naturmotiven – Peter Kintrup mochte es offenbar solide und klassisch. Wie üblich versuchte Anna auch diese Eindrücke gedanklich in ihre Trauerrede einzuplanen, die, das war ihr sofort klar, ebenso schlicht und unprätentiös wie das Mobiliar ausfallen sollte.

Zehn Minuten, dachte sie beim Hinausgehen, es waren tatsächlich nur zehn Minuten gewesen – es müsste das bislang kürzeste Gespräch in ihrer dreijährigen Zeit als Trauerrednerin gewesen sein. Ohne ein weiteres Wort drückte Peter Kintrup hinter ihr die Tür zu. Sie hörte, wie er abschloss.

Sie hatte nicht bemerkt, dass die Nachbarin von Peter Kintrup nahezu zeitgleich ihr Haus zur Linken verlassen hatte. »Die eigene Mutter zu Grabe tragen zu müssen, das tut schon weh«, wandte sie sich sofort an Anna, die überrascht stehenblieb. »Sind Sie eine Verwandte?«

»Nein«, antwortete Anna, die nicht gewillt war, einer fremden Person in dieser Privatangelegenheit ausführlich Rede und Antwort zu stehen. »Ich werde bei der Beerdigung die Trauerrede halten.«

»Ach so. Man soll über Tote ja nichts Schlechtes sagen«, meinte die Nachbarin, »aber glauben Sie mir: Peter und sein Bruder Franz-Josef haben schwere Zeiten hinter sich. Für mich sind die Vorgänge in dieser Familie nach wie vor unglaublich. Unvorstellbar sogar. Wie konnten die Eltern nur? Hat Peter Ihnen davon berichtet?«
»Davon« – Anna wusste nichts mit dieser Andeutung anzufangen. »Es tut mir leid, Frau…«,
»…Brauer ist mein Name.«
»Frau Brauer, aber ich möchte Ihnen nicht davon berichten, was Herr Kintrup mir erzählt hat. Dafür haben Sie sicher Verständnis.«
»Natürlich, Frau…«.
»…Verhaak ist mein Name.«
»Frau Verhaak, natürlich habe ich dafür Verständnis. Ich will mich auch gar nicht einmischen. Aber ich lebe mit dieser Familie nun mal seit vielen Jahren schon Tür an Tür. Da kann man so etwas nicht einfach ignorieren. In dieser Familie haben sich erschütternde Dinge abgespielt. Peter und Franz-Josef tun mir unendlich leid. Und jetzt werden sie bei der Beerdigung wahrscheinlich auch noch so tun, als wäre nichts geschehen.«

Anna wusste immer noch nicht so recht mit der für eine Ebstorferin eher ungewöhnlichen Gesprächigkeit umzugehen. Sie empfand das Verhalten wenige Tage vor der Beerdigung und nur wenige Meter von Peter Kintrups Haus entfernt ohnehin deplatziert. Vor allem aber wusste sie mit den nebulösen Andeutungen nichts anzufangen.

»Unvorstellbar«, »erschütternd«, »als wäre nichts geschehen«: Wollte sich die Nachbarin mit ihrem deftigen Vokabular nur aufplustern und irgendwelche Gerüchte in die Welt setzen – oder sollte sie die Hinweise aufgreifen und Peter Kintrup nochmal ansprechen? Aber worauf konkret? Demonstrativ zog sie ihren dunkelblauen Blazer mit beiden Händen etwas weiter zu, um ihrer Gesprächspartnerin zu signalisieren, dass ihr kühl wurde.

»Ich muss jetzt wirklich weitergehen«, versuchte sie sich an einem Schlusswort. »Natürlich. Viel Erfolg. Oh Entschuldigung, Frau Verhaak, in diesem Zusammenhang sollte man wohl weniger von Erfolg sprechen. Ich wünsche Ihnen ein glückliches Händchen bei Ihrer Trauerrede. Gerade in diesem Fall.«

Anna wollte es nicht auf eine langwierige Verlängerung des Gesprächs ankommen lassen und ging schnellen Schrittes los. Der direkte Weg zu ihrem Haus im Mittelweg hätte sie über die Bahnhofstraße geführt. Aber sie mochte die Bahnhofstraße nicht. Dann und wann tauchten zwar rechts und links schöne Fachwerkhäuser auf. Aber sie hatte sich längst an ein Ausmaß an Ruhe gewöhnt, dass ihr sogar der Verkehr in Ebstorf manchmal auf die Nerven ging. Zumal die Bahnhofstraße gen Norden nach Lüneburg und gen Süden nach Uelzen führte, was vor allem früh morgens und am Nachmittag ein Dauerrauschen bedeutete.

Anna ging deswegen in die andere Richtung, bog gleich rechts in die Straße »Am Fünftdiemenland« ein und kam nach 200 Metern am Seiteneingang des Friedhofs an. Auf dem Parkplatz stand kein einziges Auto. Sie liebte es, in Ruhe über den Ebstorfer Friedhof zu gehen. Überhaupt hatte sie auf vielen ihrer Reisen Friedhöfe besichtigt. Zuletzt war sie vor gut anderthalb Jahren mit einem Leihrad von ihrem Hotel im Wiener Stuwerviertel gestartet und rund zwei Stunden lang über den hauptstädtischen Zentralfriedhof gefahren. Welch ein Erlebnis! Auch wenn sie bei diesem Begriff, der nicht wirklich zu einer Ruhestätte passte, selber innerlich zusammenzuckte. Weit mehr als 300.000 Grabstellen auf zwei Quadratkilometern – sie wäre an diesem herrlichen Sonnentag am liebsten noch weit länger über den jüdischen Teil, den buddhistischen Friedhof, die orthodoxe und islamische Abteilung und entlang der Ehrengräber von Helmut Zilk, Curd und Udo Jürgens, Paul Hörbiger, Ludwig van Beethoven, Theo Lingen, Falco oder der Pianistin Elfi von Dassanowsky geradelt.

Immer wieder hatte sie auf einer Bank Platz genommen und die Alleen, die vielen Bäume und die verwilderten Areale bewundert. Unzählige Eichhörnchen, von den Wienern »Hansi« genannt, rannten die Eichen, Kastanien und Nussbäume rauf und runter. Der Begriff »beseelt«, dachte sie, muss entstanden sein, als jemand über diesen Friedhof lief. Genauso fühlte sie sich – beseelt. Eigentlich wollte sie sich zum Abschied einen Verlängerten im Café Oberlaa gleich neben dem Haupttor gönnen. Aber Kaffee, entschied sie spontan, könnte sie überall bekommen. Stattdessen setzte sie sich 20 Minuten lang in die Friedhofskirche zum Heiligen Karl Borromäus und schaute immer wieder nach oben, um die charakteristische Kuppel mit dem markant blauen Innenring zu genießen. Wie in jeder Kirche, die sie besuchte, zündete sie vor dem Hinausgehen eine Kerze an. Einfach so.

Anfangs, nachdem sie die Friedhöfe Evere und Père Lachaise in Brüssel und Paris besichtigt hatte, dachte sie manchmal darüber nach, ob sie ihren Freunden und Arbeitskollegen gegenüber verschweigen sollte, dass sie eine passionierte Friedhofsgängerin war. Nicht dass sie auf die Idee kämen, dass irgendetwas nicht mit ihr stimmte oder sie gar für eine

Nekrophile hielten. Aber je länger sie darüber nachdachte, desto überzeugter war sie von ihrem Interesse. Friedhöfe sagen viel über die Kultur eines Volkes aus, war Anna überzeugt, vor allem in hektischen und lärmenden Großstädten sind sie zudem oft unschätzbare Ruhepunkte. Für sie waren Friedhöfe Orte der Geschichte und der Geschichten.

Unvergesslich auch der Vormittag auf der »Insel der Toten« im Norden Venedigs, die sie seinerzeit mit dem Vaporetto von der Haltestelle Fondamenta Nuove in sieben Minuten erreicht hatte. Sie hatte schon viel gelesen über San Michele, über diese nahezu quadratische Insel, die im Mittelalter ein Kloster beherbergte und die im Jahr 1804 auf Initiative von Napoleon zum Friedhof umfunktioniert worden war. Anna lief seinerzeit von der Wasser-Haltestelle »Cimitero« aus zunächst immer entlang der wuchtigen Mauer, um einen ersten Eindruck von der Größe der Insel zu bekommen. Immer wieder war sie stehengeblieben und hatte sich die Fotos der Toten angeschaut, mit denen fast alle Italiener die Gräber ihrer Verstorbenen schmücken. Zwischendurch hatte es angefangen zu regnen, aber das machte ihr nichts aus. Fast eine Stunde lang ging sie danach kreuz und quer über die Anlage, verharrte etwas länger an den Gräbern des amerikanischen Dichters Ezra Pound, dessen Hauptwerk »Cantos« sie mindestens zwei Mal gelesen hatte, des russischen Lyrikers und Nobelpreisträgers Joseph Brodsky sowie des russischen Komponisten Igor Strawinsky, um sich schließlich auf eine Bank gegenüber der Kirche San Cristoforo zu setzen. Der Verehrer des faschistischen Diktators Ezra Pound hatte sich für seine letzten Jahre für ein Leben der Einsamkeit in Venedig entschieden. Für Joseph Brodsky war Venedig nach seiner Verurteilung zu Zwangsarbeit ab 1972 die erste wichtige Station seines Exils; in seinem 1991 veröffentlichten Werk »Ufer der Verlorenen« machte er der »Stadt des Auges« eine literarische Liebeserklärung. Igor Strawinsky hatte zwar den Großteil seines Lebens in den USA verbracht, bestand jedoch darauf, dass die Totenmesse und die Beisetzung auf San Michele stattfanden. Anna hörte fast eine Stunde den Wellen zu, die gegen die Insel klatschten. Dann und wann drängte sich das Motorengeräusch eines Vaporettos dazwischen. Alle, die hier beigesetzt wurden, kam ihr in den Sinn, hatten eine Schiffsreise als letzte Reise hinter sich – welch ein schöner Abschied.

Aber auch der Ebstorfer Friedhof hatte ihr von Anfang an gefallen. Der beschauliche Klosterflecken hatte natürlich nicht den gleichen Klang wie Paris, Brüssel oder Venedig. Aber wen interessierte das schon auf einem Friedhof? Sie mochte vor allem die für sie nahezu unglaubliche Stille. An manchen Tagen schienen auch alle Vögel in die umliegenden Wälder entflogen zu sein. Kein Zwitschern, kein Gurren – einfach nichts. Für eine Kleinstadt war der Friedhof vergleichsweise groß. Sie schätzte die Zahl der Gräber auf mindestens 1000, bei jedem Besuch entdeckte sie neue Wege. Vor allem aber genoss sie die vielen unterschiedlichen und ihrem Eindruck nach gesunden Bäume – Birken, Zypressen, Eichen, Thujen, Platanen –, die den Friedhof wie einen Park wirken ließen. Wenn sie mal rechts, mal links und dann wieder rechts abbog, also ziellos über den Friedhof spazierte, hielt sie immer wieder an einzelnen Gräbern und versuchte sich das Leben der verstorbenen Person vorzustellen.

Mehr als den Vor- und Nachnamen, das Geburts- und das Todesjahr gaben die Grabsteine auch auf dem Ebstorfer Friedhof nicht preis. Aber das reichte ihr, um ihre Fantasie anzuregen. »Hildegard Schilden, geb. 1. April 1891 in Berlin, gest. 14. Mai 1978 in Ebstorf«, stand auf einem schwarzen Marmorstein in Nachbarschaft zu den Kriegsgräbern. Sie hat also noch den letzten deutschen Kaiser erlebt, den zweiten Wilhelm, dachte Anna. Ob sie wohl die beiden Weltkriege in der Reichshauptstadt Berlin überstanden hat? Was hat sie bloß nach Ebstorf verschlagen, etwa die Liebe? Warum sollte man sonst die Weltstadt Berlin verlassen? Obwohl… Dafür gab es damals wie heute sicher viele gute Gründe.

Auch Anna hatte während ihres Studiums des Bibliothekswesens in der Weltstadt Hamburg gelebt und war im Anschluss an ihre erste Anstellung in der Bücherhalle Barmbek im Jahr 2018 bewusst in den Klosterflecken Ebstorf gezogen, von wo aus sie in durchschnittlich 25 Autominuten ihren Arbeitsort in der Ratsbücherei Lüneburg gleich hinter dem Rathaus erreichen konnte.

Vielleicht hatte auch Hildegard Schilden einfach nur Ruhe gesucht. Oder sie war aus Verzweiflung über die katastrophalen Lebensverhältnisse im zerstörten Berlin in die Lüneburger Heide gezogen, die vom Krieg weitgehend unberührt blieb. Anna würde es nie erfahren. Aber das störte sie nicht. Im Gegenteil. Sie liebte es, sich ihre eigenen Geschichten zusammenzureimen, in Gedanken mit den Verstorbenen in alte Zeiten und Geschehnisse einzutauchen, die sie nie erlebt hatte, auf diese Weise aber irgendwie doch miterleben durfte. Sie sah in diesem Moment preußische Soldaten in ihren eindrucksvollen Uniformen vor sich, wie sie beispielsweise im Jahr 1907 die Straße »Unter den Linden« aufs Brandenburger Tor zuritten, rechts und links eine jubelnde Menge, die ihnen bei strahlendem »Kaiserwetter« mit ihren Hüten zuwinkten. Genau 110 Jahre später – Anna hatte ihrer spontanen Erinnerung nach zuletzt 2017 ihre ehemalige Klassenkameradin in Berlin besucht – war auch sie diese Straße Richtung Brandenburger Tor gelaufen. Von einer jubelnden Menge habe ich damals allerdings nichts bemerkt, schmunzelte sie. Friede sei auch mit Dir, unbekannte Hildegard, dachte sie und ging zum Hauptausgang.

In der Ostsee geschwommen, gerne »gehandarbeitet« – ich muss das Wort unbedingt nachschlagen, fiel ihr wieder ein –, einige Reisen, eine Flugreise nach Mallorca als eine Art »Sensation«, Radfahren. Und sie mochte gerne Blumen. Die Trauerrede für Elisabeth Kintrup würde eine Herausforderung, ahnte Anna, als sie sich bei einer Tasse Kaffee am Küchentisch ihre Notizen erneut durchlas. Aber noch hatte sie genug Zeit, um sich vorzubereiten. Sie hatte noch nie viel davon gehalten, sich sofort nach den Gesprächen mit den Angehörigen ans Werk zu machen, wie sie es nannte. Auch an diesem Abend stand sie nach dem Abendbrot – sie mochte diesen Ausdruck – eine Viertelstunde vor ihrem Bücherregal und ließ die Titel auf sich wirken. Ostsee, ein offensichtlich durch und durch normales Leben, Handarbeiten, von Krankheiten gezeichnet. Anna fiel der Gedichtband von Clara Müller-Jahnke ins Auge. Sie nahm das Buch in die Hand und blätterte darin. Sie wusste, dass sie den passenden Einstieg gefunden hatte. Der Rest würde sich finden. Wie immer.

Die Trauergemeinde saß bereits auf den Holzstühlen in der Trauerhalle des Ebstorfer Friedhofs, als Anna ebenfalls Platz nahm. Familie Kintrup hatte sich für einen schlichten, hellbraunen Sarg aus Fichtenholz entschieden. Auf ein Foto hatten sie verzichtet, rund um den Sarg lagen und standen fünf eindrucksvolle Kränze. Vielleicht wollen sie damit daran erinnern, dass Elisabeth Kintrup Blumen so sehr mochte, dachte Anna. In der ersten Reihe saßen der Witwer Heinz Kintrup, daneben Peter und offensichtlich sein Bruder Franz-Josef samt Ehefrau und ihren zwei erwachsenen Kindern – die Ähnlichkeit war nicht zu übersehen. Sie alle starrten auf den Boden, Franz-Josef Kintrup hielt die Hand seiner Frau.

Beim Hineingehen hatte Anna schnell mitgezählt und kam auf 18 Personen. Natürlich ist die Größe der Trauergemeinde nicht so wichtig, hatte sie sich immer wieder eingeredet, wenn sie manchmal vor Gruppen von nur fünf oder sechs Personen sprach. Aber tatsächlich schmerzte es sie, manchmal mitansehen zu müssen, wie einsam es um viele Menschen geworden war. Aber 18 Personen, das empfand sie als eine angenehm große Gruppe – wahrscheinlich hatte Elisabeth Kintrup mit ihren 90 Jahren so manche Freundin überlebt, und vielleicht waren die Kintrups ohnehin eine kleine Familie.

Anna hatte Peter Kintrup nicht danach gefragt, warum er sich erstens für eine nichtreligiöse Trauerfeier und zweitens für sie entschieden hatte. Es war ihr auch egal. Anfangs waren es meist die Bestattungsunternehmen gewesen, die auf Nachfrage der Angehörigen nach einem Trauerredner Anna empfohlen hatten. Im Laufe der Jahre hatten sich ihre rhetorischen Qualitäten in den umliegenden Gemeinden und Landkreisen herumgesprochen.

Als Kind war für sie der Kirchgang Pflicht gewesen. Ohne den Inhalt im Detail beurteilen zu können oder zu wollen, empfand sie es als faszinierend, wie es den Pfarrern hoch herab von den Kanzeln gelang, die Zuhörer mit ihren »Geschichten«, wie sie die Predigten bezeichnete, in ihren Bann zu ziehen. Eine Zeitlang geisterte deswegen die Idee in ihrem kindlichen Kopf herum, dass dies auch für sie ein lohnenswertes Berufsziel sein könnte. Bis sie einerseits erfuhr, dass es auch am Samstag Gottesdienste gab und sie in Folge dessen darauf hätte verzichten müssen, am frühen Samstagabend die Wiederholungen der von ihr geliebten Serie »Daktari« im Fernsehen zu sehen – und dass andererseits die katholische Kirche diese Rolle ohnehin ausschließlich Männern zugestand.

Vor etwa zehn Jahren war sie zu einer Beerdigung einladen worden, bei der der Chef einer ihrer damaligen Freundinnen zu Grabe getragen wurde. Der Mann war einsam in einem Altenheim gestorben; es waren nur noch einige treue Freunde und ehemalige Angestellte übriggeblieben, die einen würdigen Abschied organisiert und eine Trauerrednerin engagiert hatten. Anna kannte den Verstorbenen nur beiläufig. Umso beeindruckter war sie damals, wie es der Rednerin gelang, den Toten präsent werden zu lassen, sein bewegtes Leben als Architekt mit sprachlicher Raffinesse und einer passenden Mischung aus Ernsthaftigkeit und Witz zu schildern. In diesem Moment kam in ihr die Kindheits-Erinnerung an den einen oder anderen Pastor wieder hoch, der seinerzeit ebenfalls die Gabe besessen hatte, mit Worten Menschen zu erfreuen, aufzubauen und zu trösten. Es war der Moment, in dem Anna beschloss, Trauerrednerin zu werden.

Die Musikauswahl hatten die Kintrups wie üblich zusammen mit dem Bestattungsunternehmen ausgesucht. Es überraschte Anna nicht, dass sie sich für klassische Abschiedslieder entschieden hatten. »Befiehl Du Deine Wege« war verklungen, als sie ans Rednerpult ging. Erstmals sah sie die Trauergemeinde von vorne. Diesen Moment ließ sie immer wirken, um sich die einzelnen Gesichter anzuschauen, um sich ein letztes Mal zu fragen, ob der von ihr entworfene Text tatsächlich passen würde, um die Stimmung aufzunehmen, wie sie es mal ihrer Schwester gegenüber beschrieben hatte. Sie zählte bewusst langsam bis drei. So lange wartete sie immer, bis sie zu ihrem Text ansetzte. Drei Sekunden, in denen sich alle Gäste sammeln und konzentrieren konnten, drei Sekunden zum Innehalten.

»Nun braust vom Felsen / zum Meeresstrand / auf Wolkenschwingen/ der Sturm durchs Land; / am Dünenhange / zerschmilzt der Schnee: / im Frühlingsjubel / erbraust die See!«

Anna hatte das Gedicht »Frühling am Meer« aus der Sammlung »Alte Lieder« der 1905 verstorbenen Dichterin und Frauenrechtlerin Clara Müller-Jahnke ausgesucht. Sie mochte es, mit Texten zu überraschen, die wohl nur wenige Zuhörer kannten, die individuelle Bilder ermöglichten. Er sei großzügig gewesen, habe seine Frau hier kennen- und später dort lieben gelernt: Diese oder ähnliche Floskeln waren ihr dagegen regelrecht zuwider. Sie war sicher, dass die Familie und die Angehörigen die Anspielungen auf die Leidenschaft der Beziehung in Clara Müller-Jahnkes Vier-Strophen-Gedicht auf Elisabeth Kintrup nicht nur erkennen, sondern vor allem als passend empfinden würde. Nach der ersten Strophe setzte sie kurz ab und blickte ins Auditorium. Peter Kintrup nickte ihr zu, sie glaubte sogar ein Lächeln in seinem Gesicht erkannt zu haben.

»Und sprosst kein Blättchen«, fuhr sie fort, »aus Sand und Stein / und lacht kein Veilchen / im Sonnenschein, / Schaumkämme blitzen / wie Blütenschnee: / in Jubelhymnen erbraust die See!«

»Wie Gottes Odem / die Luft so rein! / Ich sauge den Frühling / ins Herz hinein: / da fließt vom Auge / zertauter Schnee; / in Sturmakkorden / erbraust die See!«

»Zu meinen Häupten / die Möwe zieht, / weit über die Wasser / erschallt mein Lied; / Verweht vom Sturme / des Winters Weh / in Frühlingsjubel / erbraust die See!«

Erneut zählte Anna bis drei; ihr Blick blieb dabei auf dem Blatt vor ihr haften. Das Gedicht sollte nachhallen, in den Köpfen, im Idealfall in den Herzen ihrer Zuhörer.

»Vielleicht haben Sie sich über dieses Gedicht gewundert«, setzte sie an, »doch es schien mir in vielerlei Hinsicht passend für Ihre Frau, Ihre Mutter. Ein Mensch ist von Ihnen gegangen, der immer da war, beständig wie das Meer. Auch für Elisabeth Kintrup bricht ein neues Leben ohne Leid an. Und so wollen wir uns heute ihres Lebens und Wirkens erinnern, dankbar sein für das, was sie uns in unserem Leben bedeutet hat.«

Bis drei zählen, dachte sich Anna. Leise kam Musik auf, die sie nach Absprache mit der Friedhofsverwaltung einspielen ließ, nur wenige Töne aus einer Vertonung von Antoine de Saint-Exupérys »Der kleine Prinz«. Anna las einige Zeilen aus der Geschichte über den kleinen Prinzen und den Fuchs vor, in dem es um einen Abschied geht und um die Freude des Prinzen, in vielen Bäumen die Farbe seines Freundes, des Fuchses, wiederzuerkennen.

»Wen wir uns vertraut gemacht haben, wen wir lieben, den werden wir vermissen, wenn wir uns wieder trennen müssen. Das erfahren wir ein Leben lang in vielen kleinen und großen Abschieden. Wir trennen uns immer wieder von Menschen, die uns auf ihrem Lebensweg begleitet haben, Freundschaften zerbrechen, eine Liebe erlischt. Wie hilflos und erschüttert stehen wir vor dem endgültigen Abschied, vor den uns der Tod eines geliebten Menschen stellt? Es gibt nichts mehr, was wir ihm sagen können. Es gibt nichts, was wir noch in Ordnung bringen können.«

Anna blickte kurz auf. Heinz Kintrup saß still und kerzengerade auf seinem Stuhl, er blickte wie geistesabwesend nach vorne. Aber wer wusste es schon: Vielleicht kam auch bei diesem kranken Mann ihre Botschaft an? Franz-Josef Kintrups Ehefrau tupfte sich mit einem Taschentuch eine Träne aus dem Gesicht, sie alle behielten Anna fest im Blick.

»Was wäre die Alternative?«, fragte sie. »Nicht zu lieben? Andere Menschen nicht zu nah an uns herankommen zu lassen? Auch der Fuchs hat verstanden, dass er erst durch die Zuneigung und das Vertrauen eines anderen zu einer Persönlichkeit wird – und so werden wir durch die Menschen geprägt, die mit uns leben, denen wir wichtig sind, und umgekehrt. Wir bekommen Spuren aufgedrückt.«

Es war an der Zeit, auf die Verstorbene direkt Bezug zu nehmen.

»Sie haben mir Ihre Mutter als zurückhaltende und liebenswerte Frau geschildert, und so passt es wohl gar nicht zu ihr, dass sie heute im Mittelpunkt steht.«

Anna erinnerte an das Meer in Clara Müller-Jahnkes Gedicht, an Elisabeth Kintrups Jugend an der Ostsee, an das Meer in seinem beständigen Kommen und Gehen, an ihre Verlässlichkeit.

»Hören Sie wieder ihre Stimme?«, fragte sie ihre Zuhörer, um bei ihnen Bilder freizusetzen, um persönliche Erinnerungen zu aktivieren.

»Wie haben Sie Ihre Mutter genannt: Mama oder Mutti? Welche Kosenamen hat sie wiederum Ihnen gegeben? Gibt es Handarbeiten, an die Sie sich erinnern?«

Anna beobachtete, wie zwei ältere Damen miteinander zu tuscheln begannen und dabei lächelten. Vielleicht fühlten sie sich von der Anspielung auf die Handarbeiten angesprochen, dachte sie. Peter Kintrup legte den Arm um seinen Vater und flüsterte ihm etwas ins Ohr, woraufhin der Vater nickte und ebenfalls lächelte. Die vielen Reisen, auf dem Flugweg nach Mallorca das Meer von oben sehen, ihre Krankheiten.

»Ich habe deutlich gespürt«, fuhr Anna fort, »dass Sie alle etwas Wichtiges geschafft haben, was auch in der Geschichte vom kleinen Prinzen immer wieder Thema ist: Sie haben losgelassen, als Sie erkannten, dass es besser ist. Sie haben das Wohl Ihrer Mutter immer vor alles andere gestellt.«

»Gehen sie ihren persönlichen Erinnerungen an ihre Ehefrau, Mutter, Schwiegermutter, Großmutter und Freundin jetzt nach«, schloss Anna. »Fragen sie sich, was sie durch sie gewonnen haben, an was sie sich erinnern werden. Als Symbol möchte ich Ihnen das Haus einer kleinen Meeresschnecke mitgeben, ein Symbol für Geborgenheit und für die Ewigkeit des Meeres. Und weil es so klein und zerbrechlich ist, steht es auch für die Zartheit der Erinnerungen. Sie haben nun die Gelegenheit, sich mit einer Blume am Sarg von ihr zu verabschieden. Sie hat Blumen über alles geliebt. Sie können ihr danken für das, was sie Ihnen an Liebe, Geborgenheit und Wärme entgegengebracht hat.«

Ein letztes Lied erklang. Stille. Bis drei zählen. Anna trug zum Abschluss ein Gedicht von Irmgard Erath über Blumen vor, die der Dichterin zufolge von Schönheit und Harmonie erzählen, die nicht ohne das Versprechen verblühen, wiederzukehren, wenn die Sonne sie ruft.

»So wie Erinnerungen, die ebenfalls wiederkehren, wenn unser Herz sie ruft.« Die Seitentür öffnete sich, sechs Sargträger traten herein, nahmen ihre Hüte ab, platzierten sich und hoben den Sarg an. Anna ging die wenigen Schritte mit bis zum Grab. Aber sie blieb im Hintergrund, mit gefalteten Händen beobachtete sie, wie die 18 Trauergäste rote und weiße Rosenköpfe und etwas Erde auf den Sarg warfen.

Sie schaute sich um. Links neben ihr las sie auf einem Grabstein: »Irmgard Kessler – geb. 1945 – ges. 2012«. Kann man ›gestorben‹ auch so abkürzen?, fragte sie sich. Und warum haben die Angehörigen darauf verzichtet, Irmgard Kesslers Geburtsdatum und ihren Todestag auf den Grabstein zu schreiben? Eine Kindheit im Nachkriegs-Deutschland, überlegte sie. Vielleicht war auch ihre Familie von der deutschen Teilung betroffen, vielleicht ist sie häufiger mit dem Interzonenzug in die DDR gefahren, vielleicht war sie eine gute Sportlerin, vielleicht war sie in einem der Ebstorfer Vereine aktiv gewesen. Nur 66 oder 67 Jahre alt ist sie geworden – kein Alter, wie man in solchen Fällen zu sagen pflegt. Nach zehn Minuten war auch der letzte Gast in Richtung Hauptausgang gegangen, Anna hatte bewusst auf ihre Uhr geschaut. Wieder zehn Minuten für 90 Jahren, dachte sie. Wohl nicht mehr als ein Zufall. Peter Kintrup hatte schon fast die Celler Straße erreicht, als er kehrtmachte und festen Schrittes auf Anna zuging. »Ich rufe Sie morgen an«, sagte er kurz und bündig. »Gerne«, antwortete sie. »Mein aufrichtiges Beileid, Herr Kintrup.«

Anna hatte längst die Routine, von einer Trauerfeier abzuschalten und schnell wieder in ihre eigene Welt einzutauchen. Und so genoss sie den viertelstündigen Spazierweg zu ihrem Haus, indem sie sich den Abend vorab ausmalte. Sie wollte sich gegen 18 Uhr einen frischen Salat zubereiten, bis kurz vor 20 Uhr ihren Roman »Der Gesang der Flusskrebse« fortsetzen, sich mit der *Tagesschau* auf den aktuellen Stand der Dinge bringen lassen und danach erste Überlegungen für ihre nächste Trauerfeier am Montag darauf anstellen.

Anna hatte ihr Leben lang die Überzeugung gewonnen: Eine gute Vorbereitung ist alles. Nicht, dass sie nicht auch zur Improvisation fähig gewesen wäre. Nicht selten war sie dazu gezwungen worden – während ihres Studiums, an ihrem Arbeitsplatz, während einer Trauerfeier. Sie hatte all diese Herausforderungen zumindest ihrem eigenen Gefühl nach gemeistert. Dennoch: Nichts ging über eine sorgfältige Planung, die ihr jedes Mal eine beruhigende Portion Selbstvertrauen und innere Sicherheit verschaffte.

Viele Hinterbliebene schätzten die Trauerfeier als ein bewährtes Ritual, das ihnen Halt gab. Gleichzeitig sehnten sie sich, das wusste Anna von ihren Reaktionen, nach Individualität innerhalb dieses Rahmens. Diese Dualität gab ihren Reden eine besondere Bedeutung. Für sie stand fest, dass sie sich bei den Fakten keine Fehler erlauben durfte. Mindestens ebenso wichtig war es für sie, den Charakter und die Persönlichkeit aus den Berichten herauszuhören. Nur auf dieser Basis vermied sie es, die Toten in ihrer Eigenheit zu verlieren.

Jedes Vorgespräch verlief anders. In ihrer Bedeutsamkeit waren sie jedoch alle gleich wichtig. Für Anna als Trauerrednerin, aber auch für die Angehörigen, die in ihren Erzählungen oft eine große Erleichterung ausstrahlten. Anna spürte, wie dankbar sie dafür waren, sich nicht nur an die letzten Tage, Wochen oder Monate erinnern zu müssen, die nicht selten von Qualen, Schmerz und vielen Tränen gekennzeichnet waren. Die

Toten wurden für sie für einen Moment wieder lebendig, wenn die Witwe beispielsweise davon berichtete, dass ihr Ehemann zur Freude vieler Schaulustiger noch mit 79 Jahren im Freibad mit dem Kopf voran vom Drei-Meter-Brett gesprungen war, dass die Schwester in einem anderen Fall die Angewohnheit gehabt hatte, ausschließlich viereckiges Schwarzbrot zu kaufen, weil ihre favorisierten Käsescheiben am besten darauf passten, oder ein junger Mann sich daran erinnerte, dass seine Großmutter die Angewohnheit gehabt hatte, sich vor jedem Zubettgehen die Füße zu waschen und mit Puder einzureiben. Das waren genau die Einzigartigkeiten, die es den Hinterbliebenen ermöglichten, ihre schmerzhaften Bilder in ihren Erinnerungskästen etwas weiter hinten zu platzieren, und die Anna in die Lage versetzten, mitzufühlen und jeden Menschen als den darzustellen, der er ist – als eine Ausnahmeerscheinung.

Während des Abendessens an ihrem Küchentisch – Anna legte großen Wert darauf, dass sie sich während des Essens von nichts ablenken ließ und die Speisen bewusst genoss – dachte sie nochmal über die heutige Trauerfeier nach. Sie war mit sich zufrieden. Mal ein Nicken, mal ein Lächeln, die eine oder andere Träne: Es waren die typischen Reaktionen gewesen, bei den Trauergästen schien ihre Rede gut angekommen zu sein. Dass niemand außer Peter Kintrup vorher und nachher auf sie zugekommen war – geschenkt. Den Abschiedsgruß von Peter Kintrup hatte sie entsprechend als eine Art Familien-und Angehörigen-Dank interpretiert. Mit einer Einladung zu Kaffee und Kuchen ins mehr als 100 Jahre alte Traditions-Gasthaus »Lüllau« hatte sie ebenfalls nicht gerechnet. Die Kintrups wollten nach der Beerdigung offenbar unter sich bleiben, für Anna die normalste Nach-Trauerfeier-Reaktion der Welt.

Plötzlich fiel ihr die Bemerkung von Peter Kintrups Nachbarin wieder ein: »gerade in diesem Fall«. Wie hieß sie doch gleich, versuchte sie sich zu erinnern? Richtig – Frau Brauer. Anna griff nach ihrem Smartphone und fand über die Webseite »Das Örtliche« schnell heraus, dass Frau Brauer mit Vornamen Hildegard hieß. Was könnte sie damit gemeint haben?

»Für mich sind die Vorgänge in dieser Familie nach wie vor unglaublich«, hatte die Nachbarin der Kintrups gesagt.

Wollte sie sich damit nur wichtigmachen oder ihren Nachbarn etwas andichten? Oder hätte sie tatsächlich mit Peter Kintrup intensiver ins Gespräch kommen müssen, um Hildegard Brauers Anspielung auf mutmaßlich »unvorstellbare« Vorkommnisse in ihrer Rede aufgreifen zu können?

Die 20-Uhr-Nachrichten brachten nicht viel Neues. In der Vergangenheit hatte Anna unmittelbar vor der Sendung oft geraten, was heute die Top-Nachricht sein würde, die Nachricht also, die der Sprecher als erstes vorlesen würde. Dieses Ratespiel hatte sich mit dem Beginn der Corona-Pandemie erübrigt. Mal waren es die regional sehr unterschiedlichen Inzidenzzahlen, mal die dramatisch steigende Zahl der Toten in Indien oder Brasilien, tags darauf die entnervenden politischen Schuldzuweisungen – Corona war jedenfalls seit Monaten das Thema Nummer eins. Das galt sowohl für die für Anna eminent wichtige Tagesschau als auch für ihre Gespräche in der Bücherei, mit der Familie und vor den Trauerfeiern.

Trauer in Zeiten von Corona – Anna wusste aus vielen Gesprächen, was es für Angehörige bedeutete, wenn sie einen geliebten Menschen im Krankenhaus allein sterben lassen mussten, wenn sie ihm nicht mehr in die geöffneten Augen schauen, Gesten und Blicke austauschen oder sich aussprechen konnten. Gerade in den Momenten eines nahenden Abschieds sind es oft die Kleinigkeiten, die an Bedeutung gewinnen und die allen Beteiligten zumindest einen Hauch von Erleichterung verschaffen. Anna hatte neulich die Studienergebnisse von französischen Wissenschaftlern gelesen, die zu einem Urteil gelangt waren, das auch sie Wort für Wort unterschreiben konnte: »Der Tod ist immer verheerend, doch das Virus macht es für viele Familien noch verstörender.« Anna empfand den Begriff »verstörend« als perfekt gewählt. Anna erlebte dagegen Woche für Woche, wie verunsichert, verwirrt oder erschüttert viele Angehörige auf den Tod ihrer Mutter, ihres Bruders oder der Großmutter reagierten. Natürlich gab es auch diejenigen in den Trauerhallen und an den Gräbern, die erkennbar nur pflichtschuldig oder sogar gelangweilt an einer Trauerfeier teilnahmen. Anna erkannte sie unter anderem an deren erkennbar großen Interesse für Äußerlichkeiten wie beispielsweise der Kleidung der Trauergäste oder an ihrem häufigen und mit einem Grinsen verbundenen Tuscheln. Sie wendete sich in ihren Reden natürlich auch an sie. Aber während der Textpassagen, um die sie sich in ihrer Vorbereitung besonders intensiv bemüht hatte, nahm sie immer diejenigen fest in den Blick, die ihrer Überzeugung nach der verbalen Zuwendung bedurften. Mehr konnte sie schließlich nicht leisten. Aber diese Momente wollte sie möglichst perfekt gestalten. Manche Hinterbliebene gerieten nur für wenige Stunden aus dem Gleichgewicht, andere für einige Tage. Anna kannte aber auch Fälle, in denen sich die Verstörtheit besonders nahestehender Familienmitglieder über Jahre hinzog. Sie hat-

te sich deswegen schon lange vorgenommen, den Roman »Verstörung« von Thomas Bernhard zu lesen.
Menschen, die an Covid gestorben waren, wurden nackt in Plastiksäcke gesteckt und direkt in Särge gelegt. Als ob dies nicht bereits schwer genug auszuhalten ist, waren zudem viele Trauerfeiern nur eingeschränkt, bisweilen gar nicht erlaubt. Am aufgebahrten Leichnam nicht mehr vorbeigehen, den Sarg nicht mehr berühren, keine Blumen mitbringen, keine Begleitung, keine Musik, keine ehrenden oder einfühlsamen Worte – die Pandemie veränderte nicht nur das Leben, sondern auch das Sterben. Das Covid-19-Virus drückte dem Begriff Verlust seinen eigenen Stempel auf.
Auch heute startete die Nachrichten-Sprecherin mit der Corona-Pandemie. »Gerade in diesem Fall...«
Erneut schossen Anna Hildegard Brauers Worte durch den Kopf, ohne dass sie wusste, warum sie sich erneut an diese Floskel erinnerte. Einen Moment lang sah sie Hildegard Brauer vor sich und meinte sich daran zu erinnern, dass sie in dem Moment ihrer sonderbar-mysteriösen Andeutung sogar mit einem Zeigefinger mahnend in der Luft herumgefuchtelt hätte. Eine merkwürdige Reaktion. Anna versuchte sich wieder auf die Tagesschau zu konzentrieren. An diesem Abend stand der Mangel an Impfstoffen auf der täglichen Corona-Debattenliste ganz oben. Es folgte ein kurzer Film über die Impf-Fortschritte in den USA, ein Bericht über einen verheerenden Bombenschlag in der afghanischen Hauptstadt Kabul, über die wirtschaftlichen Aussichten Deutschlands nach der Corona-Pandemie und irgendetwas Sportliches. Anna hatte buchstäblich abgeschaltet.
Mit drei Büchern, einem Notizblock und ihrem Füllfederhalter setzte sie sich an den Wohnzimmertisch und dachte an die nächste Trauerfeier. Ein 32-jähriger Mann war an Lungenkrebs gestorben. Mein Gott, dachte sie, nur 32 Jahre lang hatte dieser Mann gelebt. Hätte mich dieses Schicksal ereilt, dachte sie, läge ich bereits seit 15 Jahren auf einem Friedhof. Als sie ihre Bücherwand von links nach rechts begutachtete, fiel ihr eine größere Lücke und am Ende dieser Lücke Ferdinand Schlingensiefs Biografie über den im Konzentrationslager Flossenbürg ermordeten Theologen Dietrich Bonhoeffer ins Auge.
Sie ließ sich in ihren Sessel zurückfallen, schaute nach links aus dem Fenster und fragte sich: Bin ich nicht auch bei jeder Trauerfeier eine Art Biografin – und sei es nur für zehn Minuten wie bei den Kintrups? Der Gedanke gefiel ihr, wenngleich sie den Ausdruck als etwas zu groß ge-

raten empfand. Ein Biograf beschäftigt sich schließlich nicht selten über Monate oder Jahre hinweg mit einer Person, gräbt sich in die Familiengeschichte ein, trifft dessen ehemalige Weggefährten und kennt im Idealfall nahezu jeden Charakterzug. Wenn ich ehrlich bin, dachte sie, kratze ich im Vergleich dazu nur an der Oberfläche und bekomme auch nur das zu hören, was die Hinterbliebenen hören wollen.

»Ich mache und sage das, was mein Auftraggeber von mir will«, erinnerte sich Anna an ein Gespräch mit einer anderen Trauerrednerin vor einigen Monaten. Anna war seinerzeit zu diesem Ansatz nicht viel eingefallen, außer der Bemerkung, die sie aber in diesem Moment lieber für sich behielt, dass sie sich mit dieser Art von Befehls- und Dienstleistungs-Mentalität deutlich unter Wert vorkommen würde. Biografin, zur Not auch Kurz-Biografin – dieser Begriff, diese Vorstellung gefiel ihr deutlich besser. Sie war dazu da, um ein für viele Angehörige wichtiges Ritual möglichst würdevoll zu gestalten, um individuell passende Worte zu suchen und zu finden, die viele Menschen niemand entdecken würden. 18 Millionen Worte umfasst der Dudenkorpus, kam ihr abermals in den Sinn. Aber mit dem Blick auf eine Trauergemeinde oder einen Sarg fehlt es vielen Menschen selbst an den einfachsten Wörtern. Oder ihnen bleibt allein das Zuhören, um ihre Trauer zu bewältigen. Manche Angehörige, das wusste Anna bereits seit ihrem ersten Engagement als Trauerrednerin vor drei Jahren, können nur schweigen, um sich auszudrücken.

Natürlich hatte auch sie es schon erlebt, dass sich das Leben eines Toten der Beschreibung seiner Familie nach offenbar einzig und allein um sein Auto gedreht hatte. Bei diesem Gespräch hatte sie mehrfach versucht, weitere Facetten des 43-Jährigen zu erfahren. Aber immer wieder kamen die Mutter und der Bruder auf die »große Liebe« des Verstorbenen zu dessen Ford Mustang zu sprechen. Irgendwann gab Anna innerlich auf, bedankte sich, sprach der Familie beim Abschied erneut ihr Beileid aus und verbrachte an diesem Abend rund anderthalb Stunden damit, halbwegs anspruchsvolle Literaturpassagen über jede Form von Leidenschaft, Begeisterung und Hingabe zu suchen. Mit Erfolg. Denn schließlich, las sie mit einer Mischung aus Faszination und Befremden die Zusammenfassung des Buchs »Das Auto in der Kunst. Rasende Leidenschaft«, hat keine technische Erfindung Künstler so nachhaltig beschäftigt wie das Automobil. Es war schon immer und ist für viele nach wie vor Kult – »ob als geliebter Gebrauchsgegenstand, soziales Symbol oder ästhetisches Objekt«. Damit konnte auch Anna leben: eine Trauerfeier für einen Auto-Liebhaber, aber mit Stil und literarischem Anspruch.

Der Wochenanfang verlief für sie wie üblich. Sie liebte ihre freien Montage. Allein die Vorstellung, dass Millionen Menschen sich ab sechs Uhr morgens auf den Weg in ihre Büros oder sonstigen Arbeitsstellen machen mussten, während sie sich nach neun Stunden Schlaf gegen neun Uhr eine weitere Tasse Tee einschenkte und sich in ihrem schneeweißen Bademantel nochmal kurz ins Bett legte – allein dieses Wissen behagte ihr zutiefst und verlieh ihr die Gewissheit, dass sie 2018 alles richtiggemacht hatte, als sie das Jobangebot in Lüneburg angenommen hatte. Dass sie stattdessen samstags von 10 bis 13 Uhr arbeiten musste, machte ihr nichts aus. Im Gegenteil. Es waren schließlich nur drei Stunden, die zudem meistens entspannt verliefen. Nicht selten blieb sie bis 14 oder 14.30 Uhr in der menschenleeren Bücherei und schaute nach dem Abschließen der Eingangstür mal in dieser, mal in jener Abteilung nach dem Rechten. Sie genoss es, nach ihrem samstäglichen Dienstschluss innerhalb des Stadtrings durch die prall gefüllte Innenstadt zu ihrem Auto zu laufen und sich jedes Mal ein anderes Café auszusuchen, in dem sie draußen Platz nahm und das Defilee der Lüneburger und der Touristen beobachtete.

Wenn sie zur Arbeit fuhr, parkte sie ihr elf Jahre altes Auto vorzugsweise an der Wallstraße, in unmittelbarer Nähe zum Theater. Am liebsten spazierte sie von dort aus durch die Heiligengeiststraße, über den Platz Am Sande – der Name stammte aus dem Mittelalter, als die Kaufleute ihre Pferdefuhrwerke und Ochsenkarren auf dem sandigen Platz abstellten und ihre Waren dort verkauften – in Richtung der prächtigen St.-Johannis-Kirche mit ihrem schiefen Turm, weiter über die Straßen Am Berge und An den Brodbänken auf den Marktplatz und damit direkt auf das mächtige und ihrer Meinung nach schönste Rathaus Deutschlands zu. Sie war diesen Weg bereits Dutzende, wenn nicht hunderte Male gelaufen, auch mit Freunden oder Bekannten, die sie in Ebstorf besucht hatten und mit denen sie gerne einen Ausflug in die 76.000 Einwohner zählende Hansestadt gemacht hatte. Sie konnte sich keinen schöneren Weg in das Herz dieser einst auf Salz gebauten Stadt vorstellen.

Jeden Morgen glaubte sie ein neues Detail in der Barock-Fassade des Rathauses zu entdecken, bevor sie das langgezogene Gebäude abwechselnd rechts und links liegen ließ, bis sie die unmittelbar dahinterliegende Ratsbücherei am Marienplatz erreichte. Trotz der Nachbarschaft zum beeindruckenden Rathaus ragt auch dieses zweigeschossige, typisch norddeutsch rotgeklinkerte Gebäude heraus, das seit 1555 an dieser Stelle steht. Die Ratsbücherei existiert sogar seit mehr als sechs Jahrhunderten. Seit dem 14. Jahrhundert war »Des Rades Liberie« im Rathaus untergebracht, nur Ratsmitglieder hatten Zugang. Als die Franziskaner 1555 ihr benachbartes Kloster St. Marien auflösten, verlegte man die Bibliothek aus Platzgründen in das Refektorium des Klosters und fasste sie mit der franziskanischen Schriftensammlung zusammen. Anna empfand durchaus Stolz, wenn sie ihren Gästen im Stil einer Stadtführerin diese Geschichte referierte und dabei dachte: Welch ein Geschenk, dass ich in einer der ältesten deutschen Stadtbibliotheken arbeiten und sie sogar leiten darf.

Anna wollte sich an diesem Montagmorgen gerade auf den Weg zu einem Einkauf in der Nähe des Ebstorfer Bahnhofs machen, als der Postbote klingelte. Sie kannte den sympathischen Mitte-50er-Mann, seit sie ihr Haus am Dorfrand bezogen hatte. Noch nie hatten sie ein wirklich persönliches Wort gewechselt. Anna schätzte diese Form der distanzierten und gleichzeitig freundlichen Professionalität. Der sportlich wirkende Zusteller schaute nie grimmig drein, lächelte sie immer an und verabschiedete sich mit der stets gleichen Formel:

»Ich wünsche Ihnen noch einen schönen Tag, Frau Verhaak.«

Mehr konnte und wollte Anna von ihrem Postboten nicht erwarten.

»Heute habe ich mal einen Brief für Sie«, sagte er, als er Anna einen weißen, länglichen Umschlag übergab, den der Absender handschriftlich beschriftet hatte. Dass ein Postbote einen Brief übergibt, ist zwar nicht ungewöhnlich, dachte sie, aber in ihrem Fall kam die Zustellung eines klassischen Briefs doch einer Seltenheit gleich. Rechnungen, Broschüren, Werbung: Das waren die Nachrichten, die sie üblicherweise in ihrem Briefkasten fand – in Zeiten von E-Mails die üblichen Fundstücke. Deswegen hatte der Postbote, wenn auch höchstwahrscheinlich unbewusst, zu Recht das Wort »mal« hinzugefügt. Anna war dieser kurze Hinweis auf die Besonderheit der heutigen Postlieferung keineswegs entgangen.

»Na dann schaue ich doch mal sofort nach, was es damit auf sich hat«, versuchte sie sich mit einem bewusst langgezogenen »maaal« an einer ebenso ungewöhnlichen Abschiedsformel, während sich der Postbote bereits wieder auf sein Fahrrad schwang und ihr seinen üblichen Abschiedsgruß zurief.

Anna holte sich ein Glas Wasser und setzte sich an ihren Esstisch, um den Brief zu lesen. Sie drehte ihn um – kein Absender. Die Schrift deutete auf eine Frau als Absenderin hin. Für Frauen, das hatte Anna erst vor wenigen Wochen einem Aufsatz einer Germanistin entnommen, stellten Briefe in früheren Jahrhunderten ein besonders wichtiges Medium dar. Sie hatten seinerzeit nur einen eingeschränkten Zugang zur Literatur, vielen Frauen blieb es verwehrt, sich als Schriftstellerin einen Namen zu machen. Häufig nutzten sie deswegen Briefe als literarisches Übungsfeld, wiederum andere sahen darin die einzige Möglichkeit, sich mitzuteilen. Manchmal saßen sie tagelang an einem Brief, der nicht selten mehrere Seiten umfasste. In dem Aufsatz hatte ihr vor allem die Textstelle gefallen, in der die Germanistin betonte, dass die Schriftstellerin Rahel Varnhagen den Anspruch hatte, »Briefe zu schreiben, wo die Seele spazieren gehen soll«.

Bevor Anna den Brief las, schaute sie zunächst auf die Unterschrift: Hildegard Brauer. Sofort erinnerte sie sich an deren Bemerkung »besonders in diesem Fall«. Oben rechts hatte die Absenderin ihre Adresse und Telefonnummer notiert: Hildegard Brauer, Sprengelstraße 13, 29574 Ebstorf, Tel.: 05822/29977. Der Brief, überschlug Anna spontan, war mehrere Din-A-4-Seiten lang. Es war also deutlich mehr als ein Gruß, Hildegard Brauer hatte ihr offenkundig etwas zu sagen. Mit der Hand und gut leserlich geschrieben. Auf den ersten Blick erkannte Anna, dass Hildegard Brauer mit vielen runden und weichen Formen schrieb. Sie wusste, dass Graphologen dies als Indiz dafür werteten, dass es sich beim Briefeschreiber um eine friedvolle, emotionale und rücksichtsvolle Person handelt.

Reine Spekulation, dachte Anna. Aber sie ahnte, dass Hildegard Brauer ihr etwas Besonderes, Persönliches, Außergewöhnliches oder Wissenswertes mitteilen wollte. Andernfalls hätte sie ihr eine Mail geschrieben oder angerufen. Hildegard Brauer hatte sich für festes Briefpapier mit einem Wasserzeichen entschieden und den Umschlag mit einer Sondermarke »1200 Jahre Ebstorf« versehen. Anna schluckte und trank einen Schluck Wasser.

»Sehr geehrte Frau Verhaak, bitte sehen Sie mir nach, dass ich mich heute erneut an Sie wende. Ich vermute, dass Sie von unserem Gespräch neulich nicht begeistert waren, wofür ich großes Verständnis habe. Ich möchte mich deswegen zunächst dafür entschuldigen, dass ich Sie einfach so angesprochen habe – noch dazu nach einem für Sie sicher nicht einfachen Gespräch mit meinem Nachbarn, Peter Kintrup. Insofern werden Sie es möglicherweise als eine erneute Belästigung empfinden, dass ich mit diesem Brief ein weiteres Mal auf Sie zukomme. Aber ich hoffe sehr, dass Sie am Ende meine Beweggründe dafür verstehen.«

Anna unterbrach ihre Lektüre für einen Moment und schaute aus dem Fenster. Sie war angenehm überrascht von Hildegard Brauers gelungener Wortwahl und ihrem einfühlsamen und geschickten Texteinstieg, mit dem sie sie offenkundig wohlgesonnen stimmen wollte. Es gefiel ihr auch, dass sich Hildegard Brauer bislang keinen Rechtschreib- oder Orthografie-Fehler geleistet hatte und das »Sie« großschrieb – eine für Anna nach wie vor unverzichtbare Form der Höflichkeit, von der die Mehrzahl der jüngeren Menschen ihrer Erfahrung nach noch nie etwas gehört hatte.

»Wenn ich mich richtig erinnere«, las sie weiter, »habe ich Sie während unseres kurzen Gesprächs darauf hingewiesen, dass sich in der Familie Kintrup abscheuliche Dinge ereignet haben. Diese Ereignisse liegen lange zurück. Glauben Sie mir: Ich bin mir der Tragweite meiner Ausführungen sehr wohl bewusst. Und glauben Sie mir bitte ebenfalls, dass es sich dabei nicht um eine Art Dorf-Gerede handelt, wie man es uns Kleinstädtern manchmal unterstellt oder nachsagt. Hinzu kommt, dass meiner Beobachtung nach der altbekannte Satz, wonach nirgendwo mehr gelogen wird als vor Gericht und auf Beerdigungen, weit mehr als nur einen Funken Wahrheit enthält. Wenn ich all das zusammennehme, dann ahnen Sie vielleicht, dass ich zum einen eine nicht wirklich würdevolle und ehrliche Trauerfeier für meine ehemalige Nachbarin vor Augen hatte, als ich Sie traf und von Ihrer verantwortungsvollen Aufgabe erfuhr. Außerdem befürchtete ich, dass man Sie als Trauerrednerin missbrauchen könnte.«

Missbrauchen. Diese Spitze traf Anna spürbar. Sie schluckte und trank erneut etwas Wasser. Sie unterbrach ihre Lektüre ein zweites Mal. Missbrauch. Ein Frontalangriff, eine persönliche Attacke, dachte sie. Sie war natürlich nie so naiv gewesen, zu glauben, dass die Angehörigen ihr in den Vorbereitungsgesprächen die Wahrheit und nichts als die Wahrheit auftischten. Sie war sich vielmehr immer und von Beginn an dessen bewusst gewesen, dass man wichtige oder für die Hinterbliebenen peinliche Tatsachen verschweigen könnte, dass man unwichtige Dinge aufbauschen, dass man sie sogar belügen könnte. Und dass man sie allein deshalb in die erste Reihe schob, um mögliche Skandale, Unwahrheiten, Missgeschicke und Ärgernisse unter den Teppich zu kehren, mit schönen Worten zu umschiffen. Oder totzuschweigen. Ja, sie war auch dafür da, um Abschiedsfeiern zu inszenieren, um ein Stück Toten-Theater mitzugestalten. Aber ein Missbrauch im Wortsinne einer bewussten Aktivität? Noch nie hatte man ihr so deutlich ins Gesicht geschrieben, dass man sich ihrer bedient, dass man sie für ein Schauspiel benutzt haben könnte.

»Lassen Sie mich zwei Dinge vorab erwähnen«, schrieb Hildegard Brauer im Folgenden. »Ich maße mir erstens nicht an, die Geschichte der Familie Kintrup im Detail zu kennen. Gleichwohl sind mir die Verhältnisse vertraut. Zweitens bin ich weit davon entfernt, Ihre Rolle objektiv beurteilen zu können, da ich bei der Trauerfeier nicht zugegen war und mich daher mit einem zusammenfassenden Bericht einer mir sehr gut bekannten Teilnehmerin begnügen musste. Ich komme zu meinem eigentlichen Anliegen, zu den angesprochenen Vorkommnissen. Und ich möchte nicht lange drumherum reden. Der Vater von Peter und Franz-Josef Kintrup, Paul Kintrup, hat sich mehrere Jahre lang an seinen beiden Söhnen vergangen – und seine Ehefrau Elisabeth hat diese Taten vertuscht und gedeckt. Ich weiß um die Schwere dieser Vorwürfe. Und ich bin mir dessen bewusst, dass auch mich in gewisser Weise mitschuldig gemacht habe, indem auch ich geschwiegen und nicht die Polizei informiert habe. Darauf bin ich alles andere als stolz. Seien Sie versichert, dass diese Anschuldigungen zutreffend sind. Nur zwei Hinweise dazu: Ich habe durch Zufall einmal mit eigenen Augen gesehen, wie Franz-Josef Kintrup nackt und eindeutig vor seinem Sohn Peter posierte. Elisabeth Kintrup, um einen weiteren Beleg zu nennen, hat mich vor einigen Jahren eindringlich darum gebeten, zu schweigen. Sie wusste offenbar, dass ich mehr als nur eine Ahnung hatte. Um den drohenden Skandal abzuwenden, sagte sie mir, um den Schein einer intakten Familie aufrechtzuerhalten, das Übliche halt in solchen Fällen. Zudem lägen die Taten, argumentierte sie damals, lange zurück, und niemand hätte etwas davon, diese alten Geschichten wieder hervorzukramen. Ich war angewidert und entsetzt. Aber ich habe die falsche Konsequenz daraus gezogen: schweigen statt reden. Hat Peter Kintrup Ihnen diese Ereignisse auch nur ansatzweise gegenüber erwähnt? Ich bin mir sicher: nein. Ich kann und will es ihm nicht verdenken. Und es steht mir nicht an, irgendjemandem Vorwürfe zu machen, nachdem auch ich versagt habe. Aber als ich von ihrer Aufgabe als Trauerrednerin erfuhr, entschied ich mich spontan dazu, Ihnen andeutungsweise davon zu berichten. Warum? Weil ich dachte: Vielleicht ist die Beerdigung die passende Gelegenheit für diese Familie, vor allem für die Brüder, um endlich sich selbst gegenüber ehrlich zu sein, um für reinigende und befreiende Klarheit zu sorgen. Ja, ich gebe es zu: Ich wollte sie auch ein wenig provozieren, sie dazu bringen, Peter Kintrup oder dessen Bruder auf diese für mich unvorstellbaren Dinge anzusprechen.«

Anna war geschockt. Sie legte den Brief aus den Händen. Sie versuchte sich das Vorgespräch mit Peter Kintrup und die Trauerfeier in Erinnerung zu rufen. Seinen Gesichtsausdruck, sein Verhalten. Seine Zehn-Minuten-Bilanz, in der er die schlechte Verfassung seiner Mutter angedeutet und seinen Vater und Bruder nur beiläufig erwähnt hatte. Sie erinnerte sich an ihren Eindruck, dass Peter Kintrup tatsächlich tiefe Trauer ausgestrahlt hatte. Nur fragte sie sich jetzt: Hatte er an diesem Tag diese Trauer wegen des Todes seiner Mutter ausgestrahlt – oder in eigener Sache?

Missbrauch. Verbrechen. Verrat. Anna stand auf und ging einige Schritte durch ihre Wohnung, weil sie spürte, wie aufgewühlt und erschrocken sie war. Sie kannte Hildegard Brauer nicht. Aber sie war sicher, dass sie ihr keine Lügengeschichte aufgetischt hatte. So etwas denkt man sich nicht aus, dachte sie, so etwas wirft man niemandem wider besseres Wissen vor. Der Vater hatte seine beiden Söhne missbraucht, die Mutter hatte die Übergriffe vertuscht. Dieses Elternhaus musste die Hölle für die beiden Brüder gewesen sein.

Was aber will Hildegard Brauer eigentlich von mir, fragte sich Anna und spürte, dass langsam, aber stetig auch Ärger in ihr aufkam. Ich bin nicht dazu, dachte sie, die Berichte der Hinterbliebenen in Frage zu stellen, kritisch nachzuhaken, den Wahrheitsgehalt nachträglich zu recherchieren oder sogar Nachbarn und Freunde zu befragen. Ich baue eine Beziehung auf, ich versuche Vertrauen zu gewinnen, ich höre zu, ich stelle meine Fähigkeiten zur Verfügung. Aber noch nie hatte Anna das Gefühl gehabt, dass man sie instrumentalisierte – dass man sie gar missbrauchte.

»Ich bin doch keine Kommissarin, ich bin nicht bei der Kripo! Ich bin nur eine Trauerrednerin«, sprach sie laut aus, um ihrer festen Überzeugung auch für sich selbst hörbar Nachdruck zu verleihen. Was wirft diese Frau Brauer mir eigentlich vor?

»Mir ist wichtig zu erwähnen«, setzte sie die Lektüre des Briefs fort, »dass ich Ihnen keinerlei Vorwürfe mache. Das steht mir nicht zu.«

Immerhin, dachte Anna und nickte leicht mit dem Kopf.

»Als sie mir bei unserem kurzen Austausch sagten, dass Sie die Rolle der Trauerrednerin für Frau Kintrup übernehmen würden, dachte ich sofort: welch ein schwieriger und gleichzeitig verantwortungsvoller Auftrag. Ich habe mich gleich nach unserem Gespräch hingesetzt, mir im

Internet einige Infos über Trauerredner durchgelesen und mir meine Gedanken über die anstehende Feier für Elisabeth Kintrup gemacht. Trauerredner sind diejenigen, die vor einer oft angespannten und sehr aufmerksamen Zuhörerschaft die letzten Worte über einen Verstorbenen finden müssen. Und wie wir alle wissen, sind es die letzten Worte, die wir oft nie vergessen, denen also eine besondere Bedeutung zukommt. Hinzu kommt, dass Sie und Ihre Kollegen – sagt man das so im Kreis der Trauerredner? – die passenden Anmerkungen über Ihnen fremde Personen finden müssen. Es bleibt Ihnen nach meiner zugegebenermaßen laienhaften Vorstellung somit gar nichts anderes übrig, als das, was man Ihnen an Informationen vorgibt, in ein stimmiges Konzept zu gießen und mit Ihren eigenen Worten zu referieren.

Ich habe großen Respekt vor dieser Fähigkeit und diesem Engagement! Denn damit übernehmen Sie eine bedeutsame Aufgabe, zu der sich viele Hinterbliebene mit Blick auf einen Sarg, in dem ein Angehöriger liegt, emotional nicht ansatzweise in der Lage sehen – oder aber sie kennen ihre sprachlichen Grenzen und bitten daher einen Profi wie Sie um einen rhetorisch würdevollen Abschied.

Wie aber gehen Sie mit der Tatsache wie im Falle der Kintrups um, dass Ihnen wichtige Informationen vorenthalten wurden, dass Sie von einschneidenden Passagen aus dem Leben dieser Familie offenbar nichts erfahren haben, dass mindestens der Vater wahrscheinlich sehr zufrieden damit war, dass Sie die Rolle der ›Schönzeichnerin‹ übernommen haben, so dass ein Jeder nach der Trauerfeier zufrieden seines Weges gehen konnte?

Ich bin mir sehr wohl dessen bewusst, dass eine Trauerfeier keine Abrechnung sein sollte, dass es also in diesen wenigen Minuten keineswegs darum gehen sollte, den Anwesenden möglichst viele zurückliegenden Ärgernisse und Kränkungen erneut aufzutischen. Nochmal: Ich werfe Ihnen nichts vor. Sie haben ihre Rolle mutmaßlich perfekt gespielt.

Wie eine Schauspielerin, der es nicht um die Wahrheit, sondern um einen fehlerfreien Auftritt geht.

Aber verhält es sich bei einer Trauerfeier nicht anders als im Theater? Geht es in diesen, in ›Ihren‹ Fällen nicht um einst reale Menschen, die es verdient haben, dass man sie wahrhaftig und ehrlich verabschiedet? Keine Frage: Es sind die Hinterbliebenen, die dafür den Großteil der Verantwortung tragen. Aber wie groß ist Ihre Verantwortung dabei? Nullkommanull? Wohl kaum. Machen Sie es sich nicht zu einfach, wenn Sie sich (möglicherweise) einreden, dass Sie nur eine Art Bestellung abarbeiten, dass Sie gar keine Wahl haben? Auch wenn es nicht darum gehen sollte, auf einer Trauerfeier einen Eklat zu provozieren – aber meinen Sie nicht auch, dass es zwischen ›Ich weiß von nichts‹ und ›Ich weiß alles, sage aber nichts‹ einen Mittelweg der Ehrlichkeit und Aufrichtigkeit geben sollte, zu dem Sie zumindest einen kleinen Teil beitragen könnten? Auch im Sinne zumindest mancher Angehörigen, Freunden und Bekannten übrigens, die es mutmaßlich oft nur schwer erträglich finden, dass niemand den Mut hat, das große Verstehen und Wahrheits-Zukleistern am Grab aufzubrechen und stattdessen falsch und richtig mutig zu benennen.

Waren Sie nicht diejenige, um auf Elisabeth Kintrup zurückzukommen, die (im Auftrag und gegen Bezahlung) den verbalen Mantel des Schweigens und Schönredens ausgebreitet hat?

Mittlerweile klingt mein Brief, ich spüre es selber mit einer Portion Unbehagen, sehr verehrte Frau Verhaak, wie eine Anklage gegen Sie persönlich. Wie gesagt: Das liegt mir fern, weil ich Sie erstens gar nicht kenne und es mir vielmehr grundsätzlich um die Kunst der Trauerrede gehe – und deswegen will ich es für heute dabei bewenden lassen. Ich bin, glauben Sie mir dies bitte, mittlerweile fasziniert von den Aufgaben der Trauerredner, vor allem von der Zwiespältigkeit dieser Rolle: einer Rolle, die sich zwischen Kunstfertigkeit und, verzeihen Sie mir auch diesen harschen Ausdruck, der willfährigen Heuchelei, bewegt. Ich wäre höchst erfreut darüber, wenn Sie diesen Brief zum Anlass nehmen würden, um Kontakt zu mir aufzunehmen. Ich bin mir sicher, dass wir ein für beide Seiten höchst anregendes Gespräch führen würden. Gerne lade ich Sie deswegen hiermit sehr herzlich zu mir ein.

Mit freundlichen Grüßen:
Ihre Hildegard Brauer.«

Anna legte den Brief aus der Hand. Sie stand auf und ging zum Fenster. Sie spürte ihre innere Anspannung und setzte sich deswegen wieder hin. Sie schaute auf die Uhr. 10.30 Uhr. Es war noch ausreichend Zeit bis zur nächsten Trauerfeier, die um 15 Uhr beginnen sollte. Anna spürte, dass Hildegard Brauer einen Punkt in ihr getroffen hatte, sie war aufgewühlt. Einerseits. Andererseits schrieb Hildegard Brauer doch selber: Den Großteil der Verantwortung für das, was ich als Trauerrednerin referiere, haben die Angehörigen. Und was bildet sie sich überhaupt ein? Aus ihrem Wohnzimmer maßt sich diese Person ein detailliertes und zudem hartes Urteil an, auch wenn sie gleich mehrfach betont, dass sie genau das nicht für sich in Anspruch nehmen wolle.

»Willfährige Heuchelei«: Als Anna diese Passage bei einem flüchtigen Blick auf die zweite Seite erneut las, spürte sie Zorn in sich aufsteigen. »Eine Unverschämtheit«, rief sie laut aus. Sie musste sich Luft machen. Und schließlich diese Verabschiedung: »Ihre« Hildegard Brauer. Sie sind nicht »meine« Hildegard Brauer, dachte Anna, ich verbitte mir diese Form der als Höflichkeit daherkommenden Anbiederung. Sie lade sie »sehr herzlich« zu sich ein – auf diese Form der gespielten Herzlichkeit könne sie gut verzichten. Es reichte. Was ist schon passiert, versuchte sie sich mit einer möglichst harmlos klingenden Zusammenfassung zu beruhigen. Eine mir unbekannte Frau – Anna sah mit Schrecken voraus, dass sie Hildegard Brauer, die sie nie zuvor wahrgenommen hatte, im kleinen Ebstorf fortan regelmäßig sehen würde – hat mir unaufgefordert einen Brief geschrieben, in dem sie mehrfach hervorhebt, dass sie von der Kunst der Trauerrede wenig bis nichts versteht und dass sie sogar großen Respekt vor dieser Begabung habe. Das ist der Kern ihres Briefs, versuchte Anna sich einzureden und damit zu beruhigen. Harmlos. Vernachlässigenswert.

Auf der anderen Seite stand der Bericht über die ungeheuerlichen Geschehnisse im Hause Kintrup, die auch bei ihr einen spürbaren Eindruck hinterlassen hatten. Aber Anna war fest entschlossen, jeden Hauch von Mitverantwortung abzulehnen. Sie nahm sich vor, über die zum Teil harschen Vorwürfe großzügig hinwegzusehen, sie zu vergessen. Sie waren nicht der Rede und noch weniger der Erinnerung wert, Hildegard Brauer hatte sie selbst mit ihren einschränkenden Zugeständnissen des Nicht-Wissens entwertet. Zu Recht. Sie hatte im wahrsten Sinne des Wortes keine Ahnung. Und davon reichlich, wie ihr Vater früher gerne hinzuzufügen pflegte. Anna faltete die zwei Seiten zusammen, legte sie in das mit Seidenpapier gefütterte Kuvert und stellte den Brief aufrecht an das Reihen-Ende in einer ihrer Bücherwände. An eine Stelle, die außerhalb ihres Blickfelds war, wenn sie allabendlich in ihrem Fernseh- und Lese-Sessel saß.

Ich wollte Antonia anrufen, fiel ihr plötzlich ein, ihre ein Jahr ältere Schwester, die als Krankenschwester im Auricher St. Elisabeth-Hospital arbeitete. Jetzt nicht, entschied sie. Vielleicht am Abend, vielleicht morgen. Der Kontakt zu ihrer »großen Schwester« war ihr wichtig. Gerade in einer nach Köpfen kleinen Familie kam es ihrer Meinung nach auf Zusammenhalt und Verlässlichkeit an. Die Gespräche und Telefonate mit Antonia waren nicht immer einfach, denn ihre Schwester konnte liebenswürdig und verständnisvoll, aber auch harsch und unnachgiebig sein. Zudem hatte sie ein »Elefanten-Gedächtnis«, das sie in die Lage versetzte, sich an vermeintliche oder tatsächliche Fehltritte, unpassende Einlassungen oder schräge Bemerkungen von jedermann zu erinnern, die manchmal Jahre zurücklagen.

Es konnte durchaus vorkommen, dass Antonia wie eine Staatsanwältin ihrer Schwester darlegte, dass sie »beim Kaffeetrinken am ersten April-Sonntag vor vier Jahren« sich so oder so über den- oder diejenige geäußert habe, währenddessen sie heute eine konträre Meinung zu der- oder demjenigen einnähme. Anna war in solchen Momenten nicht nur überrascht, sondern eindeutig in der argumentativen Defensive, weil sie sich bei weitem nicht so gut wie ihre Schwester an nahezu jedes Kaffeetrinken innerhalb der letzten Dekade entsann. Und auch ihr starkes Gefühl, dass es bei ihrem Gespräch seinerzeit um einen anderen Zusammenhang ging, dass also ihre beiden Urteile über diese oder jene Person nicht miteinander zu vergleichen waren, half ihr nicht. Es war ihr nahezu unmöglich, dagegenzuhalten – weil es ihr an der ihrer Schwester ebenbürtigen Erinnerung fehlte, und weil sie nicht wirklich Lust dazu verspürte, sich an einer freudlosen, rückwärtsgewandten und ihrer Überzeugung nach sinnfreien Wortklauberei zu beteiligen.

Aber Antonia war ihre Schwester. Im Ernstfall würde Antonia für sie alles liegen und stehen lassen. Sie konnte sich, wie sagte man so schön, zu 150 Prozent auf sie verlassen. Das galt zweifelsfrei auch umgekehrt. Anna spürte trotz aller Differenzen und charakterlichen Unterschiede, die sie immer als »familienüblich« bewertete, eine starke Verbundenheit zu ihrer Schwester, zu deren Ehemann Bernd und zu deren beiden Kindern Jan und Inken. Bernd Krüger war ein, soweit sie das beurteilen konnte, verlässlicher und treuer Ehemann, ein fürsorglicher Vater, ein fleißiger Versicherungsmakler, ein glühender Werder-Bremen-Fan und vor allem ein in der Hinsicht kluger Kopf, dass er wusste, wann er es mit Widerworten gegenüber seiner Antonia bewenden lassen sollte. Wenn es mit seiner Frau hart auf hart kam, ging Bernd entweder in die innere Emigration oder nahm den Weg des geringsten Widerstands. Warum auch nicht, dachte Anna jedes Mal, wenn sie Bernd im Gespräch mit Antonia halb resignativ, halb einsichtig »ist ja schon gut« sagen hörte und er sich aus der Küche schlich. Bernd wusste, wann es sich zu kämpfen lohnte und wann nicht.

Jan und Inken gingen mit ihren 16 und 14 Jahren noch zur Schule, sie steuerten beides auf ein vorzeigbares Abitur zu. Antonia und Bernd waren fest entschlossen, ihren beiden Kindern eine optimale Ausbildung zu ermöglichen – ein universitäres Studium nicht ausgeschlossen. Das war ein in der Familie keineswegs selbstverständliches Ziel. Antonia hatte ihr Magister-Studium der Soziologie und Politikwissenschaften abgebrochen und sich stattdessen zur Krankenschwester ausbilden lassen. Wann immer sie das Gefühl hatte, dass sie diese Entscheidung verteidigen musste, holte sie zu einem ausführlichen Bericht über das ihrer Einschätzung nach »praxisferne deutsche Hochschulwesen« aus, das sie geradezu dazu gezwungen hätte, auszusteigen und etwas Handfestes anzustreben. Gleichwohl habe sie natürlich sehr wohl unter Beweis gestellt, dass sie sich im Kreis von Akademikern zu bewegen wisse. Niemand bezweifelte dies, aber Antonia lag daran, dies so oft wie möglich und nötig zu wiederholen.

Der Nicht-Akademiker Bernd verhielt sich in dieser Frage wesentlich entspannter. Am Bremer »Schulzentrum Grenzstraße« hatte er sich zum Kaufmann für Versicherungen und Finanzen ausbilden lassen. Mit einem tadellosen Abschluss in der Aktentasche und nach einigen finanziell erfolgreichen Berufsjahren hatte er ein Maß an innerer Zufriedenheit und äußerem Wohlstand erlangt, was ihn erfolgreich davon abhielt, nach rechts oder links zu schauen, sich ständig mit den Karrieren anderer zu vergleichen, Gehaltstabellen zu studieren oder nachträglich Entscheidungen zu rechtfertigen oder gar in Frage zu stellen. Bernd ruhte in sich selbst, für Antonia galt das nur phasenweise.

Anna gestand sich ein, dass sie noch zu aufgewühlt war, um jetzt ihre Schwester anzurufen und dabei Gefahr zu laufen, in einen möglicherweise bewegenden Schlagabtausch zu geraten. Darauf konnte sie an diesem Montag gut verzichten, nach diesem Brief. Der Einkauf! Jetzt fiel ihr diese Aufgabe wieder ein, und sie spürte eine große Erleichterung, als sie diese banale Ablenkung vor sich sah. Sie nahm sich vor, gleich zwei der großen Supermärkte zu besuchen, um ein Maximum an Auswahl und Zerstreuung zu genießen. Sie schloss das Wohnzimmer-Fenster. Im Hinausgehen warf sie einen Blick auf Hildegard Brauers Brief, schnell schaltete sie das Licht aus.

II.

Die rund 20 Spazierminuten taten ihr gut, um genau 15 Uhr klingelte sie an der Tür von »Familie Peters« am Weizenkamp. Für den Hinweg hatte sie sich bewusst für den Gang über die für Ebstorfer Verhältnisse vielbefahrene Bahnhofstraße entschieden, an der einige Geschäfte lagen, deren Auslagen sie schon lange nicht mehr begutachtet hatte. Auf dem Rückweg wollte sie ein weiteres Mal über den Ebstorfer Friedhof laufen, sich unter einen Baum setzen und von dort aus mit Blick auf zwei oder drei Gräber-Inschriften »Biografien erfinden«, wie sie es mal gegenüber ihrer Schwester beschrieben hatte. Anna hatte sich für ein dunkelblaues Kostüm mit einer weißen Bluse darunter und eine Perlenkette entschieden, dazu farblich passende Schuhe. Während der Vorgespräche trug sie nie schwarz, diese Farbe behielt sie sich für die Trauerfeier vor.

»Guten Tag, Sie müssen Frau Verhaak sein«, begrüßte sie eine junge Frau, die Anna auf gute 30 Jahre schätzte und die eine schwarze Jeans und einen schwarzen Rollkragenpullover trug.

»Das stimmt – und Sie sind Annegret Peters?«

»Richtig, kommen Sie gerne herein. Wir freuen uns alle, dass Sie da sind.«

Beim Gang durch den Hausflur überprüfte Anna mit einem kurzen Blick in einen mannshohen Spiegel den Sitz ihres Kostüms und fragte sich gleichzeitig, wie viele Personen Frau Peters wohl mit »wir alle« gemeint haben könnte. Üblicherweise übernahmen ein oder zwei Angehörige die Vorgespräche.

Anna ließ sich nichts anmerken, als sie das Wohnzimmer betrat, in dem sich acht Personen inklusive der Witwe auf zwei Sesseln, Stühlen und auf einem Dreisitzer rund um den zentralen Tisch versammelt hatten. »Nehmen Sie gerne Platz«, deutete Annegret Peters mit einer offenen Handbewegung auf den einzig freien Sessel, von dem aus Anna alle Gesprächsteilnehmer im Blick hatte.

»Ich möchte Ihnen zunächst uns alle vorstellen, ist das in Ordnung?«, fragte Annegret Peters und lächelte freundlich. Man sah ihren rot unterlaufenen Augen an, dass sie in den vergangenen Stunden oft geweint haben musste.

»Sehr gerne«, antwortete Anna.

»Das sind Klaus' Mutter Bernadette Lühr und seine Schwester Petra.«
Anna schätzte die Mutter, die sich ebenfalls ganz in schwarz gekleidet hatte, auf 60 Jahre, die Schwester mochte gute 30 sein.

»Das sind meine Eltern Heinz und Else Peters«, fuhr Annegret Peters fort, »und das sind meine Brüder Ludger, Norbert und Matthias.« Bislang hatte noch niemand anders etwas gesagt, bei der namentlichen Vorstellung hatten alle nur kurz mit dem Kopf genickt.

»Ich möchte Ihnen allen zunächst meine Anteilnahme aussprechen«, sagte Anna, die die kurze Pause nach der Vorstellung so interpretiert hatte, dass es nunmehr an ihr sei, die Initiative zu ergreifen.

»Ich weiß, dass Sie gerade eine schwere Zeit durchleben und dass auch dieses Gespräch Ihnen nicht leichtfällt. Ich möchte Ihnen dabei helfen, eine Trauerfeier zu gestalten, die Sie tröstet und Ihnen etwas Halt gibt.«

Anna hielt inne. Sie wollte nicht allzu forsch auftreten und auf keinen Fall den Eindruck vermitteln, dass sie ein Standard-Programm runterspulte, dass sie ein vorgefertigtes Konzept hatte, das nur wenig Individualität zuließ.

»Klaus war ein lebenslustiger und fröhlicher Mensch«, sagte die Mutter unvermittelt in die Stille hinein. »Es sollte also trotz allem humorvoll zugehen.«

Trotz allem – Anna fiel in dem Moment ein, dass sie erst vor einigen Monaten einen gleichnamigen spanischen Film gesehen hatte, in dem es ebenfalls um eine Beerdigung ging. Eine eher absurde Komödie, wie sie im Nachhinein dachte. Als vier Schwestern nach der Beisetzung ihrer Mutter durch das Testament erfuhren, dass ihr Vater, den sie ihr Leben lang kannten, nicht ihr biologischer Vater war, machten sie sich gemeinsam auf die Suche nach ihrem Erzeuger.

Anna konzentrierte sich wieder. Trotz allem. Niemand widersprach der Mutter oder fügte etwas hinzu. Sie alle blickten auf den Fußboden, nur Annegret Peters behielt Anna fest im Blick.

Die junge Witwe hatte ihr in einem Telefonat, in dem sie gefasst gewirkt hatte, vor drei Tagen berichtet, dass ihr Mann mit nur 32 Jahren an Lungenkrebs gestorben war. Er hatte bereits mit 16 Jahren zu rauchen begonnen. Als Klaus Peters mit Dauerhusten und fortschreitender Heiserkeit vor vier Jahren endlich zum Arzt gegangen war, war es bereits zu spät. Der Arzt, ein ehemaliger Klassenkamerad von Klaus, schonte ihn nicht. Stadium 3, also fortgeschritten, mit äußerst ungünstiger Prognose. Annegret Peters betonte, dass Klaus hoffnungsvoll und optimistisch geblieben sei, das habe ihn ohnehin immer ausgezeichnet. »Ich bin nicht

krank«, habe er oft zu ihr gesagt und dabei auf seinen Brustkorb getippt, »ich habe nur etwas, was dort nicht hingehört.«
Und noch etwas sei wichtig, hatte Annegret Peters am Telefon unterstrichen. Klaus habe bei ihrer Hochzeit vor sieben Jahren ihren Nachnamen, also Peters, angenommen, weil er ein »äußerst schwieriges Verhältnis« zur Mutter gehabt habe. Klaus habe seiner Mutter Bernadette Lühr irgendwann unmissverständlich klargemacht, dass er die Familie seiner Frau als seine wahre Familie betrachte. Mehr wollte und könnte sie jetzt dazu nicht sagen. Dieser Aspekt sollte keinesfalls während der Trauerfeier thematisiert werden. Sie wolle sie als Trauerrednerin rechtzeitig vor dem Vorgespräch warnen, damit es gerade in diesem speziellen Fall nicht vor und während der Beerdigung zu einem Konflikt komme. Daran könne doch niemand ein Interesse haben. Anna erwiderte in diesem Moment nichts. Sie fragte sich nur, ob der Wunsch, diesen Aspekt nicht zu thematisieren, auch dem Wunsch der Mutter und deren Tochter Petra entspräche. Sei's drum. Es ist allein die Entscheidung der Familie, wie sie damit umgehen wollen, entschied sie. Es war nicht allzu viel, aber alles Notwendige gesagt. Annegret Peters verabschiedete sich mit der Formel »Auf Wiederhören, verehrte Frau Verhaak«, was nach deren Geschmack eine Spur zu formell daherkam.

Anna schaute sich in der großen Runde um und erwartete, dass sich nun doch irgendjemand anders äußern würde. Schweigen. Sie erwiderte den festen Blick von Annegret Peters. Und als sie sie so anlächelte, fiel ihr plötzlich ein Detail aus ihrem Telefonat mit der jungen Frau ein, was bis vor wenigen Stunden noch keinerlei Bedeutung gehabt hatte. Doch, Anna war sich sicher, genau so hatte es ihre Gastgeberin formuliert. Es sollte vor und während der Beerdigung zu keinem Konflikt kommen – »gerade in diesem speziellen Fall«, hatte sie hinzugefügt. Das waren auch Hildegard Brauers Worte gewesen.

Missbrauch. Verbrechen. Verrat. Anna erinnerte sich an ihren Gedanken, nachdem sie Hildegard Brauers Brief gelesen hatte. Aber sie ließ sich ihren Schrecken nicht anmerken und bemühte sich zügig um ein Gespräch. Schließlich wusste sie bislang wenig bis gar nichts über den Verstorbenen und die Wünsche der Hinterbliebenen.

»Wenn Sie alle jetzt an Klaus denken, was fällt Ihnen zu ihm spontan ein?«, fragte sie in die Runde.

»Wir haben ihn sofort in unser Herz geschlossen. Er ist ein, oh Entschuldigung, er war einfach ein guter Junge«, sagte Else Peters, während ihr neben ihr sitzender Mann stumm nickte.

»Ich muss daran denken«, meldete sich seine Schwester zu Wort, »dass er ein toller Handwerker war. Dieses Talent hatte er von unserem Vater, mit dem er früher viel gemeinsam gebastelt und gewerkelt hat. Mit Holz arbeiten, Möbelstücke bauen, tapezieren, das ging ihm alles leicht von der Hand.«

Anna schrieb fleißig mit, der Bann schien gebrochen.

»Klaus war immer hilfsbereit, selbst, als er selber viel Hilfe brauchte«, meinte Annegrets Bruder Matthias. »Er war bei der Freiwilligen Feuerwehr, er ging regelmäßig zur Blutspende, er hat allen Nachbarn bei Umbauten und Ein- und Auszügen geholfen, und seit er von seiner Krankheit wusste, hat er sich auch in einem Hospiz engagiert. Das fand ich irgendwie krass, denn er ahnte mit Sicherheit, dass es gut passieren könnte, dass er bald selber dort liegen würde.«

Rund eine halbe Stunde lang lieferte die Familie reichlich Anekdoten und Details. Annegret schilderte Klaus' Heiratsantrag in Wales, als bei einem Pub-Besuch einen Ring unter ein Guinness-Glas deponiert hatte, seine Mutter schwärmte von seinem geradezu unbändigen Appetit (»Vier Stücke Mohnkuchen konnte er hintereinander essen«), Ludger wies auf seine große Liebe zu Vierbeinern hin (»Von Tiersendungen bekam er nie genug, vor allem, wenn es um Hunde ging«). Matthias Peters, der bis dato kein Wort gesagt hatte, beschrieb in aller Ausführlichkeit Klaus' seit seiner Kindheit währende Verehrung für die Fußballer von Hannover '96 und die große Rivalität zu der 66 Kilometer weiter östlich kickenden Mannschaft von Eintracht Braunschweig. Er mochte Musik, er war zuverlässig, dies und das – Anna war mit der Informations-Ausbeute zufrieden.

Schwiegervater Heinz Peters hatte kein Wort gesagt. Zunächst dachte sich Anna nichts dabei, möglicherweise hatten die sieben anderen alles Wesentliche berichtet. Oder könnte es sein, dachte sie, als sie ihn kurz beobachtete, dass ihm etwas Spezielles auf der Seele liegt, etwas, das er möglicherweise nicht in dieser großen Runde zur Sprache bringen möchte? Und schlagartig waren sie wieder in Anna Kopf – Hildegard Brauers Worte von einem »speziellen Fall«.

Dachte Heinz Peters vielleicht in diesem Moment auch in diese Richtung, an den innerfamiliären Konflikt beispielsweise, den Annegret Peters nur angedeutet hatte? Hatte er eine andere Einstellung dazu, die er auf der Trauerfeier thematisiert haben wollte? Anna dachte einen Moment lang darüber nach, Heinz Peters direkt anzusprechen, natürlich nicht auf dieses offenkundig heikle Thema, sondern eher allgemein.

Woran er bei seinem Schwiegersohn besonders gern zurückdenke beispielsweise. Nein, besser nicht, nicht in der großen Runde. Sie entschied sich für eine andere, eine wie sie fand geschicktere Variante.
»Ich danke Ihnen sehr für Ihre Offenheit und Ihr großes Vertrauen«, sagte Anna. »Jeder von Ihnen kann mich jederzeit anrufen, wenn Ihnen noch etwas einfällt, was für die Trauerfeier wichtig sein könnte.«
Anna hoffte, dass auch Heinz Peters diese Einladung zum diskreten Einzelgespräch verstanden hatte. Mehr konnte sie nicht tun.

Mittlerweile hatte die Sonne auch die letzten Wolken über Ebstorf verschwinden lassen, es war in Kombination mit den gut 20 Grad ein herrlicher Nachmittag. Wie geplant lief Anna über den Koppelring und Sprengelstraße in Richtung Am Fünftdiemenland, von wo aus sie am liebsten auf den Friedhof ging. Ständig dachte sie an das Gespräch mit den Peters zurück. Vielleicht ist dies tatsächlich ein spezieller Fall, überlegte sie. Oder bildete sie sich das nur ein? Für eine Sekunde hatte sie das Bild von Hildegard Brauers Brief in ihrem Bücherregal vor Augen. War nicht jeder Todesfall ein individueller, ein singulärer, ein Einzel- und damit ein spezieller Fall? Ganz gewiss sogar, aber das war doch eine Binsenwahrheit. Ein Verstorbener, über dessen Vater niemand während des Vorgesprächs ein Wort verloren hatte, der sich wegen eines Konflikts mit seiner Mutter entschieden hatte, den Namen seiner Frau anzunehmen. Eine Mutter, die trotz allem – da waren auch sie wieder, diese beiden Wörter – offenkundig fest zu ihrem Sohn stand und die Einladung von Familie Peters zu einem gemeinsamen Vorgespräch angenommen hatte… Anna spürte ein Unwohlsein. All das musste in den vergangenen Jahren innerhalb der Familien Lühr und Peters mindestens zu Spannungen und Eifersüchteleien, vielleicht sogar zu einem offenen Streit in verschiedenen Personen-Konstellationen geführt haben. Alles andere wäre lebensfremd.

Anna hatte nicht mitgezählt, aber es mochten in ihren bisherigen drei Jahren als Trauerrednerin rund 100 Trauerfeiern gewesen sein, die sie gestaltet hatte. Aber noch nie hatte sie ihrer Erinnerung nach so intensiv wie jetzt das Gefühl, dass sie tatsächlich einen speziellen Fall vor sich hatte, dass es ihr möglicherweise schwerfallen würde, die Vorgaben von Annegret Peters und deren Familie zu erfüllen und gleichzeitig den unausgesprochenen Gefühlen der Mutter und deren Tochter gerecht zu werden. Ihr Sohn, so reimte sie es sich zusammen, hatte ihr irgendwann unmissverständlich klargemacht, dass die Familie seiner Frau nunmehr seine Familie sei. Oder kam nach 99 Trauerfeiern, die ihrer Erinnerung nach über jeden Zweifel erhaben gewesen waren, dieses plötzliche Gefühl der Unsicherheit allein wegen Hildegard Brauers ominösem Störfeuer auf? Auch wenn Anna aus eigener Erfahrung keine Muttergefühle kannte, konnte sie sich gut vorstellen, dass Bernadette Lühr diese Nachricht als einen heftigen Schlag ins Gesicht wahrgenommen hatte, als ein schockierendes Sich-Abwenden. Gleiches galt mutmaßlich für die Schwester. Für einen Moment stellte Anna sich eine vergleichbare Entscheidung ihrer Schwester Antonia vor. Es war keine schöne Vorstellung. Ihr kam in diesem Moment ein Zitat von Johann Heinrich Pestalozzi in den Sinn, auf das ihre Mutter sie einst hingewiesen hatte und das sie nie vergessen würde: »Eine Mutter ist der einzige Mensch auf der Welt, der dich schon liebt, bevor er dich kennt.« Es war zwar nur der Name, den Klaus Peters gewechselt hatte. Aber es ist auch Bernadette Lührs Name.

Ob Heinz Peters meine indirekte Aufforderung annehmen und sich melden wird, fragte sich Anna. Oder werden Frau Lühr oder ihre Tochter anrufen und diese knifflige Angelegenheit zur Sprache bringen? Besser nicht, dachte sie im gleichen Moment, das würde sie unweigerlich in die Verlegenheit bringen, Annegret Peters erneut darauf ansprechen zu müssen, um eine Art Kompromiss für die Trauerfeier auszuhandeln. Auszuhandeln? Anna erschrak über sich selbst. Derartig taktische Überlegungen hatte sie bislang noch nie angestellt.

Auf der anderen Seite, wenn sich also niemand bei ihr melden würde, müsste sie den Wünschen der Witwe entsprechen und das Thema Namenswechsel und alle die damit ausgelösten Verletzungen verschweigen. Was wiederum der gesamten Trauergemeinde nicht entgehen und vor allem Bernadette Lühr und deren Verwandtschaft möglicherweise heftig zusetzen würde. Anna dachte über Synonyme für den Begriff »Verschweigen« nach. Übergehen, verdecken, kaschieren, vorenthalten, unterschlagen, verbergen. Nichts davon klang besser. Missbrauchen. So hatte es Hildegard Brauer formuliert. Kann es sein, schoss es Anna durch den Kopf, dass Familie Peters sie tatsächlich für dieses Übergehen, Verdecken, Kaschieren, Vorenthalten, Unterschlagen und Verbergen missbrauchen wollte?

An diesem Dienstagmorgen verließ sie ihr Haus wie immer gegen 8.45 Uhr. Sie kalkulierte immer eine halbe Stunde Fahrt mit dem Auto bis nach Lüneburg ein, einen Stau hatte sie während der vergangenen zwei Jahre auf dieser Strecke noch nicht erlebt. Corona und die Folgen – was sonst, dachte sie, als sie Melbeck passierte – war das beherrschende Thema im Radio. Sie hatte sich bereits zwei Mal mit Moderna impfen lassen.

Aber es konnte nie schaden, davon war sie überzeugt, auch bei diesem Sujet immer auf dem Laufenden zu bleiben. Sujet: Sie verwendete gerne, zumindest gedanklich, solche Archaismen – Begriffe, die selten verwendet werden oder aus der sprachlichen Mode gekommen waren. Als Leiterin der im weiteren Umkreis größten Bibliothek empfand sie es gleichermaßen als Pflicht und Notwendigkeit, in möglichst vielen Angelegenheiten kompetent mitreden oder gegebenenfalls Auskünfte erteilen zu können. Der *Deutschlandfunk* während der Hin- und Rückfahrten, die tägliche *Tagesschau*, die Pausen-Lektüre von unterschiedlichen Tageszeitungen, von denen es reichlich in der Ratsbücherei gab: Anna konnte mit Fug und Recht behaupten, dass sie, wie ihr Stellvertreter sie mal gelobt hatte, »up to date« war. Sie kannte sich mit der Ebstorfer Dorfgeschichte aus, sie kannte die bundesweit nächsten Wahltermine auswendig, die Ministerpräsidenten aller 16 Bundesländer waren ihr mit Vor- und Zuname geläufig, sie hatte die jüngsten Wahlen in den USA aufmerksam verfolgt, vor allem der Nahe und Mittlere Osten mit seinen unlösbar komplexen Problemen, seinen Dauer-Konflikten und Aggressionen bewegte und faszinierte sie.

Den gestrigen Abend hatte sie spontan umgeplant. Das war bislang noch nie vorgekommen. Eigentlich hatte sie damit beginnen wollen, die Trauerfeier für die Peters anzugehen, ihre Notizen nochmal zu studieren, in ihren Büchern nach passenden Textstellen zu suchen, sich einen roten Faden zu überlegen. Aber sie hatte das Gefühl, nicht in der dafür passenden Stimmung zu sein. Außerdem spürte sie ein leichtes Halskratzen. Als sie an das nachmittägliche Vorgespräch, an Hildegard Peters' telefonische Mahnung, an Bernadette Lührs mütterliche Trauer und an die im Vergleich dazu vorgebrachten Banalitäten von Klaus Peters' Vorlieben fürs Handwerken und Fußball dachte, entschied sie sich stattdessen für eine entspannende Lektüre. Die Geschichte des Marschmädchens Kya, das im »Gesang der Flusskrebse« allein in einem Sumpfgebiet im US-Bundesstaat North Carolina aufwächst, berührte sie auf jeder Seite. Wann immer sie in der Bücherei um einen aktuellen Lesetipp gebeten wurde, empfahl sie in diesen Tagen dieses Buch.

Wie üblich parkte sie ihren Wagen in der Wallstraße. An diesem Morgen nahm sie sich vor, nicht den ihr vertrauten Fußweg zu gehen, sondern gleich hinter dem prächtigen Haus Schütting, in dem die Industrie- und Handelskammer Lüneburg-Wolfsburg ihren Sitz hat, in die Kleine Bäckergasse abzubiegen, um schließlich unmittelbar vor dem Markplatz links auf die Waagestraße zuzulaufen. Sie war gut in der Zeit. Spätestens eine halbe Stunde vor der Bibliotheks-Öffnung wollte sie immer in ihrem Büro sitzen. Deshalb lief sie langsam die Schaufenster in der Fußgängerzone ab.

Dabei interessierte sie sich keineswegs allein für die neueste Mode, für Sonderangebote oder für mögliche Geschenkideen. Anna hatte Gefallen daran gefunden und es sich zur Gewohnheit gemacht, die Aushänge in den Geschäften, Lokalen, Restaurants, Cafés und großen Kaufhäusern zu begutachten. Mal schmunzelte sie, mal schüttelte sie mit dem Kopf, mal ärgerte sie sich darüber. Ihr Fazit, für das sie auf Verlangen zahlreiche Beispiele parat gehabt hätte, lautete: Vielen Menschen ist eine korrekte Rechtschreibung einerlei. Vielleicht können sie aufgrund mangelhafter schulischer Vorleistungen, vielleicht wollen sie auch aus Trotz oder Lethargie gar nicht alle Regeln einhalten, dachte sie oft. In jedem Fall hatte die Bibliothekarin und Literatur-Liebhaberin über die Jahre hinweg eine grassierende orthografische Gleichgültigkeit beobachtet, die sie entsetzte und die ihr in manchen Fällen regelrecht weh tat.

Gleich am ersten Schuhgeschäft fiel ihr der Hinweis auf die »Einlaßzeiten« mit scharfem ß auf. In der danebenliegenden Parfümerie gab es dagegen erfreulicherweise keine Auffälligkeiten. Im nächsten Schuhgeschäft versprach das Plakat den Zugang auch ohne »Corona Test« und damit ohne Bindestrich, ein Frisör kündigte seinen Urlaub »von…Bis« an, ein Handwerker versprach preisgünstige »Schuh-Reperaturen«, ein Apotheker bat darum, im Ernstfall in die »Ellenbeuge zu Niesen«. An das inflationär gebräuchliche »Herzlich Willkommen« mit »großem Wilhelm«, wie Anna meist in sich hineinnuschelte, hatte sie sich dagegen schon fast genauso gewöhnt wie an die als sächsischen Genitiv bezeichnete und längst deutschlandweit bekannte Apostropheritis wie beispielsweise bei »Petra's Salon«, deren Schild sie neulich aus dem Auto heraus gesehen hatte. Noch nie hatte sie einen Ladeninhaber auf einen Fehler hingewiesen. Sie wollte keinesfalls besserwisserisch auftreten. Sie war nur erschrocken darüber, welches Ausmaß die Unachtsamkeiten und Schlampereien über die Jahre angenommen hatten. Anna war sich sicher, dass es jedes Jahr schlimmer wurde.

Nur ein einziges Mal war sie kurz davor gewesen, einen Restaurant-Besitzer auf dessen Speisekarte anzusprechen. Ihr war bei der Suche nach einem passenden Gericht aufgefallen, dass die Menükarte fehlerfrei war. Es kam ihr wie ein Wunder vor. Weil sie es nach der Erst-Lektüre nicht glauben wollte, machte sie sich die Mühe, trotz der Begleitung durch ihre Freundin Andrea Steinbach Gericht für Gericht und Getränk für Getränk aufmerksam ein zweites Mal zu lesen. Sie hatte nichts zu beanstanden.

Obwohl sie in den vergangenen Jahren das Gefühl hatte, dass gefühlt 98 von 100 Speisekarten Schreibfehler enthielten, und dieser Restaurant-Besitzer somit eine löbliche Ausnahme darstellte, hielt sie sich mit einem oberlehrerhaften Lob zurück und zeigte sich stattdessen beim Trinkgeld sehr großzügig.

Sie hatte über die Fehlerflut auch mit zwei Bücherei-Kollegen intensiv diskutiert und war seinerzeit einigermaßen fassungslos darüber, dass selbst sie als vermeintliche Sprachliebhaber diesen negativen Trend als weitgehend bedeutungslos einstuften.

»Aber eine Speisekarte ist doch auch eine Art Visitenkarte«, wandte Anna ein.

»Das stimmt, aber die Hauptsache ist doch, dass jedermann weiß, was er bestellt«, entgegnete einer der Kollegen.

»Mit dem Argument kannst Du auch ›Fogel‹ statt Vogel schreiben, weil jeder weiß, welches Tier gemeint ist«, empörte sie sich. »Und ich verstehe nicht, warum man als Restaurant- oder Laden-Besitzer nicht einen Profi engagiert, der die Speisekarte oder die Aushänge auf Korrektheit überprüft. Das würde maximal eine halbe Stunde dauern.«

Sie kamen an diesem Tag nicht auf einen Nenner. Nur dass Anna sich darin bestärkt sah, in ihren Trauerfeier-Texten, die sie den Hinterbliebenen auf Wunsch gerne nachträglich zur Verfügung stellte, geradezu pedantisch auf Fehlerfreiheit zu achten.

Der Tag verlief ohne besondere Vorkommnisse. Gleich nach Dienstbeginn besprach sie mit einem Mitarbeiter den möglichen Ausbau des elektronischen Medienangebots, die Leiterin der Jugendbücherei bat sie um einen Austausch über die ihrer Beobachtung nach stetig zurückgehenden Besucherzahlen von Kindern und Jugendlichen, gegen 14 Uhr brach sie mit einem Leihrad zur Stadtteilbücherei im Schulzentrum Kaltenmoor auf, die sie schon lange nicht mehr besucht hatte. Spätestens gegen 16.30 Uhr wollte sie jedoch wieder am Marienplatz sein, damit sie noch genug Zeit für eine ihre Lieblingsaufgaben hatte – für »einen Gang durch unseren Bücher-Safe«, wie sie es gerne beschrieb. Mit fast 800 Handschriften, mehr als 1100 Inkunabeln und rund 20.000 Drucken aus dem 16. bis 18. Jahrhundert glich die Lüneburger Ratsbücherei tatsächlich einer bibliophilen Schatzkammer, die vor allem Lüneburger Patrizier, Apotheker und Ärzte mit ihren Schenkungen gefüllt hatten. Nicht selten bekam Anna sogar eine Gänsehaut, wenn sie einen Blick auf die seltene, 15 Kilogramm schwere Osiander-Bibel aus dem Jahr

1711 oder die wertvollen Musikalien warf und sie mit weißen Handschuhen vorsichtig in die Hand nahm – Erstausgaben von Bach, Mozart oder Schumann oder die weltbekannten »Lüneburger Orgeltabulaturen« beispielsweise.

Als sie über die Friedrich-Ebert-Brücke und von dort aus über die Ilmenau fuhr, schaute sie kurz auf ihre Uhr und entschied sich für einen kleinen Umweg über den Platz Am Sande, um den Aushang der *LZ*, also der Landeszeitung aus dem Medienhaus Lüneburg, zu überfliegen. Wie üblich um diese Uhrzeit war der Platz belebt, nahezu alle Café-Plätze waren besetzt. Anna fuhr direkt vor das Schaufenster, ein flüchtiger Blick auf die normalerweise drei oder vier ausgehängten Seiten würden ihr genügen. Eine Seite Sport, eine Seite Politik, eine Seite Lokales und eine Anzeigen-Seite waren heute im Angebot.

»Glück ist das Einzige, was sich verdoppelt, wenn man es teilt!«, hatte die Anzeigenabteilung ein Zitat von Albert Schweitzer auf dieser Seite in die Mitte einer sogenannten Eigenanzeige gestellt. Verbunden mit dem Aufruf: »Teilen Sie doch Ihr Glück und Ihre Freude mit einer Anzeige in Ihrer Tageszeitung.«

Immerhin alles richtig geschrieben, dachte sie. Rechts oberhalb davon waren zwei Todesanzeigen platziert. Die größere der beiden war Klaus Peters gewidmet, geb. 14.4.1988, gest. 16.7.2020. Anna stellte ihr Fahrrad ab und trat so nah wie möglich ans Fenster heran, um auch das kleiner Gedruckte lesen zu können.

»Wir nehmen Abschied von meinem lieben Mann, meinem lieben Sohn, meinem lieben Bruder, unserem gütigen Schwiegersohn und unserem tollen Freund«, stand oberhalb des Namens. Darunter die Liste der Angehörigen und Anzeigen-Auftraggeber: »In stiller Trauer: Deine Annegret, Mutter, Petra, Schwiegereltern sowie Ludger, Norbert und Matthias«. Die Trauerfeier würde, kündigten sie ohne Datums- und Ortsangabe an, im »engsten Familienkreis« stattfinden.

Dass die Hinterbliebenen eine Anzeige mit der Todesnachricht schalteten, war ein normaler Vorgang. Auch der Text bestach durch Gewöhnlichkeit. Sollte man der Familie Peters nicht besonders wohlgesonnen sein, könnte man sogar von Einfallslosigkeit sprechen, dachte Anna. Sie hatte schon viele ähnlich oder nahezu gleichlautende Anzeigen gelesen. Wie komme ich nur dazu, ausgerechnet in diesem Fall über die mögliche Einfallslosigkeit des Textes nachzudenken, fragte sie sich.

Ein weiterer Punkt kam ihr in den Sinn. Familie Peters hatte darauf verzichtet, das Datum und den Friedhofsnamen anzugeben. Doch,

doch, versuchte Anna sich zu erinnern, das kommt durchaus vor. Aber eher selten. Je länger sie darüber nachdachte: sehr selten. Zufall? Absicht? Konnte es »in diesem speziellen Fall«, schoss es ihr durch den Kopf, denn überhaupt Zufälle geben? Annegret Peters hatte auf sie einen selbstbewussten und zielstrebigen Eindruck gemacht. Vor allem das angeblich schwierige Verhältnis ihres verstorbenen Manns zu dessen Mutter und die daraus resultierende und von ihm ausdrücklich gewünschte Namensänderung hatte sie unmissverständlich angesprochen und mit der Aufforderung verbunden, diese Tatsachen »auf keinen Fall« während der Trauerfeier auch nur ansatzweise anzusprechen. Sollte möglicherweise deswegen, grübelte Anna, die Trauerfeier und Besetzung im kleinsten Familienkreis stattfinden – damit möglichst wenige Personen von dieser Art des Totschweigens erfahren? Und hatte die Familie deswegen keinen Zeitpunkt und keinen Ort benannt, damit auch nicht zufällig oder aus guter Absicht der eine oder andere Bekannte auftauchte und zum Zeugen willfähriger Heuchelei wurde?

Jetzt aber mal halblang, dachte Anna, während sie auf die Anzeige schaute. Rund 100 Trauerfeiern habe ich über die Bühne gebracht, 100 von Anfang bis zum Ende normale und, auch wenn dies in diesem Zusammenhang merkwürdig klingt, erfolgreiche Trauerfeiern. Ich habe oft und reichlich Lob für meine einfühlsamen, individuell zugeschnittenen und anspruchsvollen Texte bekommen, für die ich mir wirklich viel Mühe gegeben habe. Manche Hinterbliebene haben mir nachträglich sogar ein kleines Geschenk geschickt, nie gab es Zweifel oder Kritik an meinem Verfahren – und jetzt stehe ich hier vor dem Schaufenster der *LZ* und denke mit Blick auf eine banale Todesanzeige im Stil einer Kripobeamtin darüber nach, ob ich nicht doch die Familiengeschichte der Lührs und Peters' intensiver erforschen sollte oder sogar müsste. Weil es eben doch ein spezieller Fall ist? Weil die Mutter und Schwester des Verstorbenen es verdient haben? Weil ich mich sonst der willfährigen Heuchelei schuldig mache? Oh Gott, kann ich nicht endlich den Brief dieser Frau Brauer vergessen?! Aber all das war doch noch nie ein Thema für mich. Nie, nie, nie! Ja, aber vielleicht ist es eben doch ein Thema – vielleicht ist genau das ein Problem, dem ich mich stellen muss? Warum sollte ich, wenn doch bislang immer alles reibungslos und zur Zufriedenheit aller verlaufen ist? Was könnte man mir, was kann ich mir vorwerfen? Wenn ich ehrlich bin, kann ich gar nicht wissen, ob die Gäste immer und vor allem zufrieden waren. Wer traut sich denn schon, Lügen, Fehltritte, Entgleisungen, Seitensprünge, Taktlosigkeiten, Verfehlungen oder die

Schuld von Verstorbenen zu thematisieren oder von mir thematisieren zu lassen? Ich referiere, was ich referieren soll, was sollte daran falsch sein? So plötzlich, nach 200, nein, nach 100 Trauerfeiern. Aber vielleicht mache ich es mir damit zu einfach, denn möglicherweise fühlt sich der eine oder andere Hinterbliebene genau dadurch vor den Kopf gestoßen? Der Missbrauch im Hause Kintrups – welch ein Unrecht. Jetzt erinnere ich mich an einen weiteren Fall, dachte Anna, er muss etwa ein Jahr zurückliegen, als sich der Sohn einer Verstorbenen geradezu euphorisch bei mir bedankte, während seine Schwester mir nach dem Gang zum Grab bewusst aus dem Weg ging. Das Vorgespräch hatte nur mit ihm stattgefunden. Hatte ich auf seinen Wunsch und ohne dass ich es wusste, etwas bagatellisiert oder übertüncht, womit ich seine Schwester verletzt habe? Also einfach mehr Offensive, mehr Ehrlichkeit und Offenheit? Es muss ja nicht gleich in einem Eklat enden, so viel Fingerspitzen- und Taktgefühl traue ich mir zu.

Wenn ich es mir als Trauerrednerin möglicherweise an Mut zu Geradlinigkeit und Wahrhaftigkeit fehlt – könnte es sein, dass ich auch privat einen ehrlichen Umgang scheue und problematischen Situationen bewusst oder unbewusst aus dem Weg gehe?

Zum Beispiel Antonias regelmäßige Anklagen und Vorwürfe, die ich halbwegs gelassen über mich ergehen lasse, die aber irgendwie unausgesprochen zwischen uns stehen. Eine innergeschwisterliche Klagemauer, bei der wir auf unterschiedlichen Seiten stehen. Und wenn wir uns darüber entzweien? Zum Beispiel Mutters und Vaters demonstrative Lobhudelei über meinen akademischen Abschluss und über meine ihrer Meinung nach »sensationelle Karriere« – eine Eloge, die mir vor allem im Beisein der beiden Nicht-Akademiker Antonia und ihrem Ehemann Bernd unangenehm ist. Zumal ich mir auch bei weitem nicht so viel darauf einbilde wie meine Eltern. Könnte es sein, dass ich ausgerechnet für meine Eltern zuvorderst die Familien-Vorzeige-Gelehrte und weniger die normale Tochter bin? Und könnte es sein, dass ich mit meinem Schweigen und Nicht-Zurückweisen dieser Lobeshymnen vor allem eine Art Familien-Funktion erfülle?

Anna schüttelte mit dem Kopf. Was geht eigentlich gerade in meinem Kopf vor, fragte sie sich? Ich hatte doch noch nie einen Grund, meine Arbeit als Trauerrednerin anzuzweifeln. Aber genau das mache ich jetzt. Warum? Warum jetzt? Und ich denke sogar über mögliche Parallelen in meinem Privatleben nach. Und all das wegen des Briefs einer fremden Frau? Das kann doch nicht wahr sein, das darf nicht wahr sein…

»Darf ich auch mal ins Schaufenster gucken?« Anna zuckte zusammen, als eine ältere Dame sie freundlich ansprach. Sie schaute auf die Uhr und rechnete zusammen, dass sie sich fast zehn Minuten in ihren Gedanken verloren und ihre Umgebung vollkommen ignoriert hatte. Jetzt aber zügig zur Bücherei, dachte sie. Mit einem »aber gerne doch, ich bin schon weg« schwang sie sich auf ihr Fahrrad. Was wollte ich jetzt noch erledigen?, fragte sie sich und spürte ihre Unkonzentriertheit und innere Unruhe. Ich wollte in unsere Schatzkammer, fiel ihr ein. Ein Lichtblick. Und heute Abend? Ich werde die Trauerfeier für Klaus Peters vorbereiten. Nein, dachte sie, ich *muss* die Trauerfeier für Klaus Peters vorbereiten.

III.

Anna spürte schnell, dass ihr heute die Arbeit in der Schatzkammer keine Freude bereiten würde. Sie war unkonzentriert, fahrig, unzufrieden. Sie hatte sich vorgenommen, einige Erstausgaben des Lüneburger Organisten Georg Böhm zu begutachten, was sie zuletzt vor einigen Monaten gemacht hatte. Nein, das hat dieser großartige Barock-Komponist nicht verdient, dachte sie, als sie die kostbaren Blätter wieder einschloss, dass ich seine Kantaten und Motetten mir so nebenbei anschaue. Sie streifte die weißen Stoff-Handschuhe wieder ab, holte ihre Tasche und ihren Mantel aus ihrem Büro und machte sich auf den Heimweg.

Anders als üblich fuhr sie zügig, an manchen Stellen schneller als erlaubt. Sie wollte schnell ihr »trautes Heim« – auch diesen altmodischen Begriff mochte sie – erreichen, zur Ruhe kommen, Zerstreuung vor dem Fernseher oder bei ihrer Romanlektüre, beim »Gesang der Flusskrebse« finden, abschalten. Das geht Millionen Menschen nach einem Arbeitstag genauso, dachte sie, als sie den Ortseingang von Ebstorf erreichte. Um sich im gleichen Moment einzugestehen, dass sie dieses Gefühl nicht wirklich kannte. Sie liebte ihren Beruf, und deswegen mochte sie den Spruch, den man dem chinesischen Philosophen Konfuzius zurechnete »Wähle einen Beruf, den Du liebst, und Du musst keinen Tag mehr in Deinem Leben arbeiten.« Diese Weisheit lag Anna buchstäblich am Herzen. Umso verwirrter und geradezu verärgert war sie, als sie daran dachte, wie hektisch sie die Schatzkammer in der Bücherei verlassen hatte. Das passt nicht zu mir, dachte sie, ich erkenne mich nicht wieder.

Vollbremsung! Anna war vollends in ihren Gedanken eingetaucht und war deswegen die ihr so vertraute Strecke über die Lüneburger Straße wie im Traum in Richtung Ebstorf gefahren, bis sie wenige Meter vor dem Ziel und vor ihrem Auto eine Frau über einen Zebrastreifen gehen sah. Sie konnte es nicht glauben: Es war Hildegard Brauer, die die Straße gemächlich von links nach rechts überquerte und in Richtung Hallenbad ging. Das Treffen vor dem Kintrup-Haus, der Brief, und jetzt der Fast-Unfall. Als sie Hildegard Brauer beobachtete, die sie offenkundig und glücklicherweise nicht erkannt hatte, schoss ihr durch den Kopf, wie präsent diese Frau, die sie zuvor nie bewusst wahrgenommen hatte, mittlerweile in ihrem Leben war. Ein kurzes Gespräch und einige wenige Brief-Seiten einer fremden Person hatten sie in eine ihr bislang unbekannte Unruhe versetzt. Diese Frau, dachte Anna, hat offenbar einen wunden Punkt von mir getroffen. Ein einziges Wort hatte dafür ausgereicht: Missbrauch.

Sie schloss ihre Haustür auf und ohne vorher ihren beigefarbenen Mantel und ihre Schuhe auszuziehen ging sie schnurstracks auf das Bücherregal in ihrem Wohnzimmer zu, in das sie Hildegard Brauers Brief gestellt hatte. Sie nahm ihn aus dem Regal und lief damit in die Küche. Sie spürte ihre Wut, als sie den Brief wieder und wieder in immer kleinere Teile zerriss und das Häufchen Papier schließlich in ihrer Papiertonne entsorgte. Das hätte ich sofort machen sollen, dachte sie, als sie ihren Mantel im Flur aufhängte und die Schuhe gegen ihre häuslichen Crocs eintauschte. Aus den Augen und damit endgültig aus dem Sinn, sagte sie leise zu sich selbst. Hoffentlich.

Sie erschrak heftig, als sie das Telefon im Wohnzimmer läuten hörte.

»Anna Verhaak.«

»Hier spricht Dein Vater, wie schön, dass ich Dich sofort erwische.«

»Hallo Papa, ich bin gerade zur Tür hereingekommen, wir haben also beide Glück gehabt.«

»Das stimmt, aber vor allem ich habe Glück.«

Sie hatte immer schon »Papa« zu ihrem Vater gesagt, und sie würde es auch nie ändern. Sie mochte den weichen Klang dieses Wortes und die damit verbundene Erinnerung an ihre Kindheit und Jugend. Viele ihrer damaligen Mitschüler und Freunde nannten ihre Eltern beim Vornamen. Paul? Nein, das klang in Annas Ohren viel zu schlicht und geschäftsmäßig. Papa – vier Buchstaben, die Wärme und Nähe ausstrahlten.

»Wie geht's Dir – hattest Du viel zu tun in der Bücherei?«

»Nein, alles wie immer, keine besonderen Vorkommnisse«, antwortete sie und setzte sich in einen Sessel.

»Und bei Dir?«

»Bei mir gibt's auch nichts Neues. Das Wetter ist ordentlich. Ich bin nach dem Frühstück die Weser entlang zum Lankenauer Höft spaziert, das hat gutgetan. Den Nachmittag über habe ich etwas ferngesehen und gelesen.«

Anna fasste spontan einen Entschluss. »Weißt Du ›was, Papa, ich komme Dich am kommenden Wochenende besuchen, und dann gehen wir nochmal gemeinsam zum Höft. Was hältst Du davon?«

Als ihr Vater dieses ihr so vertraute Ausflugsziel erwähnte, hatte sie sofort vor Augen, wie oft sie dort mit ihm auf einer Uferbank gesessen und gehofft hatte, dass ein möglichst großer Pott an ihnen vorbeiziehen würde. Sie hatten bei diesen Gelegenheiten immer geraten, woher das Schiff kam, was es geladen hatte und was es als nächstes Ziel ansteuern würde. Während sich Paul Verhaak üblicherweise an einer realistischen Variante versuchte – »die ›Aurora‹ kommt aus Rotterdam und liefert 1500 Tonnen Stahl« – sorgte Anna immer für phantasiereiche Geschichten. »Ich wette«, sagte sie als Achtjährige, »dass die ›Aurora‹ aus Panama kommt und zehntausendachtmillionen Legosteine an Bord hat, die sie ins Kaufhaus Schulte an der Schlachte bringt.«

Ein anderes Mal, sie musste etwa ein Jahr älter gewesen sein, behauptete sie, dass die »Anouk« den »Bauch voller Spaghetti und Ravioli« hätte, die sie »irgendwo in Italien« an Bord genommen hätte und nunmehr direkt zu bremischen Restaurants fahren würde. Ihr Papa lächelte immer. Und mochte die Geschichte auch noch so absurd klingen, er widersprach nie.

»Das ist eine wunderbare Idee, Anna«, erwiderte Paul Verhaak.

»Ob Du es glaubst oder nicht: Ich habe am Wochenende auch nichts vor. Willst Du nicht schon am Samstag kommen und bei mir übernachten?«

»Sei mir nicht böse, Papa, aber das würde mir zu viel. Ich bin doch am Samstag noch bis etwa 14 Uhr in der Bücherei. Ich würde mich am Sonntag gleich nach dem Frühstück auf den Weg machen. Ich schätze, dass ich gegen 11 Uhr bei Dir aufkreuzen werde. In Ordnung?«

»Aber natürlich.«

»Ich freue mich auf Dich, Papa.«

»Und ich wie immer doppelt«, antwortete er, wie er es schon früher oft gemacht hatte.

»Dann lass mich jetzt mal in die Küche gehen, damit ich mir etwas zu essen machen kann.«

»So machen wir's – mach's gut, meine liebe Anna.«

»Tschüß, Papa.«

Das wird mir guttun und mich auf andere Gedanken bringen, dachte Anna, als sie sich in ihren Schränken ihr Abendbrot zusammensuchte. Und es wird auch ihm guttun.

Meinem Papa.

Paul Verhaak lebte allein in Bremen-Woltmershausen, seit seine Ehefrau Ingrid vor zwei Jahren an Krebs gestorben war. Welch ein Schlag, welch ein Verlust, der Anna immer wieder die Tränen in die Augen trieb, wenn sie beispielsweise irgendwo den Vornamen ihrer Mutter hörte oder von einem ähnlichen Schicksal las. Ihre Mama war der Ruhepol der

Familie gewesen, die Seele, der Kummerkasten. Eine einfache, einfühlsame und liebevolle Ehefrau und Mutter, die nie viel Aufhebens um sich gemacht, sondern immer zunächst an ihre Töchter und an ihre Familie gedacht hatte. Anna kam oft ein jüdisches Sprichwort in den Sinn, wenn sie an ihre Mama dachte: Mütter verstehen, was Kinder nicht sagen.

Paul Verhaak und Ingrid Jansen waren beide 18 Jahre alt, als sie sich 1967 auf einem Tanzabend im Vareler Lokal »Herzblatt« kennenlernten. Gut zwei Jahre später führte Paul seine Ingrid zum Traualtar. Paul Verhaak, der die Volksschule besucht hatte, arbeitete zu diesem Zeitpunkt im Fahrdienst bei der Bundesbahn. Ein Rangierer, wie er es oft beschrieb. Mit ihren zwei Gehältern – Ingrid half als gelernte Verkäuferin in einem kleinen Krämerladen aus – kamen sie einigermaßen über die Runden. Aber mit den gewünschten zwei Kindern, das stand für beide fest, würde Ingrid ihren Beruf dauerhaft aufgeben müssen.

Paul Verhaak entschied sich für eine Umschulung zum Bahnpolizisten, um langfristig besser zu verdienen und als Beamter seiner Familie die gewünschte Sicherheit geben zu können. »Schotter-Sheriff« nannten sie ihn gerne, nachdem er drei Jahre lang erneut die Schulbank gedrückt hatte und fortan im Schichtdienst für Ruhe und Ordnung im und rund um den Bremer Hauptbahnhof sorgte. 2010 und damit einige Jahre früher als geplant hatte der Staat ihm seinen Ruhestand gegönnt. Jedes Jahr waren Ingrid und er danach allsommerlich in den Schwarzwald gefahren. Mehr Abwechslung brauchten sie nicht. Und dann kam Ingrids Diagnose. Sie starb am 14. Dezember 2018, zwei Tage vor ihrem 70. Geburtstag.

Paul Verhaak sprach nicht gerne über den Tod seiner Frau. Ein Zuviel an Gefühlen war ihm ohnehin fremd. Auch seine Töchter wussten nicht wirklich, wie es in ihm aussah. Er war bei vielen Themen redselig und alles andere als oberflächlich. Aber wenn es um ihn selbst ging, blieb er gerne genau dort – an der Oberfläche. Anna fragte sich manchmal, wie ihr Vater über ihr Leben und das ihrer Schwester denken würde, wie er ihre Kinderlosigkeit beurteilte, was er über ihre Tätigkeit als Trauerrednerin dachte. Sie wusste es nicht. Sie wusste so vieles nicht über ihn. Ob er manchmal weinte? Sie war sich zu dieser Frage einigermaßen sicher, aber sie traute sich nicht, ihn zu fragen. Er hätte ohnehin abgewunken und schnell und geschickt das Thema gewechselt.

Nach dem Abendessen setzte sich Anna an ihren Schreibtisch und las ihre Notizen, die sie sich bei den Peters gemacht hatte. Humorvoll sollte es also zugehen, Klaus Peters war ein leidenschaftlicher Handwerker und Fußballfan gewesen. Hilfsbereit, beliebt, optimistisch. Anna ahnte, dass sie vor der in diesem Fall nicht einfachen Aufgabe stand, das richtige Maß zwischen den Erwartungen der Familie nach Lockerheit und der gebotenen Pietät zu finden. Und wenn die Mutter des Verstorbenen, Bernadette Lühr, vielleicht doch von ihr erwartete, dass sie die Namensänderung ihres Sohnes ansprach? Es war nur ein Bauchgefühl, aber Anna war sich mittlerweile sicher, dass dieses Thema für Zwist und Eifersüchteleien in den beiden Familien gesorgt hatte.

Aber es war nicht ihre Aufgabe als Trauerrednerin, Differenzen aufzuarbeiten und unausgesprochene Unstimmigkeiten zu thematisieren. Ich bin eine Biografin auf Bestellung, murmelte sie mehrfach vor sich hin, als sie in ihrem Bücherregal nach dem »großen Heinz-Erhardt-Buch« griff, das sie für den humorvollen Teil der Trauerfeier in Erwägung zog. Ihr Blick wanderte zwei Meter weiter nach rechts, wo eine Reihe höher der Brief von Hildegard Brauer stand. Anna stutzte. Wie hatte diese Frau es formuliert? Dass sie als Trauerrednerin eine »perfekte Rolle« spiele, dass sie »den verbalen Mantel des Schweigens und Schönredens« ausbreite, dass sie sich der »willfährigen Heuchelei« schuldig mache. Anna setzte sich. In diesem Moment spürte sie trotz der harschen Vorwürfe keine Wut auf Hildegard Brauer. Im Gegenteil. Sie wusste, dass Hildegard Brauer recht hatte.

Der nächste Arbeitstag verlief wie jeder andere. Anna hatte sich am Abend zuvor außerstande gesehen, ihre Vorbereitungen für die Trauerfeier von Klaus Peters abzuschließen. Sie war frühzeitig ins Bett gegangen und hatte, anders als befürchtet, gut geschlafen. Also musste sie diesen Abend dafür reservieren. Nicht, dass sie nicht unter Druck gewissenhaft arbeiten konnte. Aber dieser Fall war irgendwie anders. Weil seit gestern Abend aus einem infamen Vorwurf instinktiv eine Gewissheit geworden war – auch Familie Peters missbrauchte Anna. Den ganzen Tag über konnte sie an kaum etwas Anderes denken.

»Ich werde benutzt«, versuchte sie in ihren Selbstgesprächen zumindest den Begriff des Missbrauchs zu vermeiden.

»Frau Verhaak, geht es Ihnen nicht gut?«

Einer Mitarbeiterin war aufgefallen, dass Anna sich zwischen zwei Bücherregalen auf einen Hocker gesetzt hatte und in sich zusammengesunken war.

»Nein, nein, alles in Ordnung, vielen Dank«, antwortete sie und stand sofort auf, um weiteren Nachfragen möglichst aus dem Weg zu gehen.

»Aber Sie sind extrem blass«, meinte die Kollegin. »Soll ich Ihnen ein Glas Wasser holen?«

»Sehr freundlich, Frau Kampmann, aber es geht mir wirklich gut. Ich war nur in Gedanken. Sie können übrigens heute gerne früher nach Hause gehen. Es sind ja nur noch Kunden im Haus, und ich bleibe auf jeden Fall bis zum Schluss. Einen schönen Feierabend also.«

»Den wünsche ich Ihnen auch, Frau Verhaak.«

Anna war fest entschlossen, die Heimfahrt dazu zu nutzen, sich voll und ganz auf die morgige Trauerfeier für Klaus Peters zu konzentrieren. Ich lasse es einfach nicht zu, dachte sie auf ihrem kurzen Spaziergang zu ihrem Wagen, dass eine einzelne und mir fremde Frau meine Arbeit als Trauerrednerin in Frage stellt und mich persönlich angreift. Sie spürte erneut ein unangenehmes Halskratzen und kaufte sich deswegen in einer Apotheke eine Packung Halstabletten. Ja, es ist denkbar, ja, möglicherweise versucht der eine oder andere Auftraggeber mich zu manipulieren. Mehr nicht.

Oder doch?

Wie eine Schwimmerin, die im Meer eine bedrohlich hohe Welle aus der Ferne auf sich zurollen sieht, hatte sie das Gefühl, dass etwas sehr Grundsätzliches aus den Fugen geraten könnte, wenn sie diesem Verdacht, der gestern Abend sogar kurzzeitig zu einer Gewissheit geworden war, nicht sofort und entschlossen etwas dagegensetzen würde. Aber was? Vielleicht hilft es mir, überlegte sie, wenn ich mal wieder über den Ebstorfer Friedhof laufe und eine Geschichte zu einem Grabstein erfinde. In eine andere Welt eintauchen, abschweifen, sich auf vertrautem Terrain bewegen.

Sie fuhr einen kleinen Umweg, parkte ihren Corsa in der menschenleeren Straße und lief auf eine der Bänke auf dem Friedhof zu. »Alfons Weber, Königlich-Preußischer Major«, stand schwer lesbar auf einem verwitterten Stein schräg gegenüber. »1.4.1879 – 11.4.1955«. Und schon blühte Annas Phantasie auf. Vor ihrem geistigen Auge marschierte Adolf Weber mit Marschstiefeln, in einer feldgrauen Uniform und mit einer Pickelhaube auf dem Kopf an ihr vorbei, auf einer Schulter trug er ein Gewehr. Höchstwahrscheinlich hatte er so manches Gefecht im Ersten Weltkrieg überstanden, überlegte sie, möglicherweise zählte er im Zweiten Weltkrieg auch zum »Deutschen Volkssturm«, den Adolf Hitler 1944 als letztes Aufgebot an den Fronten verheizt hatte. Alfons Weber hatte überlebt. Wo und wie auch immer. Vielleicht hatte er ein Bein verloren, vielleicht sogar den Verstand. Beim zweiten Bild, das in ihrer Phantasie entstand, saß Alfons Weber ihr in Zivil auf einer Bank gegenüber und beobachtete wie sie die Vögel, die von Ast zu Ast flogen und zwischendurch ihren Gesang anstimmten. Hoffentlich, dachte Anna, hat der ehemals königlich-preußische Major Alfons Weber die Nachkriegsjahre genießen und die Anfänge des Wirtschaftswunders miterleben dürfen.

Sie stand auf, lief zu ihrem Auto und fuhr los. Sie war tatsächlich auf andere Gedanken gekommen und freute sich auf die Suche nach den passenden Texten für Klaus Peters in ihren Büchern. Diese Art der Recherche war für sie eine der schönsten Aufgaben bei der Vorbereitung einer Trauerfeier. Sie war sicher, in ihren rund 1700 Büchern – beim Abstauben hatte sie vor einem Jahr ihre Bücher gezählt – immer etwas Passendes zu finden, um ihre Rede an »etwas anzubinden«, wie sie es formulierte.

Sie las gerne auch das, das eher abseits des sogenannten Mainstreams lag: Gedichtbände, Novellen, Aphorismen und Romane eher unbekannter Autoren. Nicht, um sich oder ihre Arbeit damit besonders gewichtig zu machen oder gar zu überhöhen, sondern um überraschende, authentische, in jedem Fall sorgfältig ausgewählte Bilder, Geschichten und Zeilen einbauen zu können, die den Verstorbenen in ihrer Individualität gerecht wurden. Die Resonanz bestätigte sie. Bislang waren die Hinterbliebenen fast immer nach den Trauerfeiern auf sie zugekommen und hatten sie vor allem für ihre persönlich gefärbten und empathischen Texte gelobt. Sie wusste genau, dass man auch während einer Trauerfeier schmunzeln, ja sogar lachen darf – und so mancher Gast sogar muss, um seine Anspannung maßvoll aufzulösen, um sich Erleichterung zu verschaffen.

Es kam durchaus vor, dass auch Anna während ihrer Reden oder am Grab weinen musste. Wenn sie ein, zwei Stunden nach einer Trauerfeier darüber nachdachte, war sie sogar froh darüber. Denn es zeigte ihr, dass es ihr gelungen war, nah an die Hinterbliebenen herangekommen zu sein, ihre Empfindungen nachempfunden zu haben. Ich darf nie weinerlich werden, lautete ihr Motto, aber auch nie abgebrüht. Die von ihr auf vielen Trauerfeiern zitierte Losung der österreichischen, 2019 verstorbenen Schriftstellerin Katharina Eisenlöffel gefiel ihr dazu am besten: »*Es sind die ungeweinten Tränen, an denen Du so schwer trägst. Weine, und die Last wird leichter.*«

Wenn die Hinterbliebenen sie nachher innig umarmten und fest an sich drückten, wusste sie, dass sie alles richtiggemacht hatte. Die dienstleistende Trauerrednerin Anna Verhaak wollte als Letztes ein schnödes Geschäft machen – sie wollte in erster Linie eine persönliche Beziehung aufbauen. Und sei es nur für eine Stunde. Das war ihr Anspruch, das war ihre Bedingung an sich selbst. Auf dieser Basis, das wusste sie aus Erfahrung, ergab sich zwar nicht alles, aber vieles wie von selbst.

Sie hatte für den Einstieg ein konkretes Gedicht von Heinz Erhardt im Hinterkopf. Eine gute Wahl, fand sie und drehte den Zündschlüssel um.

Plötzlich fiel ihr auf, dass sie nicht den kürzesten Weg gewählt hatte, sondern langsam durch die menschenleere Sprengelstraße fuhr. Warum um Himmels willen, dachte sie, bin ich ausgerechnet heute falsch abgebogen? Sie fühlte sich wie von Geisterhand dorthin gelenkt, sie hatte keine Erklärung für diesen Abstecher. Ausgerechnet in die Straße, in der die Kintrups wohnen – und Hildegard Brauer. Auf der Höhe von Hildegard Brauers Haus nahm sie unbewusst den Fuß vom Gaspedal und schaute ohne anzuhalten kurz nach links zu ihrem rotgeklinkerten Haus. Für einen Moment glaubte sie, dass sich in diesem Moment in einem Fenster die Gardine bewegte. Aber es war niemand war zu sehen.

Sie war zufrieden mit sich, als sie am Tag darauf um punkt 16 Uhr an das kleine Stehpult in der Trauerhalle auf dem Ebstorfer Friedhof trat. Es war ein schöner Tag, die Sonne verschaffte sich durch das gläserne Pyramidendach strahlenden Zugang ins Innere des Saals. Von den 21 hellbraunen Bänken war nur jede zweite nutzbar, um das Coronavirus auch hier auf Distanz zu halten. Für die Trauergemeinde der Familien Peters und Lühr reichte es dennoch. Als Anna nach vorne schaute und wie üblich bis drei zählte, schätzte sie die Zahl der Hinterbliebenen, Freunden und Gäste auf rund 60. Für Ebstorfer Verhältnisse handelte es sich damit um einen großen Trauerzug, was Anna in Erinnerung an den großen Freundeskreis, an die vielfältigen ehrenamtlichen Aktivitäten und Beliebtheit von Klaus Peters keineswegs überraschte.

Klaus Peters' Mutter Bernadette und ihre Tochter Petra Lühr hatten auf der ersten Bank links Platz genommen. Neben ihnen saßen vier Frauen, zwei davon im Alter von Bernadette, zwei im Alter von Petra Lühr, was Anna zu der Annahme bewog, dass es sich um jeweils zwei enge Freundinnen handeln könnte. In der ersten Reihe rechts hatten sich die Peters nebeneinander platziert: die Witwe Annegret, deren Eltern und die drei Brüder. 6:2 für die Peters, machte Anna spontan ihre Rechnung auf. Was mag jetzt wohl im Kopf von Bernadette Lühr vorgehen, dachte sie, die vor Jahren hinnehmen musste, dass sich ihr einziger Sohn von ihr und ihrem Familiennamen losgesagt hatte und den sie jetzt endgültig ziehen lassen musste? Wie oft hatte sie schon gehört, dass es nichts Schlimmeres gebe als das eigene Kind beerdigen zu müssen. Dass danach jeder Atemzug schmerze, dass es nur noch darum gehe, zu überleben. Anna hatte keine Kinder, aber sie konnte diese Empfindungen gut nachvollziehen. Mit der demonstrativen Namensänderung als I-Tüpfelchen auf diesen speziellen Eltern-Schmerz musste es heute, bei allem Respekt vor der Familie Peters, für Bernadette Lühr die Hölle sein. Und sie, die sonst so feinfühlige und taktvolle Anna Verhaak durfte mit keiner Silbe auf diese Verletzung, auf diesen Kummer eingehen. Die Witwe hatte es ihr untersagt.

Dieses Gefühl, das Anna in diesem Moment wie vom Blitz getroffen überkam, kannte sie nicht. Sie kam sich vor wie auf einer Bühne. Und sie war die Hauptdarstellerin. Das Publikum beobachtete sie genau, die Gäste würden auf jedes Wort achten. Sie war dazu auserkoren, die Hauptrolle zu spielen, sie stellte jemanden dar, sie gaukelte etwas vor, sie musste sich verstellen. Sie spielte Theater. Es war keine Komödie, es war keine Tragödie. Es war ein Trauerspiel. Anna umgriff das Stehpult mit beiden Händen so fest wie möglich. Sie war aus dem gewohnten Tritt geraten, sie suchte geradezu verzweifelt Halt. Sie hatte längst aufgehört, zu zählen, gefühlt wartete die Trauergemeinde bereits seit einer quälend langen Minute darauf, dass sie mit ihrer Rede anfing. Anfangen, ich muss schnellstens beginnen, sprach sie sich innerlich Mut zu – und verband damit die Hoffnung, dass sie mit jedem gesprochenen Satz, den sie sich schließlich am Abend sorgfältig überlegt und eingebaut hatte, an Selbstsicherheit gewinnen würde.

»Es scheint so, daß auf dem Planeten,
den wir so gerne mit Füßen treten,
und ihn dadurch total verderben –
daß hier also nur Gute sterben.
Denn: las man je im Inserat,
daß ein Verblichener Böses tat,
daß er voller Neid war und verdorben,
und daß er nun mit Recht gestorben?
Es kann hier keinen Zweifel geben:
Die Schlechten bleiben alle leben!«

Unsicherer denn je blickte sie von ihrem Zettel auf, um die Reaktionen der Trauernden in deren Gesichtern zu ergründen. Sie war erleichtert und riskierte ein verhaltenes Lächeln, als sie sah, dass die Mehrzahl der Gäste über Heinz Erhardts Gedicht »Es scheint so« schmunzelte. Genau das war ihre Hoffnung gewesen. Ein Hauch von Leichtigkeit und Heiterkeit, so wie es sich die Familien gewünscht hatten und wie es offenbar auch zu Klaus Peters passte, der das Leben geliebt und mit viel Spaß gelebt hatte.

»Liebe Annegret Peters, liebe Familien Lühr und Peters, liebe Verwandte, Freunde, Kollegen und Nachbarn«, fuhr sie fort. »Ich begrüße Sie herzlich an diesem Tag, einem Tag, an dem Sie voller Trauer, Schmerz und Kummer sind. Die vielen Menschen, die heute mit Ihnen trauern, verehrte Familien Peters und Lühr, legen ein beeindruckendes Zeugnis dafür ab, dass zumindest eine Zeile dieses Gedichts aufs Wort genau stimmt und ihren Gedanken den passenden Ausdruck verleiht: »dass hier also nur Gute sterben«.

Klaus Peters habe auf seine Art die Herzen so vieler Menschen gewonnen, immer überall und sofort – er müsse einfach ein Guter gewesen sein. »Und wir können uns im Übrigen gerne darauf einigen«, fügte sie mit einem Lächeln an, »dass wir den Heinz-Erhardt-Satz, wonach die Schlechten alle leben bleiben, schlicht und einfach ignorieren dürfen.« Anna gab der Trauergemeinde einige Sekunden Zeit, um lächelnd die Köpfe zusammenzustecken und zu tuscheln. Sie hatte den richtigen Ton getroffen. Wieder einmal.

Sie hatte sich bei der Vorbereitung vorgenommen, nur in dem Fall ein zweites Heinz-Erhardt-Gedicht vorzutragen, sofern die Stimmung es in diesem Moment zuließ. Das war eindeutig der Fall. Sie war gut darin, die Gemütslage einer Trauergruppe einzuschätzen. »Ich möchte Ihnen allen und speziell Ihnen, liebe Annegret Peters, ein zweites Gedicht von Heinz Erhardt vorlesen, von dem ich überzeugt bin, dass Sie sich darin wiederfinden.« Anna nahm kurz Blickkontakt zur Witwe auf und begann:

Bilanz
»Wir hatten manchen
Weg zurückgelegt,
wir beide, Hand in Hand.
Wir schufteten
Und schufteten unentwegt
Und bauten nie auf Sand.
Wir meisterten sofort,
was uns erregt,
mit Herz und mit Verstand.
Wenn man sich das so
richtig überlegt,
dann war das allerhand.«

Als Anna kurz innehielt und Annegret Peters wieder anschaute, sah sie, dass die Witwe bitterlich weinte. Es tut ihr so weh, dachte Anna, und es tut ihr gleichzeitig so gut. Der Schmerz braucht die Tränen, um Erleichterung zu finden. Weinen heilt die Seele. Es war der richtige Text für die junge Frau, die ihren geliebten Klaus jetzt loslassen musste.

Anna schaute sich um. Annegret Peters war nicht die Einzige, die weinte und sich mit einem Taschentuch die Tränen aus den Augen wischte. Das war der passende Moment für sie, um Katharina Eisenlöffel leicht abgewandelt zu zitieren: »*Es sind die ungeweinten Tränen, an denen wir so schwer tragen. Weint, und die Last wird leichter.*«

»Ich kann nur erahnen«, fuhr sie fort, »wie schwer Ihnen allen in diesem Moment ums Herz ist. Wir begehen heute im wahrsten Sinne des Wortes eine Trauer-Feier. Wir trauern. Und gleichzeitig feiern wir. Wir feiern heute auch die Trauer, denn ohne die Liebe gäbe es keine Trauer. Liebe und Trauer sind wie Licht und Schatten. Die Trauer sucht einen Weg, um die Liebe auszudrücken. Die Trauer wird Ihnen allen also bleiben, auch weil Ihre Liebe bleibt.«

Anna hatte längst das Pult losgelassen. Sie stand aufrecht und entschlossen am Pult vor den Hinterbliebenen und Freunden, die sie, so schien es ihr in diesem Moment, nicht aus den Augen ließen und ihr geradezu andächtig zuhörten. Eine wohlige Zufriedenheit machte sich in ihr breit, als sie daran dachte, dass sie eine weitere wunderbare Geschichte in petto hatte, von der sie überzeugt war, dass sie wie geschaffen für Klaus Peters war. Blickkontakt suchen und erneut bis drei zählen.

Anna konnte es kaum glauben, ihr Mund öffnete sich leicht. Sie sah sie in der letzten Reihe, ganz links. Sie war es, kein Zweifel.

In der letzten Bank saß Hildegard Brauer, die sie mit festem Blick anstarrte.

Anna umklammerte das Pult erneut mit beiden Händen, noch fester als zu Beginn der Feierstunde. Sie stockte, sie begann leicht zu schwitzen, ihr fehlten die Worte. Ausgerechnet ihr, der Rednerin. Eine Flut an Fragen schoss ihr durch den Kopf. Woher wusste Hildegard Brauer, dass sie heute als Trauerrednerin fungieren würde? Kannte sie jemanden aus den Familien Lühr oder Peters? Hatte jemand anderes sie eher zufällig auf diese Trauerfeier hingewiesen? Nein, an einen Zufall konnte und wollte Anna nicht mehr glauben. Verfolgte diese Frau sie gezielt? Wusste sie möglicherweise sogar vom expliziten Wunsch der Witwe, die Namensänderung des Verstorbenen unter keinen Umständen zu erwähnen? Falls ja: Steckte tatsächlich eine ähnlich ungeheuerliche Geschichte wie bei den Kintrups hinter diesem vergleichsweise banalen Wunsch der Witwe? Hatte es sich Hildegard Brauer somit zur Aufgabe gemacht, sie im Laufe der Zeit der willfährigen Heuchelei und Kumpanei zu überführen? Aber warum?

Anna spürte eine aufkeimende Unruhe unter den Trauergästen, die, so befürchtete sie, ihre Nervosität in ihrem schwitzenden Gesicht eindeutig ablesen konnten. Es ist tatsächlich wie im Theater, dachte sie. Ich stehe auf der Bühne, allein. Ich agiere als Schauspielerin, die gerade jetzt in der Lage sein muss, zu improvisieren, die sich als anpassungsfähig und belastbar erweisen und die vor allem ihre Rolle akzeptieren muss. Manche begannen zu tuscheln, andere drehten sich um. Anna musste reagieren. Schnell.

Sie suchte Halt in ihren Texten, das schien ihr die beste Strategie zu sein.

»Liebe Annegret, in den Jahren seiner Krankheit waren sie für Klaus Trost und Lichtblick, ein Anker, wie er sich ihn wohl immer gewünscht hat. Diese galt aber auch für Sie. Auch Sie waren die ›Bank‹, auf die Klaus sich verlassen konnte. Und so möchte ich heute Ihren Trauspruch wiederholen, den Sie sich seinerzeit gemeinsam ausgesucht haben. Er stammt aus dem Neuen Testament, aus dem Brief des Apostels Paulus an die christliche Gemeinde in Rom:

›*Seid eines Sinnes untereinander. Trachtet nicht nach hohen Dingen, sondern haltet euch herunter zu den Geringen. Haltet euch nicht selbst für klug. Vergeltet niemandem Böses mit Bösem. Seid auf Gutes bedacht gegenüber jedermann.*‹

»Sie beide waren tatsächlich gegenüber jedermann auf deren Gutes bedacht«, fuhr Anna fort und nahm dabei Annegret Peters in den Blick. Um im selben Moment erneut ins Stocken zu geraten.

Ist das genau der Satz, mit dem ich mich schuldige mache, fragte sie sich plötzlich, der der Beweis dafür ist, dass ich mich tatsächlich missbrauchen lasse? Denn woher soll ich wissen, dass Klaus und Annegret Peters auch gegenüber dessen Mutter Gutes im Sinn hatten, als er sich für die Namensänderung entschied? Allein die Vorstellung ist geradezu absurd, urteilte sie in Gedanken. Familie Peters hat mich bewusst nach vorne auf diese Bühne gestellt, weil sie selbst nicht dazu in der Lage oder willens ist, ein innerfamiliäres Zerwürfnis zu ignorieren, hemmungslos schönzureden und mit salbungsvollen Worten zuzukleistern.

Ich bin Täterin und Opfer zugleich, dachte Anna.

Wie viele Gäste mag es wohl in diesem Moment in diesem Saal geben, die sich wundern, die sich ärgern, die sich innerlich empören, die sich brüskiert fühlen oder sich beschämt abwenden? Im für mich besten Fall gehen sie davon aus, dass die Familien mich über die Hintergründe der Namensänderung im Unklaren gelassen haben. Im schlimmsten Fall wissen sie alle mehr als ich und sehen auf mich mit einer Mischung aus Mitleid und Verachtung als unterwürfige Täterin herab.

Reiß dich zusammen, appellierte Anna an sich selbst – bring die Trauerfeier in Würde zu Ende!

»Trotz seiner schweren Krankheit, unter der er viele Jahre leiden musste«, fuhr sie fort, »blieb Klaus ein optimistischer Mensch. Er war fest davon überzeugt, dass noch viel Schönes und Gutes auf ihn wartete. Und deswegen passt die folgende Geschichte sehr schön zu ihm, sie stammt aus Kristina Reftels sogenannten Weisheits-Geschichten mit dem Titel ›Ich habe nach Dir gewonnen‹:

Behalte die Gabel
Als der Arzt ihr mitteilte, dass sie höchstens noch drei Monate zu leben hätte, beschloss sie, sofort alle Details ihrer Beerdigung festzulegen. Zusammen mit dem Pfarrer besprach sie, welche Lieder gesungen werden sollten, welche Texte verlesen werden sollten und welche Kleider sie anhaben wollte. »Und da gibt es noch eine sehr wichtige Sache! Ich will mit einer Gabel in der Hand begraben werden«, sagte sie.

Der Pfarrer konnte seine Verwunderung nicht verbergen. »Eine Gabel? Darf ich fragen, warum?«, wollte er vorsichtig wissen. »Das kann ich erklären«, antwortete die Frau mit einem Lächeln. »Ich war in meinem Leben zu vielen Abendessen eingeladen. Und ich habe immer die Gänge am liebsten gemocht, wo diejenigen, die abgedeckt haben, sagten: Die Gabel kannst du behalten. Da wusste ich, dass noch etwas Besseres kommen würde. Nicht nur Eis oder Pudding, sondern etwas Richtiges, ein Auflauf oder etwas Ähnliches. Ich will, dass die Leute auf mich schauen, wenn ich in meinem Sarg liege mit einer Gabel in der Hand. Dann werden sie sich fragen: Was hat es denn mit der Gabel auf sich? Und dann können Sie ihnen erklären, was ich gesagt habe.

Grüßen Sie sie und sagen ihnen, dass auch sie die Gabel behalten sollen. Es kommt noch etwas Besseres!

Sie ahnen wahrscheinlich längst, worauf ich anspiele: Auch Klaus wollte seine Gabel behalten. Auch er war sicher: Es kommt noch etwas

Besseres. Und wir alle wissen nicht, ob er damit nicht sogar Recht behalten wird. Wir alle wünschen es ihm auf jeden Fall von Herzen.«

Anna gelang es, ihren weiteren Text in den folgenden rund 20 Minuten konzentriert vorzutragen. Sie berichtete von Klaus Peters' Fußball-Leidenschaft, wie er trotz der erbitterten Gegnerschaft seiner »96er« zum Nachbarverein Eintracht Braunschweig mit einem Eintracht-Anhänger Bruderschaft getrunken habe, von seiner Brandschutzerziehung in einem Kindergarten, von seiner Hilfe für die Flutopfer in Ostdeutschland und von seinem Engagement für ein Hospiz. Klaus Peters war wirklich ein Guter, dachte sie zwischendurch – unabhängig von der Namensdebatte. Aber etwas anderes beschäftigte Anna, die das Durcheinander in ihrem Kopf spürte, seit einigen Minuten: Sie musste herausfinden, was es damit auf sich hatte. Sie musste wissen, warum Annegret Peters auf ihrem Schweigen zu diesem Thema beharrt hatte. Sie musste erfahren, ob sie erneut missbraucht worden war. Und sie musste die Hintergründe von Hildegard Brauers Anwesenheit ergründen.

Anna hatte mit den Familien vorab besprochen, dass sie auch am Grab einige wenige Worte sagen sollte. Die beiden Familien wollten dort ebenfalls schweigen. Das war nicht ungewöhnlich. Anna hatte längst damit aufgehört, jeden Wunsch von Hinterbliebenen zu interpretieren. Nachdem die acht Grabträger den Sarg aus der Trauerhalle getragen hatten, reihte sie sich in den Trauerzug ein. Im Hintergrund lief »Stairway to heaven«, eine Art musikalischer Beerdigungs-Klassiker, ein schönes und ruhiges Stück. Anna wagte es nicht, sich umzuschauen – sie hatte Angst, dass Hildegard Brauer ebenfalls mitlief und ihren Blick erwiderte.

Als eine der ersten am Grab angekommen, wartete sie eine Minute, bis sich die Trauergemeinde eingefunden hatte und Ruhe eingekehrt war. »Liebe Annegret, liebe Familien Peters und Lühr, liebe Verwandte und Freunde von Klaus«, hob sie an, »wir alle haben Klaus die Ehre erwiesen, ihn bis zu seinem letzten Punkt auf Erden zu begleiten – er ist nunmehr an seiner Treppe zum Himmel angekommen, wie es eben in dem Musikstück von Led Zeppelin hieß. Jede Erinnerung und jeder Schritt sind Ausdruck Ihrer Liebe zu Klaus, aber auch Ihrer Trauer über seinen frühen Tod. Auch Klaus ist viel mehr als seine sterbliche Hülle, er wird in ihren Gesprächen, in Ihrem Lachen und Ihren Tränen weiterleben.«

Für diese letzten gemeinsamen Momente hatte Anna ein Gedicht von Ruth Rau ausgesucht:

Wenn du beginnst zu lieben,
sagst du schon ja
zu den Tränen des Abschieds,
sagst du schon ja
zu Enttäuschungen, die nicht ausbleiben,
zu Hoffnungen, die sich nicht erfüllen,
zu Anfängen, die unvollendet bleiben.

Wenn du beginnst zu lieben,
sagst du schon ja
zu den Schmerzen des Loslassens,
zu der Einsamkeit nach der Zweisamkeit.
Wenn du beginnst zu lieben,
sagst du schon ja
zu jemand, der seinen eigenen Weg geht,
den du nicht halten kannst,
der sein eigenes Ziel hat.

Wenn du beginnst zu lieben,
sagst du schon ja.

»Wir nehmen Abschied von Klaus, sein Tod macht uns traurig«, fuhr sie fort. »Unser Herz und unser Verstand wehren sich gegen diese Endgültigkeit, die uns auf schmerzhafte Weise die Endlichkeit und Zerbrechlichkeit unseres Lebens vor Augen führt. Wir spüren all dies in diesem Moment, es geht es buchstäblich nahe. In Stille danken wir Klaus für alles, was er uns geschenkt hat: Wärme, Liebe, Lachen, Freude und Geborgenheit.«
Die beiden Familien hatten Anna vorab keinen Hinweis darauf gegeben, dass es nach der Feierstunde einen Trauerkaffee geben würde. Manchmal luden die Hinterbliebenen sie zum »Leichenschmaus« ein, ein Ausdruck, den sie als gedankenlos und geradezu kaltblütig ablehnte. Als sie allein langsam in Richtung Friedhofsausgang spazierte, war sie sogar ausgesprochen froh darüber, schon in wenigen Minuten wieder für sich zu sein. Denn nichts wäre jetzt unangenehmer gewesen, als bei Kaffee und Kuchen möglicherweise im selben Raum wie Hildegard Brauer zu sitzen, deren stechende Blicke von der Seite, von vorne oder von hinten zu spüren und gute Miene zu einem für sie undurchschaubaren Schauspiel machen zu müssen.

IV.

Was treibt diese Frau bloß an?, fragte sich Anna wieder und wieder. Sie nahm sich vor, diesen Abend maximal gemütlich zu gestalten, wie sie manchmal ihr Sonntagsprogramm ihren Kollegen am Montagmorgen gegenüber beschrieb. Anna empfand sich als durchaus kollegial, sozial und gesellig. Aber sie zog es vor allem an den Wochenenden und freien Tagen vor, für sich zu sein. Lesen, immer eine Kanne Tee griffbereit, gerne etwas klassische Musik, zwischendurch eine Nachrichtensendung im Fernsehen. Sie steckte noch immer im ersten Drittel des Romans »Der Gesang der Flusskrebse« fest. Es berührte sie, zu lesen, wie das tapfere Marschmädchen Kya ohne Mutter und mit einem cholerisch-gewalttätigen Vater alleine aufwächst, beseelt von ihrer Liebe zur Natur. Es war für Anna eine ergreifende Lektüre, die sie an diesem Abend weit intensiver erfasste, als sie es von sich kannte. Normalerweise war sie voller Vorfreude in das Eintauchen in die Fiktion und in eine andere Welt, wenn sie sich in ihren Lesesessel setzte und ihre Beine auf den Hocker legte. Sie bewunderte einige Schriftsteller dafür, wie es ihnen gelang, eine Geschichte und Bilder zu entwickeln, mit denen sie ihre Leser, sofern sie sich darauf einließen, mit auf eine gedankliche Reise nahmen. Anna kostete es aus, Teil dieser Reisegesellschaft zu sein. An diesem Abend konnte sie die Traurigkeit, die Kya umgab, allerdings nicht lange ertragen. Nach nur fünf Seiten legte sie das Buch beiseite und schaltete den Fernseher an.

Es geht mir nicht gut, dachte sie. Ich habe mich verändert.

Sie stand am nächsten Morgen in der Küche und bereitete in ihrem schneeweißen Morgenmantel ihr Frühstück vor, als schlag 8 Uhr das Telefon klingelte. Sie stellte den Wasserkocher und das Radio aus, lief ins Wohnzimmer und nahm den Hörer ab.

»Anna Verhaak.«

»Und hier ist Deine Schwester – guten Morgen, liebe Anna!«

»Antonia, das ist ja eine schöne Überraschung. Ich freue mich, von Dir zu hören«, antwortete Anna ebenso freundlich. »Aber sei mir nicht böse. Darf ich Dich schnellstmöglich abwürgen? Ich muss in einer Stunde aus dem Haus, habe noch nicht gefrühstückt, und ich stehe noch im Morgenmantel herum. Was hältst Du davon, dass ich Dich am frühen Abend zurückrufe? Bist Du so gegen 18 Uhr zu erreichen?«

»Stimmt ja, ich habe mal wieder vergessen, dass ein Samstag für Dich ein normaler Arbeitstag ist, Schwesterherz. Also beenden wir das Gespräch und vertagen uns auf heute Abend. Ruf an, wenn es Dir passt. Ich habe das Wochenende frei, nicht mal einen Bereitschaftsdienst haben sie mir aufs Auge gedrückt. Also bis später – und wenig Stress in der Bücherei.«

»Das ist lieb von Dir, Antonia – bis später.«

Es kam nicht allzu häufig vor, dass sich ihre Schwester bei ihr meldete. Noch seltener kam sie zu Besuch. Anna dachte nicht im Traum daran, ihr dies auch nur ansatzweise übel zu nehmen. Als Mutter von zwei mutmaßlich mehr oder weniger heftig pubertierenden Heranwachsenden, einem emotional und zeitlich aufreibenden Beruf als Krankenschwester und der Daueraufgabe der Haushaltspflege – wobei ihr Mann Bernd sich überdurchschnittlich aktiv daran beteiligte – bewegte sich Antonia definitiv und in jeder Hinsicht häufig am Limit. Sie rechnete es ihrer Schwester hoch an und bewunderte sie sogar ein wenig dafür, dass sie ihren Stress und Gereiztheit selten bis nie nach außen trug oder an anderen Personen ausließ. Antonia zog sich in diesen Phasen stattdessen mit einem Buch zurück und legte, das wussten alle Familienmitglieder, großen Wert darauf, in diesen Momenten alleingelassen zu werden. Meist reichte ihr bereits eine Stunde zum Auftanken, zur Regeneration. Das war ein Arrangement, dessen Vorteile Bernd, Jan und Inken Krüger längst erkannt hatten: Antonia hielt den familiären Laden zusammen – ihr einziger Preis, den sie im Gegenzug dafür verlangte, war die Möglichkeit des kompletten Rückzugs für die eine oder andere Stunde.

Anna schaltete den Wasserkocher und das Radio wieder an und genoss ihr zwanzigminütiges Frühstück. Den Deutschlandfunk hatte sie für ihre Autofahrten von und nach Lüneburg reserviert, daheim bevorzugte sie die verschiedenen Programme des Norddeutschen Rundfunks. Um 8.30 Uhr kündigte der Moderator die Nachrichten an. Corona allgemein, Corona in Deutschland, die Corona-Entwicklung in China – alles wie üblich. »Die Kriminalpolizei Hamburg ist einem besonders schweren Fall von Kindesmissbrauch auf die Spur gekommen«, fuhr der Sprecher fort. Man habe die Täter auf diese und jene Weise überführt, es gebe eine große Anzahl von Opfern. »In diesem wegen der Dimension speziellen Fall haben die Beamten grenzüberschreitend mit Kollegen aus vier europäischen Ländern zusammengearbeitet«, beschloss er die Infos zu diesem Thema. Da waren sie wieder, die Worte, die Anna noch vor wenigen Tagen als Alltags-Vokabeln ignoriert hatte, die ihr jetzt allerdings wie Messerstiche zusetzten: Missbrauch, ein spezieller Fall.

Sie setzte ihre Teetasse ab und schaute nachdenklich aus dem Fenster. Eine einfache Nachrichtensendung, eine inhaltlich entsetzliche, aber doch gewöhnliche Neuigkeit aus der weit von ihr entfernten Welt der menschlichen Scheußlichkeiten – und schon spürte sie eine deutliche körperliche Veränderung an sich. Sie hatte ihre Finger zu zwei Fäusten geformt, ihr Körper war angespannt, sie hatte damit begonnen, nervös mit einem Bein zu wippen, sie presste ihren Ober- und Unterkiefer aufeinander und spannte ihre Kau-Muskulatur an. Sie stand auf und schaltete das Radio aus.

Wie so häufig heiterte sie die Fahrt nach Lüneburg auf. Am Himmel standen nur wenige Quellwolken, die darauf hindeuteten, dass es im Laufe des Tages Gewitter geben könnte. Weil ihr auf ihren zahlreichen Überlandfahrten irgendwann aufgefallen war, wie unterschiedlich geformte Wolken fast jeden Tag den Himmel schmückten, hatte sie an einem Vormittag das Buch »Der Kleine Wolkenatlas« im Büro studiert und dabei einige grundlegende Dinge über diese Ansammlungen von feinen Wassertropfen gelernt. Kumulus, Stratus, Zirrus: Sie mochte die Namen und Bezeichnungen, und fast auf jeder Fahrt versuchte sie sich an einer Wolken-Bestimmung, deren Richtigkeit sie im Laufe des Tages im Büro überprüfte.

Und sie hatte sich in der Ratsbücherei zudem auf die Suche gemacht nach interessanten Geschichten, lehrreichen Zitaten und wissenswerten Fakten über Wolken. So fand sie beispielsweise heraus, dass ein Apotheker der Begründer der Nephologie war, der Wissenschaft von den Wolken. Der 1772 geborene Engländer Luke Howard hatte die Wolkengrundformen Cirrus, Stratus und Cumulus definiert. Interessant fand sie auch, dass Wolken oft weit größer sind, als mit bloßem Auge sichtbar ist. Aerosole, an denen sich Wasser niederschlägt, breiten sich mitunter Dutzende Kilometer jenseits der sichtbaren Wolkenränder aus. Und sie fand sich Wort für Wort in der Einschätzung des Extrem-Bergsteigers Reinhold Messner wieder: »Meine Kunst zu leben ist: den Kopf in den Wolken, die Füße fest auf der Erde.«

Bevor sie losgefahren war, hatte sie sich einen Radiosender gesucht, von dem sie wusste, dass er nahezu ausschließlich Musik spielen würde.

Der Deutschlandfunk musste auf dieser Fahrt ohne sie auskommen, von irgendwelchen Nachrichten hatte sie für heute genug. In Gedanken ging sie ihren möglichen Wochenend-Ablauf durch: Nach dem Dienst würde sie sich eine andere Strecke durch die Lüneburger Altstadt zurück zu ihrem Auto in der Wallstraße suchen, sich in ein ihr unbekanntes Café setzen, um dort Kaffee und Kuchen zu genießen, vor dem Abendessen mit Antonia telefonieren, einen Spaziergang durch den Ort machen und sich vielleicht ein Glas Wein in der Ebstorfer Vinothek gönnen. Sie würde dennoch früh zu Bett gehen, um morgen möglichst früh zu ihrem Vater aufzubrechen. Zu ihrem Papa, der sich, dessen war sie sich sicher, bereits jetzt genauso wie sie auf den gemeinsamen Tag freute.

Allesamt nur angenehme Dinge, dachte sie, während sie mit Tempo 70 die ruhige Schlängel-Tour genoss. Sie hatte soeben die Lüneburger Ortseinfahrt passiert, als auf der linken Seite die ersten Geschäfte auftauchten, die sie bislang noch nie registriert hatte. Das Büro eines Finanzmaklers, eine Bäckerei, eine Bankfiliale und eine Krankengymnastik-Schule – die »Hildegard-Steinhaus-Schule«. Als sie den Vornamen las, spürte sie, wie sie sofort erneut verkrampfte. Zumal ihr in diesem Moment einfiel, dass sie eine weitere Aufgabe bislang erfolgreich verdrängt hatte: Sie wollte die Hintergründe der Anwesenheit von Hildegard Brauer bei der Trauerfeier für Klaus Peters aufklären. Nur wie?

Der weitere Tag verlief vollends nach ihrem Geschmack. Die wenigen Bücherei-Gäste bescherten ihr und ihren Kollegen nur wenig Arbeit. Für den Rückweg zu ihrem Auto wählte sie den Umweg durch die Parkanlage »Liebesgrund« und über die Baumstraße bis an die Ilmenau, bis sie in Sichtweite des Alten Krans, der sich binnen mehrerer Jahrhunderte zum heimlichen Lüneburger Wahrzeichen entwickelt hatte, ein kleines Café mit einigen freien Sitzplätzen entdeckte. Es war noch nicht allzu lange her, dass es ihr in solchen Momenten manchmal gelang, in eine wohltuende Gedankenlosigkeit zu verfallen. Es fühlte sich nachher für sie immer so an, als könnte sie ihren Geist in diesen Momenten in eine Art »Stand-by-Modus« versetzen, was ihr Gehirn ihr jedes Mal mit neuer Energie und einem erfrischten Gemüt dankte. Heute war es anders.

Ob Antonia einen speziellen und vielleicht sogar unangenehmen Grund für ihren Anruf hat? Sie hatte am Vormittag zwar vergnügt und freundlich geklungen. Aber bei ihrer Schwester konnte sich Anna nie sicher sein, ob ihr nicht erneut etwas Kritikwürdiges an ihr eingefallen war, was sie jetzt endlich und deutlich zur Sprache bringen wollte – und sei seitdem auch noch so viel Zeit vergangen.

Ich kann's ohnehin nicht ändern, schloss Anna diesen Gedankengang, um sich direkt im Anschluss daran an das weitaus größere Problem zu erinnern – an »das Mysterium Hildegard Brauer«, wie sie es sich selbst gegenüber beschrieb. Ein Treffen? Nein, ausgeschlossen, urteilte sie, damit würde ich die Angelegenheit unnötig aufwerten. Ein Telefonat? Nein, ebenfalls indiskutabel, dachte sie. Sie verspürte keinerlei Lust auf ein möglicherweise kontroverses Gespräch, in dem sie sich mit großer Wahrscheinlichkeit erneut harsche Vorwürfe gefallen lassen müsste und unter einem permanenten Rechtfertigungsdrang stehen würde. »Das habe ich sicher nicht verdient. Und noch viel weniger habe ich das nötig«, flüsterte sie leise vor sich hin und sprach sich damit Mut und Selbstvertrauen zu.

Vielleicht ein Brief? Das war die Lösung – ein Brief! Ein Brief, so schoss es ihr durch den Kopf, hat ausschließlich Vorteile: Ich kann meinen Standpunkt unwidersprochen deutlich machen, ich kontere Hildegard Brauer mit dem gleichen Medium, mit dem sie mich attackiert hat; ich muss keinerlei Konflikt befürchten; und ich traue mir zu, in wenigen, aber pointierten Zeilen diesem unerfreulich und sie verstörenden Spuk ein beruhigendes Ende zu bereiten. In Windeseile ging Anna in Gedanken ihren Terminkalender für die kommende Woche durch. Der Dienstagabend, beschloss sie, war der ideale Zeitpunkt, um Hildegard Brauer aus ihrem Leben endgültig zurückzudrängen.

Sie wollte ihre Schwester nicht unnötig warten lassen und rief deswegen pünktlich um 18 Uhr zurück.

»Hallo Antonia, da bin ich, jetzt habe ich Zeit.«

»Das trifft sich gut, kleine Schwester. Meine beiden Männer hocken vor dem Fernseher und wollen bis 20 Uhr nicht bei ihrer Sportschau gestört werden. Inken ist bei einer Freundin, wir sind also ungestört.«

»Was gibt's denn Neues bei Euch?«, fragte Anna, die gespannt war, ob sich diese Art von Gesprächseinstieg im Nachhinein nur als Vorgeplänkel für den wahren Anlass von Antonias Anruf herausstellen sollte.

»Nicht wirklich viel«, antwortete Antonia. »Bei Bernd läuft's in der Agentur wie üblich, die Kinder geben in der Schule und auch sonst wenig Anlass für Klagen, und im Krankenhaus ist es eigentlich auch wie immer: chaotisch. Es war ja schon vor Corona nicht einfach, weil wir alle das Gefühl hatten, dass immer weniger Beschäftigte immer mehr leisten müssen. Aber dieses Virus hat die Lage für jeden Einzelnen von uns nochmal verschärft.«

»Das glaube ich Dir gerne«, erwiderte Anna. »Ich empfinde dieses

Thema bei meinen Trauerfeiern auch als schrecklich. Viele Hinterbliebene berichten mir, dass sie sich von ihren Verstorbenen nicht im Krankenhaus oder im Hospiz verabschieden konnten, oft nicht einmal nach deren Tod, weil Corona-Tote ja nicht aufgebahrt werden dürfen. Eine Kollegin erzählte mir neulich, dass eine Frau nicht zu ihrem sterbenden Mann in die Klinik durfte, weil ihr Schnelltest positiv ausgefallen war. Mit dem PCR-Test stellte sich heraus, dass es ein Fehlalarm war. Als die Frau nach zwei Tagen endlich in die Klinik durfte, war ihr Mann bereits tot. Das ist doch einfach nur grauenhaft.«

»Ja, das stimmt. Aber lass uns bitte über etwas anderes reden. Ich habe fast jeden Tag mit diesem deprimierenden Thema zu tun, und du auf deine Weise ebenfalls. Gibt es Neuigkeiten aus Ebstorf oder von Papa?«, fragte Antonia.

Anna hätte es durchaus zu schätzen gewusst, wenn sie sich mit ihrer Schwester zu diesem Thema, das sie schließlich beide in ihrem Alltag intensiv berührte und beschäftigte, intensiver ausgetauscht hätte. Es hätte sie beispielsweise interessiert, ob Antonia ihr einen Rat für den Umgang mit den Angehörigen von Corona-Toten gegeben könnte, wie sie die Corona-Politik der Bundesregierung erlebte und beurteilte, ob diese Seuche auch ihre Gedanken zum Thema Tod beeinflusst und möglicherweise verändert hatte. Und vieles mehr. Zu dieser Art von Gespräch war es noch nie gekommen. Sie ahnte in diesem Moment, dass es sich auch heute Abend nicht ergeben würde.

»In Ebstorf ist nichts Bemerkenswertes passiert. Und was mit Papa ist, kann ich Dir in einigen Tagen berichten. Ich werde ihn morgen besuchen.«

»Nur so?«

»Genau, nur so. Wir haben uns vorgenommen, mal wieder zum Lankenauer Höft zu spazieren.«

»Ach, Du hast es gut, Anna, einfach mal so für einen Tag nach Bremen fahren. Das würde ich auch gerne machen, aber ich schaffe es einfach nicht.«

»Aber warum denn nicht? Nimm es Dir fest vor, trag es Dir in den Kalender ein, so dass nichts dazwischenkommen kann.«

»Das sagst Du so leicht, in der Klinik kommt doch fast immer etwas dazwischen.«

Anna dachte eine Sekunde darüber nach, ihrer Schwester vorzuschlagen, dass auch sie spontan morgen nach Bremen kommen könnte. Aber sie hielt sich zurück, weil sie ebenso spontan befürchtete, dass Antonia ihr vorwerfen könnte, sie damit unter Druck zu setzen, ihr ein schlechtes Gewissen einzureden und ihr damit den freien Sonntag zu vermiesen.

»Ja, das stimmt natürlich«, antwortete sie. »Du hast wahrscheinlich nur wenige komplett freie Wochenenden, an denen Du Dir so etwas leisten könntest.« Sie hatte ihren Satz gerade beendet, als ihr im gleichen Moment auffiel, dass Antonia diese Antwort durchaus als Attacke auffassen könnte. Und sie tat es auch.

»Ich habe Deine Anspielung auf meinen freien Tag morgen schon verstanden, Anna«, sagte sie. »Aber glaub mir: Ich bin unendlich froh, dass mal nichts, wirklich gar nichts im Kalender steht.«

Anna merkte, dass dieses Telefonat endgültig einen unguten Verlauf nehmen könnte, wenn sie jetzt all das aussprechen würde, was ihr auf der Zunge lag. ›Du wirst möglicherweise noch bereuen, dass Du die wenigen Möglichkeiten hast verstreichen lassen, unseren Papa zu besuchen‹, dachte sie. Und zweitens hätte sie ihr nur zu gerne von der seltenen Chance berichtet, die ein solcher Ausflug auch ihr bieten könnte – eine Chance auf Abwechslung, Zerstreuung und wertvolle gemeinsame Zeit mit ihrem Vater. Zudem hätte sie für die Fahrt von Aurich nach Bremen nur anderthalb Stunden mit dem Auto gebraucht, während Anna immer mit zwei Stunden kalkulierte. Anna wollte sich den Abend auf keinen Fall mit derartigen Äußerungen selbst vermiesen, die Lust auf ein ausführliches Telefonat war ihr allerdings auch vergangen.

»Das kann ich verstehen. Dann genieße den morgigen Tag so gut es geht – und ich verspreche Dir, dass ich Dir in den kommenden Tagen von Papa berichte.«

Die Sekunde Stille, die sich danach breitmachte, zeigte Anna deutlich, dass Antonia einigermaßen perplex ob dieses sich abzeichnenden schnellen Gesprächsendes war und über einen passenden Schlusssatz nachdachte. Es war ihr einerlei. Das ging Antonia ähnlich.

»Ich wünsche Dir einen schönen Abend, Schwesterherz, komm gut zurück und grüße Papa von mir.«

Anna blieb noch für einige Minuten im Sessel sitzen und ließ das Gespräch auf sich wirken. Sie stellte beim Blick auf die Uhr fest, dass es rund fünf Minuten gedauert hatte. Mehr als fünf Minuten hatten sie sich also nichts zu sagen gehabt. Das letzte Telefonat musste rund vier Wochen zurückliegen. 300 Sekunden nach einem Monat des Schweigens.

Obendrein waren sie in dieser kurzen Zeit nicht über ein geradezu erschütterndes Ausmaß an phrasenhaftem Geschwätz hinausgekommen. Bei Bernd lief's demnach wie immer, rekapitulierte Anna den Austausch, bei den Kindern ebenfalls, in der Klinik spielte sich der übliche Corona-Wahnsinn ab. Und ich, räumte Anna gedanklich ein, wusste ebenfalls nichts zu erzählen. Wie erschreckend, wie deprimierend. Es hätte mich nicht gewundert, dachte sie, wenn wir uns beide – als Höhepunkt der Banalitäten – von den jeweiligen Wetterprognosen berichtet hätten.

Aber war es jemals anders gewesen, fragte sie sich? Ich weiß so wenig von meiner Schwester, von ihren Gefühlen, von ihren Vorlieben, ihren Sorgen und Ängsten, von ihrem Inneren. Fühlt sie sich wohl in ihrem Beruf? Wie hat sich ihre Ehe aus ihrer Sicht entwickelt? Schüttet sie Bernd dann und wann ihr Herz aus? Oder hat sie eine beste Freundin, der sie sich anvertraut? Wie beobachtet sie die Entwicklung der beiden Kinder? Welche Ziele hat sie noch in ihrem Leben? Hat die Familie finanzielle Sorgen? Wie hat sie Mamas Tod vor zwei Jahren verwunden? Wie steht sie zu Papa? Ist Antonia gläubig? Denkt sie bereits über das Alter und die möglicherweise damit verbundenen Beschwernisse nach? Anna schwirrten zahllose weitere Fragen durch den Kopf, die allesamt eines gemeinsam hatten: Anna hatte auf keine davon eine Antwort.

Ich kann es drehen und wenden, wie ich will, dachte sie: Ich kenne meine Schwester wenig bis gar nicht.

Gleiches gilt für Antonias Familie. Anna liebte sie alle, sie hatte sie gerne um sich, sie konnte sich auf sie verlassen. Sie mochte den Spruch, den sie dazu auf einer Karte in einer Kneipe gelesen hatte: *Familie ist wie ein Baum. Die Zweige mögen in unterschiedliche Richtungen wachsen, doch die Wurzeln halten alles zusammen.* Aber je länger sie darüber nachdachte, umso deutlich stand ihr die Erkenntnis vor Augen, dass ihr, von nachrangigem Kleinkram abgesehen, ihre Schwester und deren Familie fremd waren. Ihre Wurzeln, befürchtete Anna, hatten sich irgendwann und unbemerkt voneinander gelöst…

Anna versank immer tiefer in ihrem Sessel und in ihren düsteren Gedanken. Dieses Desinteresse, diese ihr unheimliche Oberflächlichkeit beruhte offensichtlich auf Gegenseitigkeit. Antonia hatte ihr noch nie eine Frage gestellt, mit der ihre Schwester in ihre Seele hätte gucken können. Ob sie ihren Beruf wirklich mochte beispielsweise. Ob sie sich in Ebstorf wohl fühlte. Wie sie die Scheidung von Udo, mit dem sie ab 2007 drei Jahre lang verheiratet gewesen war, überstanden habe. Warum sie so gerne nebenbei als Trauerrednerin arbeitete, was sie an diesem Job faszinierte. Ob sich dadurch ihre Einstellung zum Tod verändert habe. Ob sie es bereute, keine Kinder zu haben. Was sie von Andrea Steinbach, Annas bester Freundin, hielt. Welche privaten und beruflichen Zukunftspläne sie habe. Was sie von ihrem Ehemann und ihren beiden Kindern halte. Was mochte bloß hinter Antonias Sprachlosigkeit stecken? Vielleicht nur Gedankenlosigkeit. Nein, es ist schlimmer, dachte sie: Es ist pures Desinteresse.

Natürlich hatte es in den vergangenen Jahren zahlreiche Familientreffen zu Geburts- oder Feiertagen gegeben, sie hatten auch vor einigen Jahren mit ihren Eltern ein langes Wochenende in einem Ferienhaus verbracht. Aber mit ihren Gesprächen, Anna erinnerte sich in diesem Moment an viele Details, waren sie nie auch nur ansatzweise tiefer vorgedrungen. Sie hatten nie wirklich die Small-Talk-Ebene verlassen. Sie wollten nichts wirklich Bedeutsames voneinander wissen, sie waren nicht neugierig aufeinander. Keine einzige Nacht hatten sie jemals »durchgequatscht«, wie es manchmal Annas Bekannte berichteten, kein einziges »Mädels-Wochenende« hatte sie mit ihrer Schwester verbracht. Dabei sind es doch die tiefgründigen Gespräche, die wir alle brauchen, überlegte sie, nach denen wir uns sehnen, die Nähe und Vertrauen schaffen. Nie hatte jemand während dieser Familientreffen eine zum Nachdenken anregende Frage gestellt, nie hatte jemand von ihnen den Mut gehabt oder den Wunsch verspürt, sich mit einer provokanten Äußerung oder Frage zu öffnen. An Sympathie mangelte es nicht, aber Empathie war ihnen allen fremd.

Sie alle hatten sich offenbar längst an diese Art der innerfamiliären Entfremdung gewöhnt, an die Trivialität ihrer Gespräche, an die Sprachlosigkeit bei bedeutungsvollen Themen. Warum nur, fragte Anna sich und spürte, wie Schwermut sich in ihr breitmachte. Sie erinnerte sich an die Lektüre über eine Studie von amerikanischen Wissenschaftlern, die herausgefunden hatten, dass Menschen systematisch unterschätzen, wie offen und interessiert andere Menschen an den eigenen persönlichen Erlebnissen sind, und dass diese falsche Einschätzung eine psychologische Barriere für tiefere Gespräche darstellen. Missverständnisse können also zu einer oberflächlichen Kommunikation führen. Bemerkenswerterweise galt diese Erkenntnis für einander wildfremde Menschen – und sie schafften es nach Annas Beobachtung nicht mal mehr als Familie, die vermeintliche Unannehmlichkeit tiefgehender Gespräche zu überwinden. Wie arm wir als Familie doch sind, dachte Anna, die mittlerweile beschlossen hatte, an diesem Abend das Haus nicht mehr zu verlassen. Wir führen seit Jahrzehnten ein Stück auf, das man getrost mit dem Titel »Wir erkennen uns, aber wir kennen uns nicht« überschreiben könnte. Aber es scheint niemanden zu stören. Welch eine Leere.

Es waren genau diese bedrückenden Gefühle der Entfremdung und Einsamkeit, die Anna dazu gebracht hatten, ihr 2007 abgegebenes »bis-dass-der-Tod-euch-scheidet-Versprechen« nur drei Jahre später aufzukündigen. Sie hatte Udo Bresser Ende der 90-er Jahre an der Universität Hamburg kennengelernt. Die angehende Bibliothekarin und der gleichaltrige Jura-Student saßen sich erstmals in der Mensa in der Armgartstraße gegenüber, als sie in Folge der Tatsache, dass sie sich beide zufällig gleichermaßen für Spaghetti Bolognese entschieden hatten, knapp eine Stunde lang über ihre Speise-Vorlieben austauschten.

Udo erwies sich in den folgenden Monaten als umgänglich, charmant, klug, interessiert und humorvoll. Anna mochte diese Kombination, wenngleich ihr das Staubtrockene seines Fachs von Beginn an suspekt vorkam. Sie verbrachten viel Zeit miteinander, er zeigte sich ihren kulturellen und vor allem literarischen Interessen gegenüber aufgeschlossen. Und auch die Tatsache, dass Anna Bildungsreisen den weitaus populäreren Strand-Urlauben vorzog, hielt ihn nicht davon ab, 2006 formvollendet um ihre Hand anzuhalten. Annas Eltern waren zufrieden, weil das Leben ihrer Tochter den von ihnen favorisierten normalen und unspektakulären Lauf zu nehmen schien. Annas Schwiegereltern Friedrich und Charlotte Bresser zeigten sogar einen Hauch von Begeisterung, als sie ihr nach der Bekanntgabe des Hochzeit-Entschlusses um den Hals fielen und ihrem Sohn versprachen, sich ab sofort verstärkt darum zu bemühen, ihm eine Partnerschaft in einer Anwaltskanzlei zu verschaffen.

Mit Erfolg. Diese berufliche Partnerschaft erwies sich im Rückblick allerdings als der Anfang vom Ende ihrer Ehe. Udo steckte all seine Energie und Leidenschaft in seine Fälle und Akten, was einerseits einen finanziellen Aufschwung, andererseits einen partnerschaftlichen Abschwung zur Folge hatte. Im ersten Jahr dieser Erkenntnis beschränkte sich Anna auf die Beobachtung dieser Entwicklung, im zweiten Jahr erkannte sie die Unumkehrbarkeit dieser Veränderung, im dritten Jahr entschied sie sich dafür, die Notbremse zu ziehen. Wie richtig sie mit dieser Entscheidung gelegen hatte, zeigte ihr die Reaktion von Udo, der am Abend der entscheidenden Aussprache, bei der Anna ihren Trennungswunsch zunächst nur vorsichtig formulierte, nicht den Hauch von Trauer, Frust oder Widerstand zeigte. Der Rest war Formsache: Beide Elternpaare zeigten sich betrübt, aber gefasst. In Annas kleinem Freundeskreis war das Lob über ihre schnelle Konsequenz der mehrheitliche Reflex. Mangels Kindern und finanzieller Masse gab es auch jenseits der abhanden gekommenen Gefühle keinen Anlass für die sonst durchaus üblichen verletzenden Scheidungs-Streitereien. Es war ein schnelles, unspektakuläres und einvernehmliches Ende.

In ihrer Niedergeschlagenheit überlegte Anna an diesem Abend, ob sie ihre Freundin Andrea Steinbach anrufen sollte. Nach dem desaströsen Telefonat mit ihrer Schwester und dem sich anschließenden Gedanken-Wirrwarr hatte sie das dringende Bedürfnis nach einem heilsamen, mindestens aber geistreichen und anregenden Gespräch. Als sie sich die letzten Gespräche mit ihrer Freundin in Erinnerung rief – Anna erschrak in diesem Moment über ihre Vorstellung eines Vorab-Gesprächsinhalts-Checks –, dachte sie jedoch mit Unbehagen daran, dass es auch bei diesen Dialogen vorrangig um Alltäglichkeiten gegangen war. Anna entschied, auch auf diese Unterhaltung zu verzichten.

Als sie sich etwa eine Stunde später in ihrem Lesesessel setzte, ein Glas trockenen Riesling und den »Gesang der Flusskrebse« auf einem Beistelltisch an ihrer Seite, musste sie zunächst ein weiteres Mal an das Telefonat mit Antonia und an ihren Verzicht auf ein Gespräch mit Andrea Steinbach denken. Noch nie, dachte sie, habe ich vorab darüber nachgedacht, ob mir das Telefonat mit ihr helfen könnte – bislang habe ich einfach angerufen. Noch nie war bislang die zu erwartende inhaltliche Qualität unseres Austauschs auch nur ansatzweise ein Kriterium für die Entscheidung darüber gewesen, ob ich mich bei ihr melde oder nicht. Anna war gleichwohl fest davon überzeugt, dass ihr Befund, wonach ihre Gespräche zuletzt eher Geschwätz statt Meinungsaustausch, eher Geschwafel statt Debatte darstellten, nicht von der Hand zu weisen.

Anna und Andrea Steinbach kannten sich seit der Grundschule in Bremen und somit seit mehr als 40 Jahren. Sie waren auf das gleiche Gymnasium gewechselt und hatten beide mit einem Noten-Durchschnitt von 1,3 ein herausragendes Abitur gemacht. Während der Studienzeit hatten sich ihre Wege getrennt. Während Anna für ihr Bibliotheksstudium nach Hamburg ging, versuchte Andrea Steinbach mit einem Magister-Studium der Anglistik, Romanistik und Volkskunde an der Universität Münster ihrem Berufsziel der Journalistin näher zu kommen. Tatsächlich gelang es ihr, sich als festangestellte Redakteurin bei verschiedenen Tageszeitungen einen Namen zu machen. Nach rund 15 Berufsjahren heiratete sie Michael Steinbach, folgte ihm nach Oldenburg, wo er das örtliche Literaturhaus leitete, und arbeitete fortan als freie Journalistin. Der Wechsel aus der sicheren Festanstellung in die finanziell gewagte Selbstständigkeit war ihr nicht schwergefallen, denn ihr Mann verdiente mehr als ordentlich und hatte zudem mit einer Erbschaft ein sattes Fundament mit in die Ehe gebracht. Ihr Sohn Julius studierte mittlerweile Kulturanthropologie und Soziologie – zwei Fächer, bei denen Anna mit Blick auf spätere Berufsperspektiven noch nie etwas Handfestes eingefallen war.

Anna und Andrea waren trotz der räumlichen Trennung immer dicht beieinandergeblieben. Ärger mit den Eltern, Liebeskummer, der erste Freund, der erste Sex, Träume und Wünsche – als Heranwachsende hatten sie keinerlei Geheimnisse voreinander gehabt. Sie vertrauten und halfen einander, nichts war ihnen peinlich, beide akzeptierten die Macken der jeweils anderen. All das war eine große Hilfe im Alltag. Es war vielleicht nicht die perfekte Freundschaft, aber sie war echt. Oft reichte ihr ein Blick von Andrea, und Anna wusste genau, was ihre Freundin über dieses oder jenes Thema dachte. Zu einem Geburtstag hatte Andrea ihr vor vielen Jahren einen Brief geschrieben, den sie mit zwei Sätzen enden ließ, die Anna seitdem nie aus dem Sinn gegangen waren: »Ich wollte wissen, was Freundschaft bedeutet. Im Wörterbuch fand ich komplizierte Begriffe, doch im Herzen fand ich dich.« Diese enge Bindung blieb ihnen auch zwischen Hamburg und Münster erhalten. In dieser Phase ihres Lebens telefonierten sie mindestens einmal pro Woche. Der Zufall meinte es auch mit dem Beginn ihrer beruflichen Stationen gut mit ihnen. Kein einziges Mal lagen mehr als 200 Kilometer zwischen ihren jeweiligen Wohnorten, was regelmäßige gegenseitige Besuche erleichterte.

Anna mochte auch Andrea Steinbachs Ehemann Michael. Er war ein guter und sensibler Zuhörer, sie hatten sich beide beruflich der Literatur verschrieben, sie schwärmten beide für weniger bekannte Autoren, Michael war ein an vielen Themen interessierter und kundiger Gesprächspartner. Und er war, das war für Anna der wichtigste Aspekt, ihrer Freundin Andrea ein guter Ehemann – soweit sie das beurteilen konnte. Wenn Anna in den vergangenen Jahren etwas zu bemängeln hatte im Verhältnis zu ihrer Freundin, dann war es die von Andrea Steinbach manchmal leicht süffisant vorgetragene Kritik an ihrem Lebensmodell – kein Partner, keine Kinder, wenig Verpflichtungen, viele Reisen. »Deinen Komfort, deine Sorglosigkeit und Unbekümmertheit hätte ich auch gerne«, hatte sie ihr vor einigen Jahren mit einem verkrampften Lächeln im Gesicht entgegengeworfen. Anna hatte ihr diesen Pauschalvorwurf nicht übelgenommen, da sie wusste, dass ihr Sohn Julius seinerzeit eine heftige pubertäre Widerstandsphase gegenüber seinen Eltern auslebte. Im ihrem tiefsten Innern war es für Anna gleichwohl ein unangenehmer Stich, eine Kränkung gewesen, weil sie vermutete, dass Andrea diese Form von Lebens-Neid schon länger mit sich herumtrug und sich dieser in ihr gärende Unmut mit dieser Bemerkung Bahn gebrochen hatte.

Es gab einen zweiten Aspekt, der Anna unangenehm auffiel, je länger und intensiver sie darüber nachdachte: Die emotionale Nähe zu ihrer besten Freundin existierte nur noch in ihren Erinnerungen. In den vergangenen rund fünf Jahren hatte die Menge an Phrasen und Wie-ist-denn-so-das-Wetter-Gesprächen deutlich zugenommen. Anna wagte sich aus Selbstschutz an kein ehrliches Urteil über die prozentuale Verteilung der Gesprächsbanalitäten; dass sie einen gehörigen Anteil an der Verflachung ihrer einst so intensiven Beziehung hatte, stand für sie allerdings außer Frage.

Anna beschloss, sich ein zweites Glas Wein zu gönnen. Es würde ihr eine angenehme Form der Leichtigkeit und eine ebenso reizvolle Bettschwere bescheren. Im Übrigen, beschloss sie, wollte sie sich an diesem Abend ausschließlich mit der Vorfreude auf den Besuch in Bremen beschäftigen. In ihrer Heimatstadt. Bei ihrem Papa. Sie ahnte nicht, dass es vorerst das letzte Zusammentreffen mit ihrem Vater sein sollte.

V.

Die Straßen waren nahezu autoleer, als sie sich am nächsten Morgen bereits um 7.30 Uhr auf den gut 150 Kilometer langen Weg machte. Sie zuckte zwar zusammen, als sie bereits nach wenigen hundert Metern an der Sprengelstraße vorbeifuhr und sie unweigerlich an Hildegard Brauer und an ihre selbst gestellte Aufgabe eines Antwortbriefs denken musste. Es war nur eine kurze Irritation, sie genoss die ruhige Fahrt und die Abwechslung aus Musik und Nachrichten. Wie immer achtete sie genau auf die Formulierungen des Moderators, der sich ihrer festen Überzeugung nach erneut einige sprachliche Nachlässigkeiten leistete. So empfand er es beispielsweise als »völlig überflüssig«, dass die Europäische Union dieses oder jenes neue Gesetz erlassen habe. Anna störte dagegen weniger die Gesetzeslage als das Wort »völlig«, das mindestens ebenso überflüssig war wie möglicherweise die neuen EU-Gesetze. Kurz darauf gab der Radio-Redakteur zu Protokoll, dass er sich »unheimlich darüber freut«, dass viele Kulturinstitutionen trotz Corona mittlerweile wieder einen regen Zulauf verzeichneten. So sehr sich Anna darüber gleichermaßen wie die Theater- und Kino-Chefs über den Zustrom freute, war es ihr gerade deswegen ein Rätsel, was der Redakteur daran »unheimlich« fand. Über den »Klassiker-Fauxpas«, wie sie es gerne bezeichnete, konnte sie sich auch heute aufregen, nach der gefühlt 271. Wiederholung. Der Moderator prophezeite beim Wetterbericht für die kommenden Tage »warme Temperaturen«, was Anna im selben Moment dazu veranlasste, laut im Auto zu rufen: »Temperaturen können hoch sein, es gibt auch steigende Temperaturen, aber sicher keine warmen Temperaturen.« Sie schüttelte mit dem Kopf darüber, weil sie es als unangenehm bis peinlich empfand, dass ausgerechnet ein Radio-Redakteur seine Aufgabe eines bewussten Umgangs mit der Sprache mehrfach nicht erfüllte. Es sollte das einzige Ärgernis auf dieser Fahrt sein.

Sie war sich sicher, dass ihr Vater aus dem Fenster schauen würde, als sie gegen 9 Uhr ihr Auto direkt vor seinem Haus auf dem Westerdeich parkte. Die Sonne schien, zahlreiche Vögel hatten ihren morgendlichen Gesang gestartet, die Weser lag in Sichtweite. Anna atmete tief durch, ihr Herz ging weit auf. Sie drehte sich zum Haus um, blickte in den 1. Stock hoch und entdeckte ihren Papa, der mit verschränkten Armen am Fenster stand und mit seinem Lächeln eine große Zufriedenheit ausstrahlte.

»Komm rein, meine liebe Anna«, begrüßte er sie, als er kurz darauf die Eingangstür offenhielt. Er umarmte sie lange. »Wie war die Fahrt?«

»Unspektakulär, fast schon langweilig, nicht mal der Ansatz eines Staus«, antwortete sie. »Ich hoffe, dass ich nicht zu früh bei dir auftauche.«

»Natürlich nicht. Du weißt doch, dass ich selten länger als bis 7 Uhr schlafe, erst recht nicht, wenn ich weiß, dass du im Anflug bist. Hast Du schon gefrühstückt, oder soll ich uns nur einen Tee machen?«

»Ein oder zwei Tassen Tee wären perfekt. Ich habe vor der Abfahrt eine Kleinigkeit gegessen, bis zu unserem Mittagessen reicht mir das. Wir gehen doch gleich zum Lankenauer Höft, um dort zu essen, oder?«

»Aber natürlich, als ob ich das vergessen könnte. Es wird für mich der kulinarische Höhepunkt der Woche sein«, sagte er und lachte.

»Ich bin gespannt, was die Speisekarte so hergibt«, erwiderte Anna. »Ich habe während der Autofahrt ausgerechnet, dass ungefähr zwei Jahre vergangen sind, seit ich das letzte Mal dort war.«

»Schau dich ruhig etwas um im Haus. Ich mache uns eine Kanne Tee und stelle zumindest einige Kekse auf den Tisch.«

Jedes Mal, wenn Anna ihre Eltern besuchte, machte sie zunächst einen »Spaziergang« durchs Haus. Mit jedem Zimmer verband sie Erinnerungen. Ihre Eltern hatten ihr früheres Zimmer im ersten Stock irgendwann zu einem Gästezimmer umfunktioniert. Und selbstverständlich schlief Anna immer dort, wenn sie mal für eine oder zwei Nächte in Bremen blieb. Ihr Mutter hatte ihr Streben nach dem möglichst perfekten Hausfrauen-Dasein unter anderem darin ausgelebt, dass das Haus nahezu staubfrei war – von jedweder Form von Unordentlichkeit oder »Muffigkeit«, wie sie es bezeichnete, ganz zu schweigen. Jedes Andenken, jede Vase und jeder Deko-Artikel hatte seinen angestammten Platz, die Kissen passten farblich perfekt zur Couch, die Betten waren stets »gemacht«.

Anna hatte nach dem Tod ihrer Mutter Ingrid die Befürchtung, dass ihr Vater in ein unendlich tiefes Loch fallen könnte. Er hatte sein »Löckchen« verloren, mit der er fast 49 Jahre lang verheiratet gewesen war und die er, von den üblichen ehelichen Tiefs abgesehen, bis zum letzten Tag aus tiefstem Herzen verehrt und geliebt hatte. Anna wusste nur zu gut, dass die Tage nach dem Tod eines nahestehenden Menschen eine Zeit der extrem schmerzhaften Trauer und der intensiven Gefühle sind – eine Phase, die jeder Mensch individuell angeht und bewältigt. Ihr Vater, der immer schon in einer Art Schneckenhaus gelebt und aus dem heraus er nur wenig Gefühls-Signale gesendet hatte, zog sich mit seinen Gemütsregungen und seinen Empfindungen noch mehr zurück, was Anna bis dahin als unmöglich bewertet hätte.

Er schien geradezu stolz darauf zu sein, nur nach innen weinen zu können.

Wann immer jemand das Gespräch auf Ingrid brachte, schwieg er oder beschränkte sich auf eine ausweichende Floskel: »Lass mal, wird schon werden.« Nie thematisierte er sein Innerstes, nie verriet er etwas über seine Art des Abschieds, nie ließ er andere an seinen Emotionen teilhaben. Was er mutmaßlich nicht wusste, aber sicher nicht wollte: Mit seinem Verhalten löste er bei seiner Tochter Anna große Unsicherheit und noch größere Sorgen aus.

Sie hatte sich sogar mit einem Psychologen, der regelmäßig in der Lüneburger Ratsbücherei ein- und ausging und der Anna jedes Mal ein freundliches Lächeln schenkte, dazu beraten. Und dabei viel über ein Phänomen erfahren, von dem sie vorher noch nie etwas gehört hatte: Alexithymie. Etwa zehn Prozent der Deutschen leiden demnach darunter, dass sie, so die Übersetzung des Begriffs aus dem Griechischen ins Deutsche, »keine Worte für Gefühle« haben. Es schien Anna auf der einen Seite reine Küchen-Psychologie zu sein, ihren Vater mit dieser Eigenart in Verbindung zu bringen, zumal auch der ihr bekannte Psychologe sie davor warnte, ihren Vater vorschnell in diese Schublade zu stecken. Aber Anna erkannte ihren Vater auf der anderen Seite durchaus darin wieder, wenn der Fachmann beispielsweise davon sprach, dass von Alexithymie Betroffene wenig Mimik zeigten und dass sie die Emotionen anderer Menschen spontan kopierten, um nicht aufzufallen.

Genau diesen Eindruck hatte ihr Vater auf sie bereits oft gemacht. Geradezu beängstigend klang es für Anna, als der Psychologe davon berichtete, dass gefühlsblinde Menschen häufiger als andere unter einem Borderline-Syndrom litten, zu einem ungesunden Lebensstil neigten und überdurchschnittlich oft psychosomatische Beschwerden wie etwa Herzkrankheiten oder chronische Kopf-, Rücken oder Magenschmerzen haben. In mehreren Studien wiesen die Verantwortlichen zudem einen Zusammenhang zwischen Alexithymie und Angststörungen oder Depressionen nach.

Anna schob diese beängstigende Möglichkeit irgendwann beiseite. Sie kalkulierte zwar die Möglichkeit ein, dass ihr Vater ihr längst nicht alles über etwaige körperliche Beschwerden sagte. Sie wusste auch, dass vor allem Menschen, die alleine oder getrennt leben oder die Beziehungsprobleme haben, zu dieser Form der Apathie neigten. Aber ihrer Beobachtung nach pflegte ihr 71-jähriger Papa keineswegs einen ungesunden Lebensstil, was man beispielsweise an seiner gepflegten Kleidung, am immer blitzeblanken Haus und an seiner ausgewogenen Ernährung ablesen konnte. Aber bis heute verfolgte sie der Gedanke, dass ihr Vater sein gesamtes Umfeld darüber im Unklaren ließ – weil er es möglicherweise gar nicht als Erkrankung erkannte und entsprechend ernst nahm.

Paul Verhaak hatte den Esstisch in der Küche mit viel Umsicht und Liebe zum Detail für die vormittägliche Teestunde gedeckt. Seit Anna denken konnte, nutzte ihre Familie ein Service der vor allem in Ostfriesland beliebten Marke »Ocean line« in Indisch blau – ihr Vater hatte zwei Teetassen, das passende Milch- und Zuckerset und einen Sahnelöffel aus dieser Reihe aufgetischt. Auf dem Stövchen stand eine 0,4 Liter fassende Porzellan-Kanne, in der er üblicherweise seinen Assam-Tee knapp fünf Minuten ziehen ließ. Die sich anschließende Tee-Zeremonie war für Familie Verhaak längst zur geliebten Gewohnheit geworden, wobei Anna vor allem die Finesse mochte, die Sahne immer gegen den Uhrzeigersinn in den Tee zu legen, um damit sinnbildlich die Zeit anzuhalten. Die Familie hatte es sich zudem angewöhnt, schweigend die »Wulkjes«, die Sahne-Wölkchen im Tee aufsteigen zu sehen. Diese wenigen Sekunden hatten für sie als Teil des Rituals fast eine meditative Komponente.

»Jetzt erzähl mal, Papa, was gibt es Neues bei Dir?«, fragte Anna.

»Von mir gibt's nicht wirklich etwas zu berichten«, antwortete er. »Alles wie immer.«

»Fühlst du dich fit, warst du mal in letzter Zeit beim Arzt?«

»Nein, was soll ich beim Arzt? Mit 71 spürt man natürlich mal ein Zipperlein, aber deswegen renne ich doch nicht gleich zum Doktor.«

»Aber mir kannst du es doch mal erzählen: Was sind das denn für Zipperlein?«

»Als ob Du damit etwas anfangen könntest. Oder hast Du mir Deine Fortbildung in Medizin verschwiegen?«, konterte er die Frage mit einer Gegenfrage und einem süffisanten Lächeln. »«Lass mal gut sein. Ich habe nichts, worüber es sich zu berichten oder klagen lohnen würde.«

Typisch Papa, dachte Anna und lächelte etwas gequält zurück. Selbst den kleinsten Ansatz einer persönlichen Frage, auf die er möglicherweise einen auch nur winzigen Einblick in seine Privatsphäre hätte geben müssen, bügelte er rigoros ab.

»Ich habe schon verstanden. Du ziehst es mal wieder vor, schnell das Thema zu wechseln« sagte Anna und nahm einen Schluck Tee. Sie wusste, dass es sinnlos war, an der Stelle zu bohren – es würde ihnen nur den Tag vermiesen.

»Gibt's denn Neuigkeiten aus Bremen, aus Woltmershausen oder vom Westerdeich?«, versuchte sie sich an einem unverfänglichen, zweiten Thema.

»Wie man's nimmt. In der Reihenfolge: In Bremen und umzu spricht man mal wieder über unseren Schuldenstand, der sich zu meinen Lebzeiten wahrscheinlich nicht mehr zum Besseren wenden wird. Es sind natürlich die immer gleichen Argumente, aber diesmal scheinen es diejenigen, die wegen unseres stetig steigenden Soll-Stands das Ende unserer bremischen Unabhängigkeit als Bundesland fordern, wirklich ernst zu meinen. Unser Regierender wehrt sich nach Kräften, ebenfalls mit den immer gleichen Argumenten. Aber ich empfinde es als auffällig, dass diesmal nur wenige seiner Parteifreunde ihm zur Seite stehen, noch dazu ausschließlich Leute aus der zweiten oder dritten politischen Reihe. In Woltmershausen hat mittlerweile der dritte Döner-Laden eröffnet. Ich kann es mir beim besten Willen nicht vorstellen, dass es in unserem kleinen Stadtteil einen solch großen Bedarf an Lamm- oder Hammelfleisch gibt.«

»Vielleicht liegt es daran, dass es mittlerweile auch viele andere Fleischsorten dafür gibt«, wandte Anna ein. »Zum Beispiel Kalb- und Rindfleisch oder auch Hühnchen.«

»Mag ja alles sein. Aber Du weißt ja noch nicht, dass der Besitzer dieser Döner-Bude das Ladenlokal von ›Absatz-Albert‹ übernommen hat. Ein Schnellimbiss statt eines alteingesessenen Schuhmachers – ich empfinde das als wirklich bedauerlich, weil es mit der Geschäftswelt in Woltmershausen immer weiter bergab geht. Na ja, kann Dir natürlich egal sein.«

»So egal, wie Du meinst, ist mir das gar nicht. In Ebstorf verhält es sich übrigens ähnlich, ich finde es auch traurig.«

»Dass Du überhaupt nach Ebstorf gezogen bist, das war traurig. Eine studierte Bibliothekarin – so ein Dorf, in dem Du wahrscheinlich nur wenig Gesprächspartner auf Augenhöhe findest, ist doch wirklich nichts für Dich. Oder hast Du Dich mittlerweile daran gewöhnt?«

Anna mochte es nicht, wenn ihr Vater ihr Studium dermaßen überhöhte und gleichzeitig ihr Umfeld damit kleiner und unbedeutender machte. Sie hielt einen Moment lang inne, um sich eine Replik zu überlegen, mit dem sie einerseits ihren konträren Standpunkt klarmachte und andererseits nicht bereits nach 15 Besuchsminuten die Stimmung vergiftete.

»Du darfst es mir ein für alle Mal glauben: Ich fühle mich in jeder Hinsicht wohl in Ebstorf.«

»Na gut, belassen wir es dabei. Auf dem Westerdeich hat sich dagegen nicht viel getan. In Richtung Innenstadt sind zwei Familien ausgezogen, der kleine Andenkenladen hält sich dagegen wacker. Keine Ahnung, wer dieses Zeugs dort kauft.«

Anna wartete einen Moment darauf, ob ihr Vater sich nach ihren möglichen Neuigkeiten oder ihrem Wohlergehen erkundigte. Sie durchbrach das Schweigen mit einer Bitte.

»Sollen wir es wie immer machen – dass ich zunächst in Ruhe die Tageszeitung studiere und wir uns danach, also in etwa 30 Minuten, auf den Weg machen?«

»So wird's gemacht«, meinte er lapidar. »Wir sind dann zwar früh dran, aber vielleicht gehen wir zunächst die Woltmershauser Straße in Richtung Innenstadt und gehen in Höhe der Ochtumstraße über den Westerdeich dann in Richtung Höft.«

»Gute Idee, Papa, dann kannst Du mir auch deinen neuen Lieblings-Dönerladen zeigen«, sagte Anna und grinste. Ihr Vater lächelte ebenfalls.

Anna ließ sich reichlich Zeit mit ihrer Lektüre. Er hatte es zwar nie gesagt, aber sie vermutete, dass sich ihr Vater über ihre Anwesenheit freute. Für dieses wohlige Gefühl bedurfte es keiner Worte, etwas Zeitungs-Geraschel reichte bereits aus. Sie hörte, wie er das Geschirr spülte, in der ersten Etage für Ordnung in seinem Schlaf- und Badezimmer sorgte und sich schließlich zu Anna ins Wohnzimmer setzte, um die Zeitungsteile, die sie bereits gelesen hatte, zu studieren.

Nach einer guten halben Stunde – er hatte mittlerweile auch die Annoncen eingehend inspiziert – stand er auf und meinte: »Los geht's.«

Wie verabredet gingen sie zunächst über die Duntzestraße und Woltmershauser Straße in Richtung Innenstadt, um rechts und links die Läden zu begutachten. Ab und zu wies er Anna auf irgendeine Neuheit oder Besonderheit hin, die sie entweder schweigend oder mit einem »Aha« kommentierte. Nach einer halben Stunde bogen sie links auf den Westerdeich ab, um möglichst schnell in die entgegengesetzte Richtung direkt am Ufer der Weser zu spazieren. Ihr Vater hatte ihr noch immer keine einzige Frage gestellt.

»Fährst Du denn noch manchmal in die Innenstadt, zum Beispiel am Samstag auf den Markt?«, versuchte sie sich an einem neuen Gesprächsfaden.

»Kommt aufs Wetter an«, antwortete er. »Mit dem Bus macht es keinen Spaß, der ist mir zu voll. Also wenn überhaupt mit dem Fahrrad – etwa einmal im Monat mache ich das.«

»Und was macht Werder?«
»Ganz ehrlich: Ich bin nicht auf dem neuesten Stand. Den Sportteil der Zeitung habe ich eben auch nur überflogen.«
Anna hatte mittlerweile ihren Vater untergehakt und beobachtete eine Gruppe von Hundebesitzern, die ihre Vierbeiner miteinander spielen ließen und sie dabei beobachteten.
»Soll ich Dir vielleicht mal etwas von mir erzählen?«
»Natürlich. Wie geht's Dir in Deiner Bücherei?«
»Keine besonderen Vorkommnisse. Die Zahl unserer Mitglieder steigt immer noch leicht, erfreulicherweise kommen auch viele Schüler dazu. Was mir immer noch Sorgen bereitet, sind die Diebstähle. Wir schätzen, dass pro Monat etwa 30 Bücher geklaut werden.«
»Aber kontrolliert ihr nicht jeden, der die Bücherei verlässt?«
»Doch, schon, aber natürlich kann man, wenn man geschickt ist, Bücher sehr nah am Körper verstecken. Und Leibesvisitationen stehen nicht auf unserer Agenda.«
»Gibt es unter Deinen Angestellten eigentlich noch mehr Leute, die so wie Du studiert haben?«
»Ach Papa, Du weißt doch, dass das nicht *meine* Angestellten sind. Das sind meine Kollegen. Und natürlich hat auch der eine oder andere von denen studiert.«
»Aber sicher nicht so erfolgreich wie du, sonst wärst Du ja nicht deren Chef.«
»Das stimmt ebenfalls nicht so ganz. Ob und wann man Chef wird, hängt von sehr vielen Faktoren ab, von denen man viele überhaupt nicht beeinflussen kann.«
»Wenn ich mich richtig erinnere, ist es doch eine städtische Bücherei, oder? Du wirst deswegen bestimmt oft vom Bürgermeister empfangen, oder?«
»Ja, es ist eine städtische Bücherei. Lüneburg hat sogar einen Oberbürgermeister, in diesem Fall eine Oberbürgermeisterin. Aber wieso sollte die mich empfangen?«, fragte Anna zurück.
»Du bist immerhin die Chefin der Bücherei. Das ist doch in einer Stadt wie Lüneburg eine Top-Position. Heißt das, dass Ihr Euch noch nie gesprochen habt?«
»Doch natürlich, aber nicht, weil ich eine besondere Position habe, sondern weil sie die Chefin der Verwaltung ist, zu der auch ich gehöre. Wir haben also eine normale Geschäftsbeziehung.«
Paul Verhaak schien die Auskunft, dass seine Tochter in welcher Fre-

quenz auch immer mit der Lüneburger Oberbürgermeisterin verkehrte, zufriedenzustellen. Er schwieg fortan.

Bevor sie sich zum Mittagessen ins Lokal begaben, setzten sie sich vorher auf eine Bank und warteten auf ein Schiff. Schweigend. Wie früher. Als der erste Frachter nach etwa zehn Minuten von der etwa 55 Kilometer entfernten Nordsee kommend vor ihnen in Richtung Innenstadt herfuhr, bedurfte es keiner Worte, um das alte Spiel wiederaufzunehmen. Sie schauten sich an und lächelten.

»Fang Du an«, meinte Anna.

»Also gut. Die Smilla kommt aus Rotterdam und hat 1500 Tonnen Erz geladen.«

»Stimmt nicht«, sagte Anna. »Die Smilla ist vor zwei Tagen in Dublin losgefahren, und in ihrem Bauch hat sie drei Fantastillionen Wasserpistolen für ganz Norddeutschland.«

»Ich gebe mich geschlagen, meine liebe Anna, Du hast sicher recht.« Sie lächelten einander an. »Dann können wir ja jetzt essen gehen.«

Als sie nach etwa einer Stunde das Restaurant verließen, dachte Anna die ersten 300 Gehmeter darüber nach, dass sie sich auch während des Essens nicht viel zu sagen gehabt hatten. Ihr Vater hatte sich ein weiteres Mal über den vermeintlichen oder tatsächlichen Niedergang der Woltmershauser Geschäftswelt ausgelassen; zwischendurch glaubte er sich daran zu erinnern, dass Werder Bremen das letzte Bundesligaspiel mit 0:2 verloren hatte. Anna war bei ihrer Rolle als Stichwortgeberin und Nachfragerin geblieben.

»Ich hatte in den vergangenen Tagen übrigens wieder zwei Trauerfeiern«, warf sie unvermittelt ein.

»Ach, das machst Du immer noch? Brauchst Du einfach das Geld, oder macht es Dir etwa auch Spaß, bei diesen traurigen Veranstaltungen dabei zu sein?«

Anna war wie vor den Kopf geschlagen.

»Nein, ich mache das keineswegs des Geldes wegen«, antwortete sie mit etwas lauterer Stimme als üblich.

»Das hätte mich mit deiner Top-Position in Lüneburg auch gewundert.«

»Jetzt lass doch endlich mal meine Top-Position ruhen«, reagierte sie ungewollt barsch. »Und ja, viele können es sich vielleicht nicht vorstellen, aber ich bin ausgesprochen gerne Trauerrednerin. Man lernt viel über Menschen, man lernt viel über den Tod, und ich kann all das mit meiner Liebe zur Literatur verbinden. Und falls es Dich interessiert: Die allermeisten Hinterbliebenen sind sehr zufrieden mit mir.«

Anna musste schlucken. Ja, die meisten Hinterbliebenen sind tatsächlich zufrieden, dachte sie. Mit Ausnahme der Beobachterin Hildegard Brauer, die manche Dinge zu wissen scheint, die ich möglicherweise wissen sollte – um nicht missbraucht zu werden.
Paul Verhaak hatte die Gereiztheit seiner Tochter registriert und versuchte sich an einer wogenglättenden Bemerkung. »Das glaube ich Dir sofort, dass die Leute mit Dir zufrieden sind. Sie werden sich vorher schlau gemacht haben, mit wem sie es zu tun haben – immerhin mit der Leiterin der Ratsbücherei.«
Anna konnte es kaum noch ertragen, diese ewige Betonung ihres vermeintlichen beruflichen Erfolgs und die gleichzeitige Ignoranz gegenüber ihrer Arbeit als Trauerrednerin, die ihr so viel bedeutete. So war es immer schon gewesen. Auch ihre Mutter hatte keine Gelegenheit ausgelassen, die »Karriere« ihrer Tochter Anna herauszustelle. Sie hatte immer diesen Begriff benutzt, weil der, davon war Anna überzeugt, in ihren Ohren besonders eindrucksvoll klang. Den Beruf ihrer zweiten Tochter hatten ihre Eltern dagegen noch nie ernsthaft thematisiert, von eher banalen Bemerkungen über die möglicherweise zu dürftige Bezahlung aller Krankenschwestern oder über die personellen Herausforderungen in den deutschen Krankenhäusern mal abgesehen. Anna war die erste in ihrer Familie gewesen, die studiert hatte. Nur das zählte. Nach innen wie nach außen.
Trotz des unschönen Gesprächsverlaufs bemühte Anna sich darum, den Tag in ihrer alten Heimat, in ihrem Elternhaus und die Zeit mit ihrem Vater zu genießen. Sie waren mittlerweile wieder im Haus angekommen.
»Sollen wir noch eine Partie Scrabble spielen?«, fragte sie ihn.
»Aber gerne doch«, antwortete er. »Aber erst, nachdem Du mir noch etwas von Deinen Gesprächen mit der Oberbürgermeisterin berichtet hast.«
Anna zögerte keine Sekunde. »Ach, weißt Du Papa, wenn ich es mir so richtig überlege, ist es vielleicht doch besser, wenn ich sofort aufbreche. Um diese Uhrzeit sind die Autobahnen deutlich voller als am Vormittag, und ich will auf jeden Fall im Hellen ankommen. Du bist mir doch nicht deswegen böse, oder?«
»Nein, natürlich nicht. Das kann ich gut verstehen, auch wenn es jetzt etwas plötzlich kommt. Ruf bitte kurz an, wenn du wieder daheim bist.«
Anna fuhr nur wenige hundert Meter bis zur nächsten Straßenecke und stellte den Motor wieder aus. Sie wusste das Durcheinander in ih-

rem Kopf nicht zu sortieren. Sie hatte sich auf den Besuch bei ihrem Vater sehr gefreut. Jetzt war sie gleichermaßen überrascht, verwirrt, entsetzt, enttäuscht und traurig. Nach dem angespannten Telefonat mit ihrer Schwester und ihrer Entscheidung, auf ein Telefonat mit ihrer besten Freundin zu verzichten, war dies der dritte – so empfand sie es – persönliche Rückschlag innerhalb kurzer Zeit. Es war nicht so, dass der Tag in Bremen als Fiasko geendet hatte. Sie war gerne mal wieder durch Woltmershausen gelaufen, sie hatte den Geruch der Weser aufgesogen, sie erinnerte sich gerne an die Teestunde mit ihrem Vater und an den langen Spaziergang. Aber von ihrem Gespräch, dessen war sie sich sicher, würde sie nichts in Erinnerung behalten.

VI.

Am Dienstag musste sie auf der abendlichen Rückfahrt von Lüneburg nach Ebstorf daran denken, wie oft sie tagsüber über den Brief an Hildegard Brauer gegrübelt hatte, den sie gleich nach dem Abendessen schreiben wollte. Diese Frau und dieses Thema hatten eine Dominanz in ihrem Leben gewonnen, die sie verstörte. Umso wichtiger, dachte sie, diesem Spuk ein Ende zu bereiten.

Sie stellte das Radio aus und zog die Gardinen zu, bevor sie sich an ihren PC setzte. Nichts sollte sie ablenken, dieser Brief musste ein Volltreffer werden. Links neben ihr lag der Brief von Hildegard Brauer, den sie gegebenenfalls nochmal zur Hand nehmen wollte.

»Sehr geehrte Frau Brauer! Ich habe lange mit mir gerungen, ob und in welcher Form ich mich an Sie wenden sollte. Wie Sie sehen, habe ich mich ebenfalls für einen Brief entschieden. Bei der Frage des ›ob‹ stand für mich die Tatsache im Vordergrund, dass wir uns, wie Sie in Ihrem Schreiben selber betonten, überhaupt nicht kennen. Sie wissen von meiner Tätigkeit als Trauerrednerin, wir hatten ein kurzes Gespräch auf der Straße. Das ist alles. Und umgekehrt? Ich weiß von Ihnen schlicht gar nichts. Und doch haben Sie sich das Recht herausgenommen, mich zum Teil heftig zu kritisieren, meine Arbeit als Trauerrednerin in, wie ich finde, skrupelloser Art und Weise schlecht zu machen. Ihr Brief war durchsetzt mit Vorhaltungen und Unterstellungen, die ich – erlauben Sie mir die gleiche Offenheit – als ehrenrührig und schäbig empfinde. Und darauf möchte ich Ihnen heute antworten.«

Anna las ihren Einstieg ein zweites Mal. Sie war zufrieden; sie war deutlich, aber keineswegs ausfallend geworden.

»Ihr Brief ist voller Widersprüche. Ich möchte Ihnen das anhand von zwei Beispielen verdeutlichen. Erstens betonen sie, mir keine Vorwürfe machen zu wollen. Genau dies machen Sie gleichwohl geradezu hemmungslos. Zweitens heben Sie hervor, dass Sie von der Arbeit und der ›Kunstfertigkeit‹ einer Trauerrednerin fasziniert seien, andererseits tadeln Sie mich für meine ›willfährige Heuchelei‹. Sie haben, so vermute ich, noch nie ein Gespräch mit Hinterbliebenen in Vorbereitung einer Trauerfeier geführt oder auch nur daran teilgenommen. Und doch ma-

ßen Sie sich an, den Verlauf und das Ergebnis eines solchen Gesprächs zu kennen und mir pauschal zu unterstellen, dass ich mich wissentlich oder unwissentlich ›missbrauchen‹ lasse. Ich gehe im Übrigen davon aus, dass Sie sich über die Wirkung dieses scharfen, ja beißenden Begriffs im Klaren sind. Ihre Polemik findet in diesem einen Wort ihren verletzenden Höhepunkt.
Ich muss nichts begründen, ich mich für nichts rechtfertigen, schon gar nicht Ihnen gegenüber. Gleichwohl möchte ich Ihnen sagen, dass ich mir der Möglichkeit sehr bewusst bin, dass die Hinterbliebenen mir in Einzelfällen (!) möglicherweise Fakten vorenthalten oder Sachverhalte schönreden. Dafür bedurfte es im Übrigen keines Hinweises von Ihnen. Ich habe lange vor Ihrem Brief über diesen Umstand intensiv nachgedacht und mich darüber auch mit einer anderen Trauerrednerin ausgetauscht. Mit dem Ergebnis, dass es schlicht unmöglich ist, diese Tatsache beziehungsweise Herausforderung zufriedenstellend zu lösen. Ich fungiere als Trauerrednerin und nicht als Detektivin oder Kommissarin; meine einzige Aufgabe besteht darin, den Kummer und Schmerz der Angehörigen mit passenden Worten mildern zu helfen, und nicht ihnen den Spiegel eigener Fehler und Versäumnisse vorzuhalten. Ich bin sicher, dass alle, wirklich alle Teilnehmer von Trauerfeiern meine Rolle als Trauerrednerin mit ihren positiven Effekten, aber auch ihren natürlichen Grenzen genau kennen. Sie wissen genauso wie ich, was ich kann und was mein Auftrag ist. Und sie wissen, was ich nicht kann und nicht soll. Mit etwaigen Vorwürfen über das Verschweigen oder Vertuschen von Tatsachen sind Sie deswegen bei mir an der falschen Adresse.
Ich möchte Sie daher eindringlich bitten, mich in dieser Sache nicht weiter zu belästigen. Sehen Sie mir meine klare Replik nach, aber ich empfinde ihr Verhalten mittlerweile als Belästigung. Denn mir ist natürlich nicht entgangen, dass Sie auch bei der Trauerfeier für Klaus Peters zugegen waren. Und ich frage mich seitdem natürlich, ob auch Sie zum Freundes- und Bekanntenkreis des Verstorbenen oder der beiden Familien zählen, oder ob Sie andere Gründe hatten, dieser Trauerfeier beizuwohnen. Ich vermute, dass Letztgenanntes der Fall ist und fordere Sie deswegen auf, diese unangenehme Form der Aufdringlichkeit unverzüglich einzustellen. Mit freundlichen Grüßen: Anna Verhaak.«
Sie stand auf und holte sich ein Glas Wasser aus der Küche. Zwei oder drei Minuten lang ging sie kreuz und quer durch ihre Wohnung, um ihre Formulierungen zu überdenken, um sich zu sammeln und eine Antwort

auf die Frage zu finden, ob sie etwas Wichtiges vergessen hatte. Sie setzte sich wieder vor ihren PC und las den Brief mehrere Male. »So ist's gut«, sprach sie laut und vernehmlich als Selbstbestätigung aus. Vor allem den letzten Teil, in dem sie Hildegard Brauer dezent und indirekt aufforderte, die Gründe ihrer Anwesenheit bei der Trauerfeier für Klaus Peters offenzulegen, empfand sie als gelungen. Auf der einen Seite sehnte sie sich nach Aufklärung. Auf der anderen Seite befürchtete sie, dass Hildegard Brauer ihr genau damit einen weiteren Stich versetzen würde. Aber die Neugier, das Verlangen nach einer schlüssigen Erklärung war stärker. Sie schickte den Brief noch am gleichen Abend ab.

Zwei Tage später lag die Antwort in ihrem Briefkasten. Anna spürte, wie ihr Herz schneller schlug, als sie am Abend den Brief mit dem Absender Hildegard Brauer auf den Küchentisch legte. Sie konnte kaum an sich halten und wollte, nachdem sie ihren Mantel ausgezogen hatte, den Brief sofort öffnen. Sie zögerte und legte ihn zurück. Nein, überlegte sie, ich lasse mir meinen geplanten Tagesablauf nicht von dieser Person diktieren. Ich werde jetzt die morgige Trauerfeier vorbereiten und erst danach den Brief lesen. Sie nahm den Umschlag und stellte ihn an die Stelle ins Bücherregal, an der sie auch den ersten Brief von Hildegard Brauer gestellt hatte. Ins Abseits, dachte sie, aus den Augen und hoffentlich damit auch aus meinem Sinn.

Es goss wie aus Eimern, als sie am nächsten Tag, einem Freitag, um kurz vor 10 Uhr über den Ebstorfer Friedhof in Richtung Trauerhalle lief, in der die nächste Trauergemeinde bereits Platz genommen hatte. Anna hatte sich in ihrem Einstellungsgespräch mit der Stadtverwaltung Lüneburg seinerzeit darauf verständigt, dass sie in Ausnahmefällen und maximal einmal pro Quartal an einem Wochentag eine Trauerfeier begleiten durfte. Die entsprechenden Fehlzeiten durfte sie nach eigenem Ermessen nachholen, beispielsweise an Samstagnachmittagen.

Im Vorraum der Trauerhalle trocknete sie sich mit einem Handtuch notdürftig ab, kämmte ihre Haare glatt und betrat die Trauerhalle. In dem Moment merkte sie, dass sie beim Blick durch die Reihen nur eine Frage im Sinn hatte: Ist Hildegard Brauer erneut anwesend? Sie ging deswegen besonders langsam nach vorne, um, ohne dass die Gäste es bemerkten, aus den Augenwinkeln die Reihen zu inspizieren. Ihre Hände schwitzten. Nein, Hildegard Brauer hatte sich nicht hineingeschlichen. Anna versuchte sich zu entspannen und zu konzentrieren.

Das Vorgespräch mit der Witwe Sonja und den drei Kindern von Waldemar Preuß war denkbar einfach und unkompliziert verlaufen. In rund

20 Minuten hatten sie ihr die Lebensgeschichte des ehemaligen Bergmanns erzählt, der aus Schlesien stammte, mit 79 Jahren an Krebs gestorben und dessen Naturverbundenheit offenbar das herausragende Charakteristikum gewesen war. Er war seiner Familie ein fürsorglicher und aufmerksamer Ehemann und Vater gewesen; nur zwei Mal hatte er es in seinen 52 Ehejahren versäumt, seiner Frau vom wöchentlichen Einkauf Blumen mitzubringen; nie hatte er einen Geburtstag seiner Kinder oder den Hochzeitstag vergessen; als gläubiger Katholik hatte er, wann immer es möglich war, eine Sonntags-Messe besucht; er hatte seine Kinder über alles gestellt und geliebt; er hatte, pflichtbewusst wie immer, auch nach einem Schlaganfall weitergearbeitet; mit Sport-Sendungen hatte er sich abgelenkt.

»Ich habe selten ein solch lebendiges Trauergespräch erlebt«, begann Anna nach einer kurzen Begrüßung ihre Rede. »Sie alle haben sehr liebevoll und dankbar von ihrem Ehemann und Vater erzählt. Sie haben geweint und gelacht, sie haben viele Erinnerungen lebendig werden lassen. Ich spürte, wie ehrlich und herzlich Sie es meinten und wie gut es Ihnen tat, sich auszutauschen. Es gibt eine schöne Geschichte von Charlotte Knöpfli-Widmer, in der sie von einer alten Frau berichtet, die einer trauernden Frau empfiehlt, zwei Kammern in ihrem Herzen einzurichten, eine Kammer für die Freude und eine für die Trauer. Den Toten ist es wohler in der Kammer der Freude, sagte diese alte Frau. Im Moment, liebe Familie Preuß, liebe Angehörige, Freunde und Nachbarn, sind ihre Erinnerungen noch in der Kammer der Trauer. Doch bald werden Sie sie in der Kammer der Freude finden – und dort werden auch Sie dann auch Ihren Mann, Vater, Schwiegervater und Freunde finden. Auch Waldemar Preuß wird seinen Platz in Ihrer Herzens-Kammer der Freude finden.«

Als erstes Musikstück hatte sich die Familie für ein schlesisches Volkslied entschieden. Waldemar Preuß, so hatte es die Familie berichtet, hatte nicht oft über seine Heimatverbundenheit gesprochen. Die Erinnerung an die Nachkriegsschrecken und an die Vertreibung schmerzten ihn zu sehr. »Oh du Heimat lieb und traut, wonnig dich mein Auge schaut«, lautete der Lied-Text, »Land, wo meine Wiege stand, froh die Jugend mir entschwand, du bist mein lieb Schlesierland.«

Anna hatte sofort eine Erzählung von Doris Wolf aus deren Buch »Einen geliebten Menschen verlieren« im Hinterkopf, als die Familie ihr davon berichtete, wie gerne Waldemar Preuß Waldspaziergänge mit seiner Frau unternommen hatte. Eine Geschichte über zwei Bäume im Park, die Anna jetzt zitierte:

»Zwei große Bäume stehen dicht beieinander in einem Park. Sie kennen sich schon seit frühester Jugend. Die Äste des einen Baumes ragen in die Krone des anderen. Beide haben sich gegenseitig hervorragend angepasst. Im Frühjahr entfalten sie zur gleich Zeit die ersten Blätter. Da, wo die einen Äste sich weiter ausdehnen, hält sich der eine Baum zurück. Beide nehmen Rücksicht aufeinander. Im Herbst machen sich beide für den Winter bereit. Sie schützen sich gegenseitig vor starkem Wind. Der eine Baum gewährt dem anderen Schatten. Sie holen sich aus dem Boden ihr Wasser und teilen es sorgfältig. So haben sich beide gemeinsam entwickelt, sind alt geworden und haben viele Jahre gemeinsam aufgebaut. Eines Tages schlägt ein Blitz in einen der Bäume ein und fällt diesen. Er wird wortlos von Waldarbeitern abtransportiert. Der andere Baum bleibt allein zurück.«

Anna hielt kurz inne. Sie hoffte, dass ihre Zuhörer die Metapher verstanden. Mit einer kurzen Pause wollte sie deren Gedanken verstärken. Als sie aufschaute, sah sie plötzlich aus dem linken Augenwinkel heraus eine Person an der Trauerhalle vorbeilaufen. Kein Zweifel, es war Hildegard Brauer, die kurz dem Ende der Fensterfront stehenblieb und für einen Moment Anna direkt ansah. Anna brach kalter Schweiß aus.

Schuld, Unrecht, Versagen, Sünde, Schweigen, Missbrauch: Wie aus dem Nichts schwirrten verstörende Begriffe in ihrem Kopf herum und setzten ihr zu. Ihr Puls wurde schneller, ihr Herzschlag spürbar kräftiger. Ihr Blick wanderte von einem Familienmitglied zum nächsten, wobei sie sich immer drängender fragte: Was habt ihr mir verschwiegen? Was hat euer Mann und Vater angerichtet? Oder habt ihr selber ein schlechtes Gewissen – was habt ihr euch zuschulden kommen lassen? Nutzt auch ihr meine Gutgläubigkeit und meine Rolle als Trauerrednerin aus, um euch in der Öffentlichkeit reinwaschen zu lassen?

Missbraucht auch ihr mich?

Hildegard Brauer war verschwunden. Aber diese zwei Sekunden des Blickkontakts hatten ausgereicht, um Anna aus dem Konzept zu bringen. Sie spürte Nervosität und Unsicherheit, ihre Arme und Beine begannen zu zittern. ›Lass es nicht zu, lass es nicht zu, lass es nicht zu‹, versuchte sie sich Mut einzureden. ›Familie Preuß war offen zu dir; es gibt keinen erkennbaren Grund, an ihrer Aufrichtigkeit zu zweifeln; du hast eine Verantwortung dieser Trauergemeinde gegenüber; reiß dich zusammen und halte dich an deinen Text; du bist eine gute, sogar eine sehr gute Trauerrednerin; du bist keine Agentin, sondern eine Trösterin; diese Hildegard Brauer ist einfach nur unverschämt und rücksichtslos.‹

Mittlerweile hatte sich die Gedanken-Verstärkungspause zu einem unangenehm langen Schweigen entwickelt. Anna schaute sich unter den etwa 40 Zuhörern um, jeder einzelne auf sie gerichtete Blick hatte die Wirkung eines Nadelstichs. Ihre Routine und Selbstsicherheit waren verflogen, mit Schweißperlen auf der Stirn und zittrigen Händen suchte sie am Stehpult Halt. Ihr verzweifelter Versuch, sich mit den bekannten Floskeln Entschlossenheit zu verschaffen, war gescheitert. Warum habt ihr gerade mich engagiert?, fragte sie sich in dem Moment, als sie die Witwe anschaute. Weil ich so wunderbar zu manipulieren bin? Weil ich dafür bekannt bin, keine unangenehmen Nachfragen zu stellen? Hat sich dieser Makel von mir bereits in Ebstorf herumgesprochen – und nur deswegen werde ich so oft als Trauerrednerin gebucht? Was wollt ihr mir nicht verraten? Worüber wollt ihr aus Scham oder Ekel kein Wort verlieren?

Warum missbraucht auch ihr mich?

Einer der Söhne hielt die Stille offenbar nicht mehr aus. Er sah Anna eindringlich an, indem er die Augen weit aufriss und gleichzeitig beide Schultern nach oben zog. So fest sie konnte, umfasste sie das Stehpult und las ihren Text über die zwei Bäume weiter vor.

»Er kann einfach nicht glauben, dass sein geliebter, treuer Nachbar nicht mehr da sein soll. Wo sie sich für den nächsten Winter doch schon so viel vorgenommen hatten. Er wünscht, einfach nur einen bösen Traum geträumt zu haben und morgen nach dem Aufwachen sei alles wieder in Ordnung. Doch am nächsten Morgen ist er immer noch allein. Er schaut suchend umher, doch er kann seinen Nachbarn nirgendwo entdecken. Er fühlt sich nackt und hilflos. Jetzt erst wird ihm bewusst, dass er all die Jahre vom anderen Baum Schutz geboten bekommen hat. Er bemerkt, dass er auf der Seite, die dem anderen Baum zugewandt war, schwächer entwickelt ist. Die Äste sind kürzer und weniger dicht mit Blättern übersät. Ja, er muss sogar aufpassen, sich nicht auf die andere Seite zu neigen und umzufallen. Der Wind fährt ihm garstig in die schwache Seite.«

Anna merkte, wie sie mit jedem Satz ruhiger wurde. Die Trauergemeinde war erneut vollends in sich gekehrt, Anna spürte wieder festen Boden unter ihren Füßen.

»Wie schön wäre es doch«, fuhr sie mit der Erzählung fort, »wenn sein Nachbar noch da wäre. Er beginnt zu hadern, warum der Blitz ausgerechnet in seinen Nachbarn einschlagen musste. Er hat Angst vor dem langen, harten Winter, den er jetzt alleine durchstehen muss. Er seufzt, fühlt sich sehr einsam. Warum konnte der Blitz denn nicht sie beide treffen? Nie mehr können er und sein Nachbar über schöne, gemeinsame Stunden sprechen. Hätte er am Ende seine Äste weiter zu seinem Nachbar hinstrecken sollen, dass der Blitz auch ihn hätte treffen können? So quält er sich mit Schuldgefühlen, Ängsten und Verzweiflung. Die Sonne scheint wie immer und sendet ihre wärmenden Strahlen, doch er verspürt sie nicht. Es wird Winter, und er verbringt die Zeit alleine. Er überlegt, ob dies wohl der Sinn des Lebens sei.

Eines Nachts, als er wieder einmal grübelte, kam ihm die Idee, dass er sich im nächsten Frühjahr sehr anstrengen könnte, besonders die Äste an seiner schwachen Seite wachsen zu lassen. Er könnte versuchen, die leeren Stellen, die der Nachbar mit seinen Ästen ausgefüllt hatte, zu füllen. So begann er, all seine Energie darauf zu verwenden, die Lücke, die sein Nachbar hinterlassen hatte, allmählich aufzufüllen. Ganz vorsichtig ließ er neue Äste wachsen. Es dauerte, aber er hatte ja Zeit. Und manches Mal war er sogar ein kleine bisschen stolz darauf, alleine gegen die Kälte und die Winde anzukämpfen. Er wusste, dass es nie mehr so sein würde wie früher. Und er wusste, dass er den alten Nachbarn nie vergessen würde, denn er hatte ja die ersten 50 Jahresringe mit ihm gemeinsam verbracht. Zu jedem Jahresring konnte er gemeinsam erlebte Geschichten erzählen. Zu den letzten drei Ringen konnte er erzählen, wie er gelernt hatte, allein zu leben, seinen Ängsten eine neue Richtung zu geben und seinen Platz im Park neu zu gestalten.«

Anna hörte das eine oder andere Seufzen und Schnäuzen, einige Gäste tupften sich mit Taschentüchern ihre Tränen weg. Sie war wieder zufrieden mit sich; es war ihr gelungen, den Auftritt von Hildegard Brauer zu verdrängen. Kurzzeitig.

»Haben Sie sich in dieser Geschichte wiedergefunden?«, fragte sie in die Stille hinein. »Sie, liebe Frau Preuß, waren 52 Jahre lang mit Waldemar verheiratet, Sie blicken auf 52 gemeinsame Jahresringe zurück. Es war damals Liebe auf den ersten Blick, wie Sie mir erzählten. Sie waren unendlich stolz auf Ihren Mann, der so hart arbeiten musste und sich dennoch nie beklagte. Der so stark und gleichzeitig so einfühlsam war, der Ihnen 52 Jahre lang eine Stütze war, der Ihr Leben ausgefüllt hat und dessen Leben auch Sie bereichert haben.«

Sie schaute die Witwe an, die weinte und stumm nickte.

»Ich habe bei unserem Gespräch die große Liebe, den großen Zusammenhalt in Ihrer Familie gespürt. Es waren nicht nur zwei Bäume, die eng beieinanderstanden und sich Halt gaben; es waren viel mehr Bäume, die ihre Familie ausmachten. Und jetzt spüren Sie alle vor allem eines:

eine große und schmerzhafte Lücke. Ihr Mann und Vater ist nicht mehr da. Und es ist wie immer zu früh. Aber Waldemar Preuß hat Ihnen einen großen Schatz hinterlassen, und so werden Sie nach einigen Tagen des Schmerzes und der Trauer eines Tages wieder Freude erleben. Sie werden Dinge tun, die Sie gemeinsam mit ihm gemacht haben. Und dabei werden Sie sich an ihn erinnern und lächeln.«
Anna hatte sich gefangen. Ohne Probleme und ohne zu zögern fuhr sie fort. Die Trauer ist nicht unser Feind, betonte sie in die Stille hinein.
»Die Trauer dient zweierlei: Sie erinnert uns daran, dass wir etwas verloren haben, und sie will uns gleichzeitig Mut machen. Wir können ihr nicht ausweichen, sie ist immer da, jeden Tag in unserem Kopf, in unserem ganzen Körper. Lassen Sie Ihre Gefühle zu, dann wird der Druck weichen. Sie können und werden weiterleben, Ihrem Leben einen neuen Sinn geben, wenn Ihr Innerstes dafür bereit ist. Es ist allein an Ihnen. Sie können den Tod von Waldemar nicht ungeschehen machen. Sie haben keine Wahl. Aber Sie haben die Fähigkeit, Abschied zu nehmen und etwas Neues anzufangen. Sie haben ein Recht auf Trauer, die Ihnen zeigt, wie sehr Ihnen dieser Mensch fehlt. Aber Sie alle haben auch ein Recht auf Besserung. Seien Sie dankbar für die gemeinsame Zeit mit ihm und schauen Sie nach vorne.«
»Ich möchte Ihnen zum Abschluss ein Gedicht von einem unbekannten Verfasser vorlesen:

> Sag morgens mir ein gutes Wort,
> bevor Du gehst von zu Hause fort.
> Es kann so viel am Tag gescheh'n,
> wer weiß, ob wir uns wiederseh'n.
> Sag lieb ein Wort zur guten Nacht,
> wer weiß, ob man noch früh erwacht.
> Das Leben ist so schnell vorbei,
> und dann ist es nicht einerlei,
> was du zuletzt zu mir gesagt,
> was du zuletzt hast mich gefragt.
> Drum lass ein gutes Wort das letzte sein,
> bedenk: Das letzte könnt's für immer sein.«

Anna nahm am Rand der vorderen linke Reihe Platz. Sie wusste, welches Lied Sonja Preuß sich für den Auszug aus der Trauerhalle gewünscht hatte. Und schon legte Marianne Rosenberg los:

»Er gehört zu mir,
wie mein Name an der Tür
Und ich weiß, er bleibt hier
Nie vergess ich unseren ersten Tag
Na na na na na na
Denn ich fühlte gleich, dass er mich mag
Na na na na na na na
Ist es wahre Liebe?
Die nie mehr vergeht
Oder wird die Liebe vom Winde verweht?«

Es war mit seinem Tempo und Schwung kein typisches Trauerlied. Aber es passte zu der Geschichte, die Anna von den Angehörigen über das Ehepaar Preuß gehört hatte. Vor allem die zwei folgenden Zeilen:

»Er gehört zu mir, für immer zu mir
Er gehört zu mir, für immer zu mir.«

Für manche Angehörige war die Musik nur ein notwendiges, manchmal sogar lästiges Beiwerk. Manchmal versprachen sie in ihrer Ideenlosigkeit, sich noch am selben Tag mit zwei, drei Vorschlägen bei Anna zu melden. Manchmal fragten sie Anna, ob sie etwas empfehlen könne. Nein, antwortete sie in diesen Fällen, sie kenne den oder die Verstorbene weit weniger gut als sie. »Und ich bin mir sicher«, sagte sie in einem Fall mit einem Hauch von Provokation, »dass Ihnen mit etwas Überlegung einige Lieder einfallen, die gut zu ihrer Mutter passen.«
Aber es gab auch Fälle, in denen die Angehörigen in dem Gespräch sehr genaue Vorstellungen von der Musikauswahl vortrugen. »Ich liebte jeden ihrer schiefen Töne«, hatte ihr ein Witwer vor einem Jahr gesagt, als sie sich über die bevorstehende Trauerfeier unterhielten. »Wir hatten ein gemeinsames Lied, das wir, wann immer wir es hörten, gemeinsam gesungen haben. Wir haben nie darüber gesprochen, warum wir das gemacht haben. Es hat sich einfach so ergeben. Ich weiß schon jetzt, dass ich weinen werde, wenn ich es übermorgen wieder höre, Jeff Buckleys ›Hallelujah‹. Aber ich weiß, dass sie mich dann, wie auch immer, hören und sehen wird. Und das wird mich trösten.« Anna erinnerte sich gut daran, dass damals fast alle Gäste weinen mussten, als das Lied erklang.
Musik, das hatte Anna auch oft genug erfahren, kann auch der innerfamiliären Aufarbeitung dienen. So hatte ihr beispielsweise eine Witwe

davon berichtet, wie liebevoll ihr verstorbener Ehemann einst gewesen war – und wie gleichermaßen untreu. Und trotz der inständigen Bitte ihrer Tochter, auf diese Offenheit und einen möglichen Eklat während der Trauerfeier zu verzichten, beharrte die Frau darauf, beim Auszug aus der Trauerhalle das Lied »Du hast mich tausendmal belogen« der Schlagersängerin Andrea Berg abzuspielen. Anna hatte noch gut vor Augen, wie die Witwe in diesem Moment lächelte, während alle weiteren Angehörigen betreten zu Boden schauten.

Die Türen öffneten sich für Waldemar Preuß' letzten Gang, die Sargträger kamen herein und machten sich an ihre Arbeit. Anna hatte sich mit der Familie darauf verständigt, dass sie am Grab nur wenige Worte sprechen sollte. Als sie hinter denjenigen, die in den beiden ersten Reihen gesessen hatten, die Trauerhalle verließ, schaute sie nervös nach rechts und links. Wartete Hildegard Brauer irgendwo auf sie? Nein, sie war nicht zu sehen. Auch beim Gang in Richtung Grab blickte sie immer wieder zur Seite. Keine Spur von Hildegard Brauer.

»Wir nehmen Abschied von Waldemar Preuß«, setzte Anna an, nachdem sich die Trauergemeinde um das offene Grab versammelt hatte. »Auch dieser Abschied zeigt uns auf schmerzhafte Weise die Grenzen unseres Lebens. In Stille danken wir ihm für all die Liebe, Wärme und Freude, die er uns gegeben hat.«

Sie ließ einige Sekunden verstreichen, bevor sie mit einem Gedicht des französischen Schriftstellers Charles Péguy abschloss.

Der Tod ist nichts, ich bin ich, ihr seid ihr.
Das, was ich für euch war, bin ich immer noch.
Gebt mir den Namen, den ihr mir immer gegeben habt,
sprecht mit mir, wie ihr es immer getan habt.
Gebraucht nicht eine andere Redensweise,
seid nicht feierlich oder traurig.
Lacht über das, worüber wir gemeinsam gelacht haben.
Betet, lacht, denkt an mich,
betet für mich,
damit mein Name im Hause ausgesprochen wird,
so wie es immer war,
ohne irgendeine besondere Bedeutung,
ohne Spur eines Schattens.
Das Leben bedeutet das, was es immer war,
der Faden ist nicht durchschnitten.

*Warum soll ich nicht mehr in euren Gedanken sein,
nur weil ich nicht mehr in eurem Blickfeld bin?
Ich bin nicht weit weg,
nur auf der anderen Seite des Weges.*

Anna verneigte sich vor dem Sarg und ging langsam in Richtung Ausgang. Sie spürte bei jeder Trauerfeier ein Minimum an Anspannung. Das gehörte dazu, sie verhalf ihr zur Konzentration. Aber heute war es anders. Hinter jedem Baum vermutete sie Hildegard Brauer. Wie soll ich reagieren, wenn ich ihr jetzt plötzlich begegne, fragte sie sich. Eine Antwort hatte sie darauf nicht.

Sie versuchte sich an ihrem bewährten Ablenkungs-Spiel. Sie setzte sich auf eine leere Bank und las die Inschrift auf einem Grabstein leise vor. »Eva Sacher, geboren am 24. Oktober 1921, gestorben am 26. Dezember 2002.« Sie konnte nicht umhin, obwohl es ihr im gleichen Moment irgendwie peinlich-banal vorkam, spontan an die Sachertorte zu denken. Ob die Eva diese Wiener Spezialität genauso gerne gemocht hat wie ich?, flüsterte sie vor sich hin. Vielleicht stammte sie sogar aus Wien? Wie sie in diesem Fall wohl als damals 17-Jährige auf den sogenannten Anschluss Österreichs in das nationalsozialistische Reich im Jahr 1938 reagiert hat? Möglicherweise hatten ihre Eltern diesen Schritt begrüßt. Möglicherweise waren sie entsetzt gewesen und hatten das Unheil, das kurz darauf mit einem Weltkrieg einsetzte, vorhergesehen. Welche Zufälle des Lebens hatten Eva Sacher wohl nach Ebstorf geführt?

Anna legte sich für diese Frage in Windeseile eine Geschichte zurecht. Eva Sacher hatte mit 21 Jahren in Wien einen deutschen Soldaten kennengelernt, für den sie sofort schwärmte. Sie verriet ihm ihre Adresse, und dieser Friedrich Wilhelm Gerlach – dieser Name, entschied Anna spontan, würde gut zu Eva Sacher passen – schickte ihr bis Kriegende sage und schreibe 121 Briefe. Es muss Brief 16 oder 17 gewesen sein, in dem er ihr offen und ehrlich seine Liebe gestand, obwohl er sie zu diesem Zeitpunkt schon lange nicht mehr gesehen hatte. Aber mit jedem Wort, das er an sie richtete, wuchs in ihm die Gewissheit, mit Eva Sacher die Frau für sein Leben gefunden zu haben. Nach Kriegsende kehrte Friedrich Wilhelm Gerlach mit nur einem Arm, aber reichlich Zuversicht in seine Heimatstadt Lüneburg zurück. Nach ihrem dritten Besuch stand auch für Eva Sacher fest, dass sie Wien hinter sich lassen und Lüneburg nie wieder verlassen wollte. Einige Jahre später zogen die beide nach Ebstorf, wo sie beide auch starben. So könnte es gewesen sein, dachte Anna, schloss die Augen und lächelte.

Es war ihr einmal mehr gelungen, ihre Fantasie anzuregen, in eine andere Welt einzutauchen, abzuschalten. Doch in dem Moment, in dem sie aufstand und Richtung Friedhofsausgang ging, hatte sie nur noch einen Gedanken im Kopf: In ihrem Bücherregal wartete der Brief von Hildegard Brauer auf sie.

Als sie ihre Haustür aufschloss, beschloss sie, den Abend so gewöhnlich wie immer zu gestalten. Sich etwas frisch machen, das Radio einschalten und das Abendbrot zubereiten, einen Tee kochen, den Tisch decken. Nichts davon sollte gelingen. Anna spürte, dass sie Hildegard Brauers zweiten Brief lesen musste. Jetzt, sofort. Sie ging in ihr Wohnzimmer, nahm den Brief aus dem Regal, setzte sich in ihren Ohrensessel und öffnete mit einem Brieföffner den Umschlag. Drei Din-A-4-Seiten, handgeschrieben.

»Sehr geehrte Frau Verhaak! Mir liegt viel daran, Ihnen sogleich eines zu versichern: Nichts lag und liegt mir ferner, als Sie persönlich zu attackieren, zu verunglimpfen oder gar zu beleidigen. Ich habe mir nach der Lektüre Ihrer Antwort meinen ersten Brief an Sie erneut durchgelesen und kam dabei zu dem Schluss, dass ich an einigen Stellen tatsächlich zu weit gegangen bin. Ich möchte mich daher aufrichtig bei Ihnen entschuldigen und Ihnen versichern, dass dies nicht wieder vorkommen wird.

Und ich möchte erneut unterstreichen, dass ich die Kunstfertigkeit und den Intellekt einer jeden Trauerrednerin – auch also den Ihrigen – zutiefst bewundere. Ich verfüge leider nicht über die Gabe, aus den Versatzstücken eines mir fremden Lebens einen bewundernswert flüssigen und stichhaltigen Text zu formulieren, der die meisten Angehörigen gleichermaßen berührt und beruhigt. Sie beherrschen diese Kunst offenbar meisterhaft, dafür zolle ich Ihnen meinen ehrlich gemeinten Respekt.

Sie kennen allerdings auch meine Bedenken und meine Kritik, die ich in einem zugegebenermaßen scharfen Satz auf den Punkt gebracht habe: Sie lassen sich missbrauchen. Ich kann gleichwohl Ihre Argumentation nachvollziehen, wonach Sie nur Informationen entgegennehmen, die Sie nicht auf ihren Wahrheitsgehalt oder ihre Vollständigkeit überprüfen können.«

Anna trank einen Schluck Wasser und schaute mit dem Brief in ihren Händen aus dem Fenster. Bislang war sie angenehm überrascht über die Zugeständnisse von Hildegard Brauer und deren glaubhafte Entschuldigung. Andererseits war es ihr bei der Lektüre des ersten Briefs ähnlich ergangen, bis Hildegard Brauer plötzlich zum verbalen Maximalangriff übergegangen war und sie tief in ihrem Innersten getroffen hatte. Es gab nach der Lektüre der ersten Zeilen also keinen Grund für eine Entwarnung oder ein Aufatmen.

»Mein Punkt«, las sie weiter, »ist einzig und allein der folgende: Mit der perfekten Übernahme Ihrer Rolle als Trauerrednerin tragen Sie sicher ungewollt, aber aktiv dazu bei, dass Wahrheiten verschwiegen, dass Peinlichkeiten und Fehltritte kaschiert, dass Sünden unausgesprochen, dass Peinlichkeiten, Fehltritte, mitunter sogar Verbrechen vertuscht werden, dass Unrecht zu Recht umdefiniert wird. Ich möchte Sie an dieser Stelle eindringlich darum bitten, mir zu glauben, dass ich dies als ein systemisches und keineswegs als Ihr persönliches Versagen betrachte. Sie sind ein Teil dieses Trauerredner-Systems, das naturgemäß anfällig ist für Beschwichtigungen, Lügen und Schönrednerei. Ich verurteile in erster Linie das System sowie *die* Angehörigen, die sich dieses System zunutze machen, und nicht Sie, die Sie mit viel Ehrgeiz und Können sowie in guter Absicht Ihr Bestes geben und wie viele andere Trauerredner nicht erkennen (können oder wollen), wie sie dieses prototypische Konstrukt der Heuchelei und Täuschung stützen.

Möglicherweise fragen Sie sich jetzt, wie mein Vorschlag aussieht, um dieses System zu verbessern, das durchaus seine guten Seiten hat. Denn es steht auch für mich außer Frage, dass es zahlreiche Hinterbliebene gibt, die nach dem Tod eines geliebten Menschen außerstande sind, einen klaren Gedanken zu fassen oder gar zu formulieren. Für diese Menschen – möglicherweise stellen sie sogar die Mehrheit – sind Trauerredner wie Sie eine großartige Hilfe und eine unverzichtbare Stütze. Wie also sieht meine Idee aus, um der Gefahr der Weißwäscherei und Blenderei, die sicher nicht nur zufällig dem Volksmund nach nirgendwo größer ist als auf Beerdigungen, zu begegnen? Ich habe lange darüber nachgedacht und muss Ihnen gestehen, dass auch ich keine ideale Lösung gefunden habe. Ich möchte Ihnen gleichwohl, gestatten Sie mir bitte diesen für eine Außenstehende wie mich durchaus anmaßenden Weg, fünf konkrete Tipps mit auf dem Weg geben:
1. Begnügen Sie sich in den Vorbereitungs-Gesprächen nicht mit den üblichen Fragen à la ›Wo haben sie sich kennengelernt?‹. Seien Sie kreativ.
2. Sprechen Sie vor allem in den Fällen, in denen der oder die Verstorbene auffällig gut wegkommt, direkt mögliche Schwächen, Fehler oder ›Fehltritte‹ an und beobachten Sie die darauffolgenden Reaktionen ihrer Zuhörer sehr genau.

3. Was spricht dagegen, neben den Angehörigen einen Nachbarn, Freund oder eine Arbeitskollegin des Toten anzurufen und um eine Einschätzung zu bitten? Diskret und ohne jede Verpflichtung, dieses ›Wissen von dritter Seite‹ in Ihren Trauertext einzubauen. Es würde allein der Abrundung des Bildes dienen.

4. Nutzen Sie das Internet, um aktiv Namen, Daten und Fakten rund um den Toten zu recherchieren. Es ist durchaus möglich, dass Sie dabei sowohl Be- als auch Entlastendes finden.

5. Weisen Sie die Angehörigen höflich, aber deutlich darauf hin, dass Sie nicht zögern werden, deren ›Mandat‹ niederzulegen, sollten Sie bis zum Zeitpunkt der Trauerfeier von Dingen erfahren, was den Toten oder einen der Angehörigen in einem zweifelhaften Licht erscheinen lassen. Dies sollte und muss keineswegs wie eine Drohung klingen. Dies wäre fraglos in Vorbereitung einer Trauerfeier unangemessen. Es sollte den Hinterbliebenen gleichwohl signalisieren, dass Sie nicht bereit sind, sich vor einen mit Schuld, Altlasten oder weitaus Schlimmerem beladenen Karren spannen zu lassen.

Ich ahne, sehr geehrte Frau Verhaak, was Ihnen jetzt in den Sinn kommt. Sie empfinden diese Ratschläge als übergriffig. Sie bezweifeln (nicht ganz zu Unrecht), dass ich höchstens ansatzweise weiß, wie Trauergespräche mit Angehörigen verlaufen. Sie haben sehr plastisch und drastisch vor Augen, wie die Angehörigen reagieren könnten, wenn Sie einen derartigen ›Forderungs-Katalog‹ während eines Vorbereitungsgesprächs ausbreiten, also in einem höchst emotionalen Moment. Sie rechnen damit, dass Sie rausgeworfen werden und dass sich ihr Vorgehen schnell in unserer Region herumspricht, so dass Ihre Karriere als Trauerrednerin kurz- bis mittelfristig beendet sein könnte. Glauben Sie mir: Ich verstehe Ihre Sorgen und Bedenken.«

Anna legte den Brief aus den Händen und stellte sich ans Fenster. Sie versuchte sich konkret vorzustellen, wie das Gespräch mit Familie Peters nach dem von Hildegard Brauer vorgeschlagenen Muster verlaufen wäre. Möglicherweise wäre das Gespräch nach rund zwei Minuten beendet gewesen. Möglicherweise wäre es genauso verlaufen. Oder hätte sie tatsächlich in einem oder mehreren Gesichtern eine verdächtige Reaktion beobachtet, nachdem sie Punkt 5 von Hildegard Brauers »Checkliste« angewandt hätte – vorausgesetzt, dass auch über dieser Familie tatsächlich ein ihr unbekannter Schatten lag? Und falls sie eine Reaktion entdeckt hätte – hätte sie nachgefasst und die Familie unter Druck gesetzt? Anna merkte, wie ihr bei diesen Gedanken unwohl wurde, tatsächlich und im übertragenen Sinne. Sie setzte sich und nahm den Brief wieder zur Hand.

»Gleichwohl möchte ich Ihnen die folgenden, zugegebenermaßen suggestiven Fragen mit auf den Weg geben. Glauben Sie nicht, dass Sie damit dem von mir sehr kritisch bewerteten System zumindest ein wenig das Wasser voller Lügen abgraben könnten? Meinen Sie nicht, dass Sie damit einige Angehörige dazu zwingen würden, endlich ehrlich zu sich selbst und zu ihrem Umfeld zu sein? Haben Sie nicht das Gefühl, dass auch Sie damit von der Last der latenten und permanenten Missbrauchs-Gefahr befreit werden?

Nein, ich mache mir keine Illusionen: Auch uns beiden – erlauben Sie mir bitte für einen Moment diesen Gedanken einer Gemeinsamkeit – wird es nicht gelingen, die Masse an Tragödien und Trauerspielen, die tagtäglich auf unseren Friedhöfen gegeben wird, schnell und spürbar zu reduzieren. Aber ich bin davon überzeugt, dass Sie damit ein gutes Werk tun, das sich in der Gruppe der Trauerredner herumsprechen und das möglicherweise beispielhaft wirken wird. Unsere Gesellschaft funktioniert bereits oberflächlich genug und basiert auf einem derartig großen Maß an Verlogenheit und Schauspielerei, so dass man sich nicht dafür hergeben sollte, dies auf eine solch aktive Weise zu unterstützen, wie dies Trauerredner geradezu modellhaft praktizieren.

Betrachten Sie all dies, sehr geehrte Frau Verhaak, als Anregungen, die auf meiner tief empfundenen Überzeugung beruhen, dass in unserer Gesellschaft vieles schiefläuft. Wir brauchen mehr Ehrlichkeit und Aufrichtigkeit anstelle von Pharisäertum und Doppelzüngigkeit. Wir brauchen in allen Bereichen unseres Lebens weniger Schauspieler, die sich für ihre Maskeraden nicht zu schade oder sich dessen gar nicht bewusst sind. Wir brauchen stattdessen mutige Zeitgenossen, die Rückgrat beweisen, ohne beleidigend aufzutreten, die Wahrheiten ohne Anklage an- und aussprechen und die Rückschläge als Ansporn betrachten. Ohne Sie persönlich zu kennen, aber gleichwohl Ihre sprachlich-argumentativen Fähigkeiten abschätzen zu können, traue ich gerade Ihnen diesen Perspektivwechsel zu. Es würde mich freuen, ich wiederhole damit einen Wunsch aus meinem ersten Brief, wenn wir darüber ins Gespräch kommen würden.

Ich möchte Sie nicht länger behelligen und zum Abschluss einer Bitte von Ihnen nachkommen. Sie haben sich offensichtlich darüber gewundert, dass ich bei der Trauerfeier von Klaus Peters zugegen war. Und Sie haben sich gefragt, ob dies ein Zufall war, ob ich Sie als stille Zuhörerin in ihrer Rolle ›überprüfen‹ wollte, oder ob ich Ihnen damit ein Signal senden wollte, dass ich auch im Falle der Familie Peters über Informationen verfüge, die auch Sie vorab interessiert hätten, dass Sie also möglicherweise ein weiteres Mal – entschuldigen Sie bitte – missbraucht wurden.

Nein, meine Anwesenheit war kein Zufall. Ich wusste – Ebstorf ist halt ein Dorf –, dass Sie die Trauerrede halten würden. Und ich weiß tatsächlich von Vorkommnissen, die die Trauerfeier inklusive Ihrer Rede in ein anderes Licht rücken. Sie haben sich möglicherweise gefragt, warum Klaus Lühr unbedingt den Namen seiner Ehefrau Annegret Peters annehmen wollte. Glauben Sie mir bitte, dass ich von den entsprechenden Umständen detaillierte Kenntnisse habe. Ich bin mir einigermaßen sicher, dass Annegret Peters Sie eindringlich darum gebeten hat, diesen eher ungewöhnlichen Schritt ihres verstorbenen Ehemanns während der Trauerfeier nicht zu thematisieren, nicht mal ansatzweise. Vielleicht, aber das ist nur eine Vermutung von mir, hat Annegret Peters Ihnen dies sogar als Versprechen abgenommen. Wie dem auch sei: Annegret Peters hatte sehr gute Gründe, so forsch und bestimmt zu agieren. Denn sie war es seinerzeit, die ihren Mann noch vor der Hochzeit immer und immer wieder dazu gedrängt hat, seine Eltern zu massiven ›Geldgeschenken‹ zu ›überreden‹. Sie war es, die, nachdem Klaus' Eltern dies ebenso konsterniert wie vehement abgelehnt hatten, ihren Mann ultimativ zum Namenswechsel aufforderte – als Strafe für seine Eltern.

Sie können sich vielleicht vorstellen, wie Klaus' Eltern all dies empfunden haben, wie schmachvoll es für sie war, die sie doch nur das Beste für ihren Sohn wollten und deswegen auch ihre Schwiegertochter schonten. Es war demütigend, es war mehr als die vielfach übliche Geldgier. Es hatte in seiner Massivität eine kriminelle Note. Und ich weiß, dass Klaus' Mutter Bernadette mindestens einmal ernsthaft überlegte, die Polizei einzuschalten. Wissen Sie eigentlich, dass Klaus' Vater Jürgen Lühr etwa ein Jahr, nachdem sein Sohn Annegret Peters kennengelernt hat, sich das Leben genommen hat? Er hat sich erhängt. Es gab keinen Abschiedsbrief, es gab keine Hinweise auf Beteiligung einer weiteren Person, und so legte die Polizei diese Akte irgendwann in ihre unterste Schublade. Ich halte es für mehr als nur eine Spekulation, dass Jürgen Lühr in seinem Kummer und seiner wachsenden Verzweiflung keinen anderen Ausweg mehr wusste.

Annegret Peters wusste natürlich, dass ihre Machenschaften sie in ein denkbar schlechtes Licht rücken würden, dass die Wahrheit sie möglicherweise zur ›persona non grata‹ werden lässt. Aber sie ist offensichtlich ausreichend kaltblütig und setzt wohl nicht zu Unrecht darauf, dass

Bernadette Lühr diese Vorkommnisse aus Schamgefühl auch nach dessen Tod niemals ansprechen wird. Unabhängig vom Verlauf und Inhalt der Trauerfeier bin ich noch immer erschüttert, mit welcher Perfidie Annegret Peters vorgegangen ist und wie es ihr gelungen ist, die Mutter und, ich kann es nichts anders sagen, auch den Vater zum Schweigen zu bringen. Sie wussten sicher von all dem nichts. Was muss Bernadette Lühr aber wohl in dem Moment empfunden haben, als Sie, sehr geehrte Frau Verhaak, in Ihrer Rede davon sprachen, dass sowohl Klaus als auch Annegret Peters jederzeit ›gegenüber jedermann auf deren Gutes bedacht‹ gewesen waren? Es muss für sie ein überaus schmerzhafter Stich ins Herz gewesen sein. Und es würde mich nicht wundern, wenn auch sie ihrem Sohn und Ehemann aus Verzweiflung bald folgen wird. Sie wird diesen zweiten Schlag des Schicksals, so meine Prognose, nicht allzu lange überstehen. Verstehen Sie mich bitte nicht falsch: Die ursprüngliche Verantwortung für diese Kette an Ereignissen sehe ich einzig und allein bei Annegret Peters. Sie ist kühl und herzlos, ihr Vorgehen ist meiner festen Überzeugung nach ein Fall für einen Staatsanwalt. Sie hatte sogar die dafür notwendige Kaltblütigkeit, um dieses Drama mit der verbalen Hilfe und Einfühlsamkeit einer herausragenden Trauerrednerin ›umzudrehen‹, um sie in der Öffentlichkeit als ›die Gute‹ dastehen zu lassen. Diese Rolle hat sie Ihnen zukommen lassen.«

Anna war in ihrem Sessel in sich zusammengesunken. Sie hatte einen trockenen Mund, ihre Hände waren leicht zittrig. Sie erinnerte sich noch gut an die von Hildegard Brauer zitierte Textstelle. Und daran, dass ihr in dem Moment tatsächlich ernste Zweifel an der Redlichkeit von Annegret Peters gekommen waren, die sie allerdings aus Selbstschutz sofort beiseite gewischt hatte. Ist das genau der Satz, hatte sie seinerzeit überlegt, mit dem ich mich schuldige mache? Ist dieser Satz der Beweis dafür, dass ich mich mitunter missbrauchen lasse?

Noch hatte Anna den Brief nicht zu Ende gelesen, noch versuchte sie gedanklich mit ihren altbekannten Argumenten dagegenzuhalten, noch suchte sie Halt in der Tatsache, dass Hildegard Brauer nur eine fremde Frau war, mit der sie vor einigen Wochen nur wenige, oberflächliche Worte gewechselt hatte, noch hielten ihr Herz und ihre Gefühle dem Druck stand. Aber sie spürte, wie an diesem Abend von Minute zu Minute aus einer Vermutung Einsicht wurde, wie Hildegard Brauer ihren Verstand überzeugt hatte, wie ihre kleine Welt als erfolgreiche Trauerrednerin im Laufe einer Brief-Lektüre in einer Trauer-Welt zusammenbrach. Sie konnte ihre Tränen nicht mehr zurückhalten.

Sie erschrak, als sie das Telefon hörte. Zunächst wollte sie es in ihrer Niedergeschlagenheit ignorieren. Im nächsten Moment musste sie allerdings an ihren Vater denken, um den sie sich immerzu Sorgen machte. Mit einem geflüsterten »Hallo?« begann sie das Gespräch.

»Ebenfalls hallo – hier ist deine beste Freundin. Du klingst, als ob Du ein Glas Wein zu viel hattest oder schon fast eingeschlafen warst. Richtig?« In den meisten Fällen schätzte Anna die direkte Art ihrer Freundin Andrea Steinbach. Heute Abend stand ihr der Sinn allerdings nicht danach.

»Beides falsch«, antwortete Anna und reimte sich zügig eine passende Notlüge zusammen.

»Ich sitze vor dem Fernseher, aber das langweilige Programm hat mich wohl etwas eingelullt. Sorry also für die wenig begeisternde Begrüßung.«

»Schon verziehen. Ich wollte einfach mit Dir reden.«

»Das finde ich großartig. Du hast recht, früher haben wir öfter miteinander gequatscht.«

»Dann will ich einfach mal loslegen. Bei uns zu Hause ist nicht viel passiert. Aber in der Redaktion…Ich kann es selber kaum glauben. Ich weiß gar nicht mehr so genau, ob ich Dir jemals von meinem Text über den Polit-Filz in unserem Rathaus berichtet habe.«

»Nein, ich weiß von nichts«, antwortete Anna.

»Die Details werden Dich wahrscheinlich gar nicht interessieren. Das Entscheidende ist ohnehin folgendes: Nachdem der Bericht vor Tagen im ›Tagesanzeiger‹ stand, hat es geradezu Leserbriefe gehagelt. Meistens bleibt es bei drei, maximal vier Leserbriefen. Aufgepasst: In diesem Fall waren es rund 25! Und das Allerbeste: Die allermeisten Reaktionen sind positiv. Manche Leser haben sich bei mir sogar bedankt. Der Chefredakteur meinte, dass er sich nicht daran erinnern könnte, dass es jemals eine derartige Flut an Briefen gegeben habe. Dass ich das noch erleben darf. Und jetzt Du!«

»Das ist natürlich großartig, es freut mich für Dich«, antwortete Anna, die Hildegard Brauers Brief noch immer in ihren Händen hielt. »Wahrscheinlich hörst und liest Du sonst eher wenig von den Lesern Deiner Artikel, oder?«, fragte sie eher gedankenverloren, da sie gleichzeitig überprüfte, wie viel sie von dem Brief noch nicht gelesen hatte.

»Wie meinst Du das denn nun wieder?«, blaffte Andrea Steinbach in den Hörer. »Willst Du damit sagen, dass meine Artikel üblicherweise auf keinerlei Resonanz stoßen?«

Jetzt fiel Anna auf, dass sie sich missverständlich ausgedrückt hatte.

Das wunderte sie nicht wirklich, aber ihre Freundin wusste schließlich nichts von ihrem heutigen Ausnahmezustand.

»Nein, natürlich nicht, so habe ich das nicht gemeint. Ich wollte damit nur unterstreichen, dass eine solche Menge an Leserbriefen wahrscheinlich wirklich selten ist. Und noch dazu meist positive Briefe. Die meisten Leser konsumieren doch nur. Umso schöner, dass Du sie aufgerüttelt hast.«

»Es mag ja sein, dass eine Bücherei-Leiterin wie Du direktere Kontakte zu ihren Kunden pflegt«, setzte Andrea Steinbach nach. »Es mag ja auch sein, dass Du viele vermeintlich oder tatsächlich wichtigere Leute als ich kennst…«

»…Andrea, ich bitte Dich. Nochmal: So habe ich das nicht gemeint!«

»Jetzt unterbrich mich wenigstens nicht. Aber vielleicht kannst Du es Deiner besten Freundin, die ich hoffentlich noch bin, auch mal gönnen, am Erfolg zu schnuppern. Ja, ich weiß, es ist nur eine kleine lokale Zeitung. Aber es ist mein Beruf, der mir wichtig ist.«

Anna wusste nicht, was ihr geschah. Das Telefonat drohte nach nur wenigen Minuten und nur einem dahergesagten Halbsatz in einen Eklat abzudriften. »Andrea, ganz ehrlich – ich weiß nicht, was ich sagen soll…«

»Das ist vielleicht auch gut so, liebe Anna. Denk bitte mal über Dich und vor allem über uns nach. Ich wünsche Dir noch einen schönen Abend.«

Andrea Steinbach ließ Anna keine Zeit, um sich ebenfalls zu verabschieden. Anna lief in ihrer Wohnung auf und ab. Sie konnte keinen klaren Gedanken fassen. War das gerade wirklich ihre beste Freundin gewesen, die sich nicht mit einer einzigen Frage nach ihr erkundigt hatte, die ihre Notlage nicht ansatzweise erkannt hatte und die eine Banalität zur Krise stilisierte? Sie ging ins Bad und kühlte ihr Gesicht mit kaltem Wasser. Ihr Herz raste. Zügig zog sie ihre Schuhe an, nahm ihren Mantel und ging nach draußen. Sie musste ihren Spaziergang nach nur 100 Metern abbrechen, weil sie das Gefühl hatte, dass der Boden unter ihr wankte.

Zurück in ihrer Wohnung, setzte sie sich wieder in ihren Sessel und las die letzten Zeilen des Briefs.

»Ich weiß selbstverständlich nicht, wie oft Sie bereits die Rolle einer Trauerrednerin übernommen haben. Und ich kann natürlich auch keinen Nachweis dafür erbringen, wie oft Trauerredner im Allgemeinen und Sie im Speziellen als ›Weichzeichner‹ oder ›Verdrängerin‹ benutzt wurden. Aber meine Lebenserfahrung sagt mir, dass dies nicht allzu selten der Fall gewesen sein dürfte. Nein, ich empfinde mich nicht als die

Ebstorfer Vorkämpferin für Redlichkeit, Ehrlichkeit und Aufrichtigkeit. Das wäre mir bei weitem zu vermessen. Ich bin eine einfache Bürgerin, die mit fortschreitendem Alter die grassierende Verlogenheit ablehnt, die sich der Scheinheiligkeit unserer Gesellschaft widersetzt, die das ›große Verstehen und Schönreden‹ an unseren Gräbern als abstoßend und würdelos empfindet, die darauf besteht, zwischen richtig und falsch zu unterscheiden und dies auch so zu benennen.

Ich habe erneut deutliche Worte gewählt, verehrte Frau Verhaak, und deswegen hoffe auf Ihre Nachsicht. Ich bin mir auch darüber im Klaren, dass Sie wegen meiner Nachbarschaft zu den Kintrups eher zufällig zu meiner ›Zielscheibe‹ geworden sind. Ich gebe gerne zu, dass ich auch auf Ihre Zustimmung und Einsicht hoffe. Und ich wiederhole mein Angebot zugunsten eines ausführlichen Gesprächs, von dem ich mir sicher bin, dass es für Sie und mich ein Gewinn wäre.

Mit freundlichen Grüßen:
Ihre
Hildegard Brauer«

Anna ging schnurgerade ins Badezimmer. In ihrem Apothekerschrank fand sie, was sie dringend suchte. Sie nahm zwei Schlaftabletten aus der Packung und spülte sie mit einem Glas Rotwein in der Küche herunter.

Als sie am nächsten Morgen aufwachte und über die Ereignisse des vorherigen Abends nachdachte, fasste sie mehrere Entschlüsse. Sie hatte das bedrückende Gefühl, dass sie Gefahr lief, die Kontrolle über einen wichtigen Teil ihres Lebens zu verlieren. Sie musste wieder das Heft des Handelns in die Hand bekommen, sie musste wieder eine aktive Rolle einnehmen. Schwermut und Ratlosigkeit waren allgegenwärtig.

Am gestrigen Abend hatte sie nur noch Schlimmeres gespürt: Verzweiflung. Die »Krankheit im Selbst«, die »Krankheit zum Tode«, wie der von ihr geschätzte dänische Philosoph Sören Kierkegaard diesen Zustand bezeichnete und an dessen Beschreibung sie sich an diesem verregneten Vormittag erinnerte. Kierkegaard hatte das Dilemma ihrer Einschätzung nach so zutreffend wie niemand anders beschrieben. Derjenige, der sich seiner Verzweiflung bewusst ist, ist verzweifelter als derjenige, der sie ignoriert – und doch kommt man allein auf diese Weise seiner Heilung ein Stück näher.

»Ich lasse es nicht zu, ich lasse es nicht zu«, flüsterte Anna, als sie aus dem Bett heraus mit offenen Augen die Decke anstarrte. Sie nahm sich als Zeichen ihrer Entschlossenheit vor, ihre Schwester und Schwager zum Essen einzuladen, sich mit ihrer Freundin in ihrem Lieblings-Café zu verabreden, ihren Vater am nächsten Wochenende anzurufen, zwei Wochen lang keine Trauerfeiern abzuhalten, mit ihren Bücherei-Kollegen mittags öfter gemeinsam zu Mittag zu essen und in der kommenden Woche eine Kulturveranstaltung im stillgelegten Ebstorfer Bahnhof zu besuchen. Den Brief von Hildegard Brauer, der wieder im Bücherregal lag, wollte sie so lange wie möglich vergessen.

VII.

In der kommenden Woche ergab sich gleich zwei Mal die Gelegenheit, dass sie zu viert ihre Mittagspause in der Lüneburger Innenstadt verbrachten. Die Stimmung war gelöst. Wie üblich machte Anna sich daran, die Speisekarten und herumliegenden Flyer auf Fehler zu überprüfen.

»Was fällt Euch an dieser Ankündigung auf?«, fragte sie in die Runde und zeigte ihren Kollegen eine Broschüre, mit der ein Veranstalter eine »absolute Neuheit« ankündigte.

»Gar nichts. Alles richtig geschrieben«, meinte ihr Kollege Roger Carstensen.

»Stimmt«, antwortete Anna. »Aber der Begriff ›absolut‹ ist unsinnig und überflüssig. Entweder es handelt sich um eine Neuheit oder nicht – was soll denn daran ›absolut‹ neu sein?«

»Du bist aber auch pingelig, Anna. Wen stört denn so etwas?«, fragte er zurück.

»Wahrscheinlich so gut wie niemanden. Ich bin nur dafür, mit Sprache bewusst umzugehen und ihr Potenzial zu nutzen. Ich habe übrigens vor einigen Minuten am Nebentisch den Satz gehört, dass jemand ›ziemlichen Hunger‹ hat. Ihr müsst zugeben: Man kann viel oder wenig Hunger haben, aber garantiert keinen ›ziemlichen‹ Hunger. Egal: Hat jemand Lust, mich am kommenden Mittwoch zu einer Lesung in den Ebstorfer Bahnhof zu begleiten?«

»Wenn Du an dem Abend nicht auch wieder jedes Wort auf die Goldwaage legst und jeden Satz sezierst, wäre ich dabei«, antwortete Carmen Schwegmann und lächelte Anna an.

»Es wird mir schwerfallen. Aber ich verspreche es«, meinte Anna.

Anna war durch einen Zufall auf die Veranstaltungen im Ebstorfer Bahnhof aufmerksam geworden. Kurz nachdem sie in den Klosterflecken gezogen war, hatte sie eines Sonntags einen langen Spaziergang in Richtung Altenebstorf gemacht und dabei das schöne, rotgeklinkerte Bahnhofsgebäude entdeckt. Der Besitzer hatte sie um das Gebäude herumschleichen sehen und sie hineingebeten, um ihr in der folgenden Stunde etliche Eisenbahn-Fakten zu dem heutigen Denkmal und Museum nahezubringen. Er hatte das Gebäude 2014 einem Berliner abgekauft, die erste Etage zu einer Wohnung und das Erdgeschoss zu einem Museum umgebaut.

Im Mai 1873 war seiner Schilderung nach der Bahnhof Ebstorf, der auf halber Strecke der 400 Kilometer langen »Amerika-Linie« zwischen Berlin-Ruhleben und Bremerhaven lag, eröffnet worden. Mehrere Millionen osteuropäische Auswanderer hatten in den folgenden Jahrzehnten zwangsweise einen Tag auf dem kleinen niedersächsischen Bahnhof verbracht. Die Auswanderer-Züge standen in keinem Fahrplan, berichtete der Museumsgründer, und sie durften nur in den »betriebsarmen Zeiten«, also nachts, fahren. »Diese Züge setzten sich aus Güterwaggons und aus älteren Personenwagen zusammen, meistens der 4. Klasse, die nur wenige seitliche Sitzbänke hatten und die man deswegen auch als Steh-Klasse bezeichnete«, erzählte er wie auswendig gelernt und fügte viele Details hinzu. Dass beispielsweise vornedran Güterzugloks der preußischen Baureihen G 3, G 4 und später G 7 und G 8 ihre dampfende Arbeit verrichteten, und dass die Durchschnitts-Geschwindigkeit auch nach dem Jahr 1900 nur bei 30 Kilometern pro Stunde lag. Es dauerte mehrere Stunden, bis ein Zug nach seiner Ankunft am frühen Morgen in Ebstorf wieder mit ausreichend Wasser und Kohle beladen war, um es nach der Abfahrt am Abend ohne weiteren Halt bis zur Nordsee zu schaffen.

An den Wänden hingen alte Kurspläne, Fotos und Plakate, in jedem der drei Museums-Zimmer drehten Modelleisenbahnen in verstaubten Glasvitrinen ihre Runden. In einer Ecke stand ein Signal-Stellhebel aus dem ehemaligen Stellwerk Ebstorf-West, entwickelt und hergestellt von der Braunschweiger Firma Jüdel. In einem Durchgang thronte ein massiver »Kanonenofen«; ein Original aus dem Jahr 1896, den ein Sammler beim Verkauf des Stellwerks »Brockhöfe Bof« gerettet und dem »America Line Depot Monument«, wie das Museum offiziell hieß, im Ebstorfer Bahnhof gestiftet hatte. Um in den kleinen Kulturraum zu gelangen, ging man an einem großen Fenster mit der Aufschrift »Fahrkarten und Reiseandenken« vorbei, hinter der eine Puppe in Uniform eine ehemalige Bahn-Bedienstete darstellte. Heute fanden hier häufig Liederabende und Lesungen statt. Dann und wann hielt ein Zug auf seinem Weg nach Uelzen oder Bremen an.

Anna und ihre Kollegin Carmen Schwegmann folgten mit 15 weiteren Gästen dem Vortrag über die Briefe und die Musik der Emigranten. Sie hatten sich am Mühlenteich verabredet, um am Wiesensee entlang bis zum Bahnhof zu laufen. Anna wollte bewusst einen großen Bogen um den Friedhof machen. Als sie später im Bett lag, fiel ihr auf, dass sie an diesem Tag nicht ein einziges Mal an Hildegard Brauer gedacht hatte.

»Ich bin's Papa – jetzt freust du dich hoffentlich«, begann sie zwei Tage später ihr Telefonat. Sie hatte sich ein ausgiebiges Abendessen gegönnt und dabei ferngesehen, obwohl sie sich einst geschworen hatte: entweder essen oder fernsehen, nie beides zusammen. Aber an diesem Abend wollte sie sich schnell auf den neuesten Nachrichtenstand bringen lassen, um für das Telefonat mit ihrem Vater den einen oder anderen Gesprächsansatz zu haben.

»Aber sicher doch, meine liebe Anna, das ist eine schöne Überraschung. Wie geht's Dir?«

»Ich kann nicht klagen, alles in guter Ordnung. Und bei Dir? Hat ein weiterer Döner-Laden eröffnet?«, versuchte sie sich an einem lockeren Einstieg.

»Nicht, dass ich wüsste. Aber man weiß ja nie. Ich war zwei Tage nicht mehr im Dorf, in dieser Zeit könnten sogar bereits zwei neue Läden diese Art eröffnet haben. Ich war übrigens gestern auf dem Friedhof, um das Grab Deiner Mutter etwas aufzuhübschen. Jetzt sieht es wieder tiptop aus.«

»Es ist schön, dass Du Dich so intensiv darum kümmerst. Beim nächsten Mal komme ich gerne mit und helfe Dir.«

Wann war ich zuletzt am Grab von Mutti?, fragte sich Anna. Es musste seitdem mindestens ein Jahr vergangen sein. Sie nahm sich vor, vor ihrem nächsten Besuch bei ihrem Vater in Bremen zunächst allein zum Friedhof zu fahren, der nur wenige hundert Meter entfernt von ihrem Elternhaus lag. Von ihrer Schwester wusste sie nicht, ob sie in den vergangenen Jahren jemals dort gewesen war. Antonia hatte sich auch noch nie bei ihr nach der Pflege des Grabes oder etwaigen Kosten erkundigt. Sie schien davon auszugehen, dass ihr Vater diese Aufgabe wahrnehmen würde. Anna ahnte, dass Antonia, sofern man sie darauf ansprach, gereizt reagieren würde. Um das zu überspielen, hatte sie in der Vergangenheit immer pragmatische Gründe vorgeschoben. »Papa wohnt in Sichtweite des Friedhofs, und am Geld wird's wohl auch nicht scheitern«, lautete ihre Standard-Antwort, die Annas festen Überzeugung nach überspielen sollte, dass Antonia ihren Eltern bis heute eine Zurücksetzung gegenüber Anna nachsagte und übelnahm. Je öfter und demonstrativer ihre Eltern die Tatsache erwähnten, dass Anna die einzige »Studierte« in ihrer Familie war – ihre Mutter hatte fast jedes ihrer Kaffeekränzchen mit ihren Freundinnen für einen Hinweis auf die »Belesenheit« und den

»Rang« ihrer Tochter Anna in der Lüneburger Gesellschaft genutzt –, umso kleiner fühlte sich Antonia. Auch Anna waren dieses Imponiergehabe und diese Effekthascherei zuwider. Gleichwohl war sie ihren Eltern dankbar für die Unterstützung, die sie ihr geboten hatten. Vielleicht schreckte sie deswegen davor zurück, ihre Eltern jedes Mal, wenn sie wieder zu einer Eloge über sie ansetzten, zu stoppen. Ob Antonia daneben stand oder nicht, spielte für Mutter und Vater Verhaak dabei keine Rolle. Einmal war es sogar ihrer Mutter selbst aufgefallen – sie hatte drei ihrer Nachbarinnen zu einem Kartenspiel-Abend eingeladen –, dass Antonia in ihren Berichten über die beiden Töchter wenig bis keine Erwähnung fand. »Unsere Antonia hat natürlich auch einen guten Beruf«, versuchte sie sich damals an einem ausgleichenden Satz.

Diese Zwei-Klassen-Mauer stand zwischen Anna und Antonia. Unausgesprochen. Sie hatten beide ihre Gründe, das Thema nicht anzusprechen. Aber sie spürten, dass dieser eine Tropfen Beziehungsgift, den ihre Eltern ihnen unwissentlich verabreicht hatten, tief in ihre Köpfe und Herzen eingesickert war und ihr Miteinander prägte. Antonia empfand Annas Nicht-Einschreiten gegen die elterlichen Lobreden auf sie als unerträglich; sie war sich sicher, dass Anna die Würdigungen stillschweigend genoss, und sie verabscheute diese ihrer Meinung nach hochmütige Haltung. Anna wiederum empfand Antonias Wut auf sie einerseits als verständlich, andererseits als kleingeistig und unfair; sie hatte es schon lange satt, dass ihre Schwester immer häufiger ihren Zorn über jedwede Ungerechtigkeit und jeden Fehlschlag in ihrem Leben an ihr ausließ.

»Hast Du etwas von Antonia gehört?«
»Nein, die hat sich schon lange nicht mehr bei mir gemeldet.«
Es entging ihr nicht, dass ihr Vater »die« statt Antonia sagte.
»Aber Du könntest sie ja auch mal anrufen.«
»Das stimmt. Aber sie ist doch ohnehin fast nie zu Hause…«
»…weil sie viel arbeiten muss.«
»Vielleicht. Vielleicht hat sie aber auch Besseres zu tun. Und mich mit Bernd über dessen Versicherungspolicen unterhalten? Nein danke.«
»Hast Du eigentlich eine Ahnung, wie es deinen Enkelkindern Jan und Inken geht?«
»So lange man nichts oder nichts Negatives hört, soll wohl alles in Ordnung sein.«
»Mensch, Papa, das ist nicht gut so. Raff Dich auf und besuche

sie oder lade sie ein. Wir sind eine solch kleine Familie, wir sollten zusammenhalten.«
»Stimmt schon, aber jeder muss auch seinen eigenen Weg gehen.«
»Ich will sie bald mal zu mir nach Ebstorf einladen. Ich würde mich freuen, wenn Du auch dazukämst.«
»Mal schauen.«
Er wird sich nicht mehr ändern, dachte Anna.
»Wie läuft's in der Bücherei? Habt Ihr einen Bücherdieb fassen können?«
»Nein, aber wir verstärken unsere Kontrollen.«
»Gut so. Ich habe übrigens eben im Fernsehen einen Bericht über eine Konferenz der 16 Ministerpräsidenten zum Thema Corona gesehen. Den aus Niedersachsen kennst du sicher persönlich, oder?«
»Nein, wieso sollte ich?«, fragte Anna.
»Nun mal nicht so bescheiden.«
Anna wusste, worauf ihr Vater hinauswollte. Sie schwenkte sofort um.
»Ich fürchte, dass dieses kleine Virus unsere Gesellschaft langfristig und massiv verändern wird. Es gibt so viele Veränderungen: Fast jede Familie streitet über die richtigen Maßnahmen, im Netz kursiert eine ekelhafte und gefährliche Hetze gegenüber Politikern und Ärzten, Freundschaften sind in die Brüche gegangen, selbst unser weltweit hochgeschätztes Gesundheitssystem kommt an seine Grenzen, Tausende Menschen sind qualvoll gestorben. Mir macht all das große Sorgen.«
»Glaub mir: Die Menschheit hat schon ganz andere Krisen überstanden«, antwortete Paul Verhaak. »Immer schön den Kopf oben behalten, und melde Dich mal wieder.«
»Ich habe übrigens die Zahl meiner Trauerreden etwas heruntergefahren, weil... Ach, vergiss es, es ist nicht so wichtig.«
»Dann ist ja gut. Mach's gut, meine liebe Anna.«
»Mach's gut, Papa.«
Anna blieb noch einige Minuten im Sessel sitzen und ließ das Telefonat auf sich wirken. Aus dem Augenwinkel sah sie den Brief von Hildegard Brauer im Bücherregal. Sie las ihn ein zweites Mal.

»Ist Ihnen etwas passiert, Frau Verhaak? Wieso halten Sie denn keine Trauerreden mehr?« Josef Rehmüller vom »Bestattungshaus Rehmüller & Rehmüller« klang ernsthaft besorgt, als er Anna am nächsten Vormittag anrief.
»Ich habe leider nicht viel Zeit, Herr Rehmüller, ich bin auf dem Sprung in die Bücherei. Aber keine Sorge, es ist nur so etwas wie eine

kurze Auszeit. Ich muss mich und meine Gedanken zu meinen Trauerreden einige Wochen lang sammeln.«
»Dann bin ich einigermaßen beruhigt. Sie wissen doch, dass ich große Stücke auf Sie halte. Sie sind definitiv die Beste. Und das höre ich von allen, vor allem von den Angehörigen, wenn sie ihre Rechnungen bei mir bezahlen. Ich hatte schon die Befürchtung, dass die Gerüchte stimmen, wonach Sie aufhören wollen.«
Anna wollte sich schon verabschieden, aber jetzt stutzte sie.
»Woher beziehungsweise von wem kommen denn derartige Gerüchte?«
»Sie kennen das doch, Frau Verhaak, in einem Dorf wie Ebstorf…«
»Ich weiß. Aber sagen Sie doch mal: Wie kam dieses Gerücht auf?«
»Ich habe neulich eine Bekannte getroffen, die in Ebstorf immer schon die Flöhe husten gehört hat. Man könnte sie auch als übermäßig neugierig beschreiben. Und die glaubte zu wissen, dass Sie Ihren Job als Trauerrednerin drangeben wollen. Weil Sie angeblich immer häufiger das Gefühl hätten, dass die Angehörigen Ihnen etwas verschweigen oder Sie sogar belügen würden. Ganz ehrlich: Wir wissen doch beide, dass die Hinterbliebenen uns tatsächlich die Hucke volllügen können, wenn sie es wollen. Und wollen Sie auch wissen, was ich dazu meine: na und? Sollen sie doch, meine ich, richtet doch keinen Schaden an. Trauerfeiern sind nicht selten Märchenstunden, das weiß doch jeder. Grabreden klingen oft wie Geschichten aus 1000 und einer Nacht. Ist das etwa eine überraschende Neuigkeit? Frau Verhaak, sind Sie noch dran?«
»Ja, das bin ich. Beginnt der Nachname Ihrer Bekannten mit B?«
»Das ist ja jetzt eine Überraschung: Das stimmt. Woher kennen Sie denn meine Bekannte?«
»Auf Wiederhören, Herr Rehmüller.«

Eine dreiviertel Stunde später saß Anna in ihrem Büro mit Blick auf den belebten Marienplatz. Anders als üblich schloss sie die Tür hinter sich und bat ihre Sekretärin darum, sie mindestens eine Stunde lang nicht zu stören. Zudem sollte sie ihren Kollegen ausrichten, dass sie sie heute nicht zum Essen begleiten würde. Sie lehnte sich in ihrem Bürostuhl zurück und schaute aus dem Fenster.
Hildegard Brauer ist allgegenwärtig, dachte sie. Sie steht in meinem Bücherregal, ich habe sie im Hinterkopf, ich sehe sie hinter jedem Friedhofsbaum, ich richte meine Spaziergänge nach ihrem Wohnort aus, indem ich ihre Straße meide, ich sage Trauerfeiern ab, sie spricht hinter

meinem Rücken über mich. Ich bin rat- und hilflos, ich bin verzweifelt, ich werde krank. Ich will nicht aufgeben, ich will nicht die Angst gewinnen lassen, ich muss mir nichts vorwerfen. Aber ich muss ehrlich zu mir selbst sein: Es ist nicht die Person Hildegard Brauer, die mich verzweifeln lässt. Es sind die Wahrheiten, die sie ausspricht, die mir zusetzen, die mich verfolgen. Hildegard Brauer hat mir die Augen geöffnet. Sie ist aufrecht und überzeugend. Sie hat recht. Ich muss ihr sogar dankbar sein. Ich muss diesen Missbrauch stoppen. Den Missbrauch anderer, den Missbrauch an mir. Es muss aufhören, mir zuliebe. Aus Respekt vor mir selbst. Es ist ein einziges Trauerspiel, und ich akzeptiere die Hauptrolle. Das muss ein Ende haben.

Ich funktioniere nur. Immer und überall. Bei meinem Vater, gegenüber meiner Schwester, im Gespräch mit meiner Freundin Andrea, im Büro, in der Trauerhalle. Ich bin nur eine Schachfigur, eine Strohpuppe, eine Marionette, an deren Fäden jedes Mal jemand anderes zieht. Wie eine Flipperkugel, die auf Knopfdruck in Betrieb geht, die erbarmungslos hin- und hergetrieben wird, die aus der Bahn gerät und die irgendjemand immer wieder jemand ins Spiel bringt.

Ich bin eine Getriebene.

Nicht, weil ich es so will, sondern weil ein Außenstehender es so will. Weil Papa mich als Vorzeigetochter braucht. Weil Andrea ihre eigenen Defizite nicht erkennt und sich stattdessen an mir abarbeitet. Weil Antonia ihre Komplexe vorzugsweise mir zum Vorwurf macht, weil ich in der ersten Reihe all diejenigen schützen soll, die lieber in der zweiten Reihe stehen, weil man sich gerne hinter meiner vermeintlichen Stärke versteckt, weil man ein Missbrauchsopfer braucht. Ich muss es stoppen. Ich verliere mein Selbstwertgefühl, meine Anerkennung. Nichts ist wichtiger als Anerkennung, sie ist unser aller wichtigste Motivation und Antriebskraft. Unser Gehirn ist süchtig danach, auch meins. Ich werde einen Strich ziehen. Verzweiflung ist die Krankheit zum Tode, Anerkennung bedeutet Heilung.

Ich bin eine Geisterfahrerin, ich muss wenden.

Als sie kurz aufstand und ans Fenster trat, wurde ihr schwindelig. Sie ging in die Knie. Anna meldete sich für den Rest des Tages krank. Auf dem Weg zu ihrem Auto kaufte sie sich eine neue Packung Schlaftabletten. Als sie bezahlte, fiel ihr ein, dass sie zum ersten Mal in ihrem Leben Schlaftabletten erwarb – die erste Packung hatte ihr ihre Schwester mitgebracht.

Daheim am Mittelweg angekommen, bereitete sie sich eine Kanne Tee zu, öffnete ihren Laptop auf dem Küchentisch und machte sich daran, ihrer Schwester und ihrer Freundin eine Mail zu schreiben. Sie fühlte sich wohler bei dem Gedanken, jeweils eine jeweils kurze und knackige schriftliche Einladung zu schreiben anstatt sich auf möglicherweise komplizierte Telefonate mit zig Nachfragen, Widerreden und Bedenkenträgereien einstellen zu müssen.
»Liebe Antonia! Ich will direkt mit der Tür ins Haus fallen«, tippte sie. »Ich möchte Euch alle gerne zu mir nach Haus für ein Abendessen einladen. Wie lange hatten wir schon keine große, gemeinsame Tafel mehr? Es wäre wirklich großartig, wenn auch Bernd, Jan und Inken mitkämen. Es wäre mir eine große Freude, Euch alle bewirten zu dürfen. Im Idealfall würdet Ihr eine Nacht bleiben, damit wir den Abend auskosten können. In diesem Fall würde ich selbstverständlich für eine Übernachtungsmöglichkeit sorgen. Möglicherweise kommt auch Papa dazu, ich werde es ihm jedenfalls anbieten. Als Termine könnte ich Samstag, den 17. September, oder Freitag, den 14. Oktober, anbieten. In großer Hoffnung, dass Ihr Zeit habt und zusagt: Deine Anna.«
Bevor sie die Mail verschickte, las Anna Zeile für Zeile ein zweites Mal. Sie kannte ihre Schwester zu gut. Eine falsche Andeutung, nur eine einzige ungeschickte Vokabel oder eine zu forsche Formulierung – und Antonia hätte ihr die Leviten gelesen. Aber Anna konnte nichts Auffälliges oder Kritisches entdecken und schickte die Einladung auf die elektronische Reise. Gut so, dachte sie, weiter geht's mit Andrea.
»Liebe Andrea! Ich will direkt mit der Tür ins Haus fallen: Ich würde mich gerne mal wieder mit Dir treffen. Zuletzt hat es nur für kurze Telefonate gereicht, das fand ich schade. Was hältst Du deshalb davon, einen Montagnachmittag im Café Sand in Lüneburg mit reichlich Kuchen und Tee zu verbringen? Das liegt für uns beide auf etwa halber Strecke. Wie lange hatten wir schon keine Gelegenheit mehr, uns ausführlich zu unterhalten? Als Termine könnte ich den 26. September oder den 24. Oktober anbieten. In großer Hoffnung, dass Du Zeit hast und zusagst: Deine Anna.«
Auch in diesem Fall überprüfte Anna den Wortlaut, bevor sie auf ›senden‹ drückte. Sie überlegte kurz, ob sie schreiben sollte, dass sie ihre Freundin gerne einladen würde. Besser nicht, überlegte sie, das könnte sie mir als billigen Köder oder als Hinweis, dass ich etwas gutzumachen habe, auslegen.
Sie war guter Dinge, als sie am nächsten Vormittag wieder an ihrem Schreibtisch saß, nachdem sie vorher kreuz und quer durch »ihre Biblio-

thek« gegangen war. Das machte sie gerne, weil es ihr die Gelegenheit bot, in Stille etwas nachzuschlagen oder in einem ihr unbekannten Buch zu blättern. »Gehandarbeitet« fiel ihr plötzlich ein – sie wollte schon lange überprüfen, ob diese Perfekt-Form tatsächlich existierte. Das war schnell erledigt. »Schwaches Verb«, las sie im Duden unter »handarbeiten«, er/sie/es hat gehandarbeitet.

Anerkennung, der Begriff ließ sie einmal mehr nicht los. Sie ging in die Abteilung Philosophie. Wir alle brauchen Anerkennung, war Anna überzeugt, ohne sie droht das Nichts, das soziale Abseits. Beim schottischen Theoretiker Adam Smith hatte sie dazu vor Jahren gelesen, wonach alle Menschen das Bedürfnis verspüren, »durch ein Band des emotionalen Übereinstimmens mit jedem anderen Menschen verbunden zu sein«. Anerkennung kann sich in unendlich vielen Formen zeigen, jeder Mensch hat seinen individuellen Bedarf – ein Lob, eine neue Freundschaft, die Genehmigung einer Dienstreise, eine Gehaltserhöhung, eine Einladung, eine Umarmung, ein Dankesbrief.

Kann Anerkennung auch zur Sucht werden?, fragte sie sich. Natürlich, der Weg zur Eitelkeit und zum Narzissmus ist kurz. Sie griff nach den Büchern von Axel Honneth, dessen bekanntestes Werk »Kampf um Anerkennung« sie sehr schätzte. Sie las von der »Fragilität des Stoffes, aus dem Beziehungen gezimmert sind«, und davon, dass Anerkennung nur dann gewahrt bleibe, wenn man einander achtet. Wer Anerkennung verweigert, verachtet sich selbst, dachte Anna. Ich muss wieder Achtung vor mir selbst gewinnen, ich darf Anerkennung nicht als Selbstzweck verstehen. Alle Beziehungen beruhen auf gegenseitiger Anerkennung und auf einem dynamischen System, das der ständigen Überprüfung und Erneuerung bedarf – und auf Ehrlichkeit. Starrheit und geistige Unbeweglichkeit haben zwangsläufig Streit zur Folge. Ohne Ehrlichkeit mir selbst und anderen gegenüber verschwindet meine Persönlichkeit, werde ich unsichtbar. Ich weiß irgendwann nicht mehr, wer ich als Einzelne wirklich bin. Nur der konsequente Ausstieg aus der Routine, aus dem Alltags-Getriebe wird mir helfen, mich wiederzufinden. Danke, Hildegard Brauer.

Bis zum Nachmittag hatten weder ihre Schwester noch Andrea reagiert. Aber das beunruhigte sie nicht; wahrscheinlich hatten sie die Mail noch nicht gelesen oder ihre innerfamiliären Beratungen dazu noch nicht abgeschlossen. Ehrlichkeit, Hildegard Brauer, Ausstieg – Anna fasste einen Plan.

Noch am selben Abend rief sie Kai Helmstädter in Altenmedingen zurück, der ihr gestern auf dem Anrufbeantworter seinen Wunsch nach einer Trauerrede hinterlassen hatte.»Ich übernehme das gerne«, sagte sie.»Morgen Abend hätte ich Zeit für ein Treffen. Würde Ihnen das auch passen?« Kai Helmstädter wollte pünktlich um 19 Uhr bei ihr sein. Er hielt Wort. Sie beobachtete ihn diskret aus dem Fenster, wie er am nächsten Tag um zehn Minuten vor 19 Uhr vor ihrem Haus parkte und bis 18.59 Uhr auf- und abging, um nicht zu früh, aber auch nicht zu spät zu klingeln. In diesem Fall hatte Anna den Witwer, anders als üblich, bewusst zu sich nach Hause eingeladen. Anna wusste, dass die eigenen vier Wände den Menschen Selbstsicherheit gaben. Diese Art von Heimspiel kam den Hinterbliebenen in ihrer Verzweiflung und ihrem Kummer durchaus entgegen; es half ihnen, Vertrauen zu fassen und sich zu öffnen. Aber Anna vermutete, dass sich dieses Selbstvertrauen in Einzelfällen zu kühler Überheblichkeit und Arroganz entwickeln konnte. Bis hin zu Gerissenheit und kühl-berechnendem Verhalten, bis hin zur Manipulation oder Missbrauch.

Ihr Auftraggeber erwies sich als überaus gleichermaßen höflich wie spröde.»Ich möchte Ihnen zunächst meine Anteilnahme aussprechen und danken, Herr Helmstädter, dass Sie mir vertrauen«, sagte Anna, die eine dunkelgraue Jeans, eine weiße Bluse und ihre Perlenkette trug.

»Danke. Mit welchen Informationen kann ich Ihnen denn helfen?«, fragte Kai Helmstädter, der sich für eine schwarze Jeans und ein schwarzes Polo-Shirt entschieden hatte.

Nach rund 20 Minuten war sich Anna sicher, ausreichend Informationen für eine gehaltvolle und angemessene Trauerfeier über Eva Helmstädter beisammen zu haben, die nach einem Herzinfarkt nur noch vier Wochen gelebt hatte und mit nur 56 Jahren gestorben war. Soll ich oder soll ich nicht?, fragte sie sich. Nervös knetete sie ihre Hände und behielt ihren Gast, der meist auf den Boden schaute, fest im Auge. Sie wollte es riskieren.

»Sagen Sie, Herr Helmstädter, Sie haben betont, dass Ihre verstorbene Frau im Kollegenkreis und in der Nachbarschaft außerordentlich beliebt war. Gab es niemanden, mit dem sie Probleme hatte?«

»Nein, wie kommen Sie darauf?«

»Sie haben am Telefon angedeutet, dass der Infarkt sehr überraschend kam. Gab es in den vergangenen Jahren keinerlei Warnhinweise?«

»Nein, darauf hätten wir doch reagiert.«

Erstmals schaute er Anna direkt an, die versuchte, seinem Blick standzuhalten.

»Ja, das glaube ich, natürlich. Gab es vielleicht ein Thema in Ihrer Familie, das Ihre Frau belastet und ihr zugesetzt hat?«

»Nicht, dass ich wüsste. Natürlich ging es nicht immer nur aufwärts, aber das ist doch normal, oder?«

»Sie haben vollkommen recht, Herr Helmstädter. Bitte entschuldigen Sie mein Nachhaken. Ich versuche mir nur ein umfassendes Bild von Ihrer Frau zu machen. Wer war denn die beste Freundin oder Arbeitskollegin Ihrer Frau?«

»Charlotte Krämer, sie wohnt zwei Häuser neben uns. Warum wollen Sie das denn wissen – wollen Sie die etwa auch in Ihrer Rede erwähnen?«, fragte er und legte dabei seine Stirn in Falten, wie Anna beobachtete.

»Nein, sicher nicht. Aber wenn es Ihnen nichts ausmacht, würde ich Frau Krämer gerne anrufen. Wie gesagt: Es geht mir ausschließlich darum, ein authentisches Bild Ihrer Frau zu zeichnen. Und wenn man so wie ich die Verstorbenen gar nicht kannte, ist man natürlich auf möglichst viele Informationen angewiesen. Das muss Sie nicht beunruhigen, und mich würde es beruhigen.«

»Finde ich zwar merkwürdig, wenn ich ehrlich sein darf, weil es irgendwie nach Schnüffelei klingt. Aber wenn Sie meinen, dass es Ihnen und damit auch uns hilft – meinetwegen.«

Anna fühlte sich nicht wohl in ihrer Haut, sie begann zu schwitzen. Aber sie wollte es jetzt durchziehen, Hildegard Brauers »Checkliste« abarbeiten, sich selbst schützen. Höflich und zugleich mutig sein, interessiert und mitfühlend. Sie nahm sich vor, noch am gleichen Abend das Internet nach Kai und Eva Helmstädter zu durchsuchen.

»Das ist sehr freundlich von Ihnen, Herr Helmstädter. Glauben Sie mir, ich weiß das zu schätzen. Ich habe auch nur noch eine Frage: Hat sich Ihre Frau ehrenamtlich engagiert?«

»Ja, sie hat sich für ›SOS Kinderdörfer‹ eingesetzt.«

»Großartig, das mache ich übrigens auch. Ich habe schon vor vielen Jahren eine Patenschaft für ein Dorf in Dschibuti übernommen. Für mich reicht es jetzt tatsächlich. Oder haben Sie noch etwas, das Sie mir mitteilen möchten? Ich möchte selbstverständlich ein möglichst ehrliches Porträt Ihrer Frau vortragen.«

Anna wusste nicht, wie sie das Kopfschütteln von Kai Helmstädter interpretieren sollte. Ob sie es überhaupt bewerten sollte, denn schließlich hatte sie bereits zahllosen kopfschüttelnden Menschen gegenübergesessen, ohne dass sie auf die Idee gekommen war, diese Regung zu deuten.

»Nein, das sollte reichen. Ich danke Ihnen für die Einladung, Frau Verhaak. Kommen Sie übrigens gerne nach der Trauerfeier zu Kaffee und Kuchen mit. Wir alle würden uns darüber freuen. Und wir sind sehr froh darüber, dass sie uns diese schwere Aufgabe abnehmen.«

Anna war in diesem Moment der freundlichen Einladung und Verabschiedung beschämt, wie sie versucht hatte, durch Nachbohren mögliche dunkle Flecken im Leben der Familie Helmstädter aufzudecken. Sie war davon überzeugt, dass sich auch durch ihre geplante Netzrecherche keine Anhaltspunkte ergeben würden. Andererseits hatte sie das Gefühl, dass sie an Sicherheit gewonnen hatte, dass sie einen Missbrauch nahezu ausschließen konnte.

»Ich begleite Sie vor die Tür, Herr Helmstädter, und mache dann noch einen Spaziergang.«

Nachdem sie sich voneinander verabschiedet hatten, ging Anna in Richtung Schützenhaus, durch den Domänenpark und vorbei am Kloster bis zur Hauptstraße, wo sie in der katholischen Kirche eine halbe Stunde Ruhe suchen wollte. Sie nahm sich das Gotteslob, setzte sich in die hinterste Bank und legte es gleich wieder beiseite. Sie wollte sich an einem eigenen, persönlichen Gebet versuchen. Sie kniete nieder und stützte mit geschlossenen Augen ihren Kopf auf ihre gefalteten Hände.

»Herr Jesus Christus«, sagte sie leise vor sich hin, »ich danke Dir, dass Du mich eingeladen hast, zu Dir zu kommen. Bitte öffne mein Herz. Ich bekenne Dir meine Sünden. Es tut mir leid, und ich bitte um Vergebung für alles: für meine Ignoranz Dir gegenüber, für meine Selbstsucht, Lieblosigkeit, Ungerechtigkeit und meine Unaufmerksamkeit meinen Mitmenschen gegenüber. Darum bitte ich Dich um Vergebung. Auch für die Sünden, an die ich mich nicht mehr erinnern kann. Ich möchte mein Leben ändern. Eine echte Sinnesänderung und ein echtes Umdenken sollen in mein Leben einziehen. Das schaffe ich jedoch nicht alleine. Dafür brauche ich viel Kraft und vor allem Dich. Bitte hilf mir auf diesem Weg, der für mich viel bedeutet. Herr Jesus, ich danke Dir, dass Du mir zuhörst und dass Du immer an meiner Seite stehen wirst. Schenke mir bitte den Mut zur Wahrheit und ein großes Herz. Danke, Amen.«

Anna bekreuzigte sich und ging langsam nach Hause. Das Gespräch mit Kai Helmstädter ging ihr nicht aus dem Kopf. Weniger wegen der Informationen über das Leben der Verstorbenen, sondern wegen ihres eigenen Verhaltens. Sie beruhigte sich mit dem Gedanken, dass der Witwer sie zum Leichenschmaus eingeladen hatte. Ihr Auftritt hatte ihn offenbar nicht abgeschreckt. Daheim angekommen, räumte sie noch ein wenig auf. Als sie den Brief von Hildegard Brauer sah, rechnete sie nach: Mittlerweile stand er länger als eine Woche in ihrem Bücherregal, ohne dass sie darauf geantwortet hatte. Und doch hatte er ihr Leben verändert.

VIII.

»Liebe Anna«, las sie am nächsten Morgen an ihrem Laptop, »das ist eine großartige Idee. Und wir kommen natürlich gerne. Es steht nur noch nicht fest, ob wir zu dritt oder zu viert anreisen werden, Jan hat angeblich noch andere Pläne. Mal schauen. In jedem Fall wird es der 17. September, inklusive Übernachtung. Wir freuen uns! Deine Antonia und Familie.«

Noch während sie die Zusage las, ploppte die Antwort von Andrea Steinbach auf. »Liebe Anna! Danke, dass Du die Initiative dafür ergriffen hast – so ein ›Quatsch-Nachmittag‹ wird uns hoffentlich guttun. Kurzum: Du kannst für den 24. Oktober gerne reservieren! Deine Andrea«

Spontan empfand Anna beide Antworten als arg knapp und wenig euphorisch gehalten. Und es versetzte ihr einen kleinen Stich. Aber sie wusste nur eine Sekunde später, dass sie im umgekehrten Fall ähnlich sparsam geantwortet hätte. Hauptsache, die beiden Termine erfüllen ihren Zweck, und wir verbringen einen schönen Abend und Nachmittag miteinander, dachte sie. Sicher war sie sich dessen nicht.

Wann immer sie in den kommenden Tagen die Zeit dafür fand, versuchte sie Informationen über Eva Helmstädter zusammenzutragen. Im Internet fand sie ein Foto der Verstorbenen, auf dem sie an einem Infostand über ›SOS Kinderdörfer‹ während des Lüneburger Stadtfestes vor fünf Jahren zu sehen war. Keine Auffälligkeiten. Die ehemals beste Freundin von Eva Helmstädter, Charlotte Krämer, reagierte am Telefon anfangs sehr reserviert, als Anna ihr einige Fragen stellte. Immerhin wechselte sie im Laufe des Gesprächs von Gegenfragen (»Wieso wollen Sie das überhaupt wissen?« / »Arbeiten Sie als Trauerrednerin immer so?«) zu halbwegs ausführlichen Antworten, die allerdings keinerlei Hinweise auf irgendeine Art von Geheimnis oder Verschleierung in der Familie Helmstädter ergaben. Anna fühlte sich nicht wohl.

Diese Art von Neugier kam ihr eher wie eine Aneinanderreihung von Indiskretionen vor. Andererseits verspürte sie bei ihrer Vorbereitung der Trauerfeier an diesem Abend ein neues Gefühl der Sicherheit und Souveränität. Sie hatte sich so gut wie möglich vor einer weiteren Vereinnahmung einer trauernden Familie abgesichert. Ich schütze mich nur selbst, dachte sie, das kann mir niemand übelnehmen, das habe ich verdient, es ist ein Gebot der Selbstachtung. Sie war der Empfehlung Hildegard Brauers gefolgt.

Es war nur eine kleine Trauergemeinde, die sich am Montag darauf in der Ebstorfer Trauerhalle versammelt hatte. Anna empfand die aus ihrer Sicht perfekte Mischung aus Festigkeit und Respekt, als sie ans Rednerpult trat und die üblichen drei Sekunden zur Andacht und Besinnung verstreichen ließ. Sie hatte sich wie immer gut vorbereitet; sie war seelenruhig, als sie zu ihrer Rede ansetzte.

»Sie müssen sich heute von Ihrer Ehefrau, Mutter und Freundin verabschieden, liebe Familie Helmstädter, sehr geehrte Freunde und Angehörige. Es ist ein Tag der in Ihrem Innersten spürbaren Trauer und Traurigkeit, ein Tag der schweren Herzen. ›Der tiefe Schmerz beim Tode eines befreundeten Wesens‹, schrieb Arthur Schopenhauer in seiner ›Philosophie für den Alltag‹, ›entsteht aus dem Gefühle, dass in jedem Individuum etwas Unaussprechliches, ihm allein Eigenes und daher durchaus Unwiederbringliches liegt.‹ Lassen Sie die Trauer darüber zu, dass auch Eva Helmstädter unwiederbringlich von uns gegangen ist. Aber denken Sie auch daran, was der chinesische Philosoph Laozi über die ›vollkommene Leere‹ schrieb, die auch Sie möglicherweise auch in diesen Tagen spüren. ›Es ist das Schicksal der Menschen zu sterben‹, sagte er. ›Warum sollte ich trauern, wenn mein Los normal ist und mein Schicksal das aller Menschen?‹«

Neben dem Kummer glaubte Anna in den Blicken der Angehörigen auch Zustimmung zu erkennen; sie hatte einmal mehr offenbar die passenden Worte gefunden. Die Verstorbene, so hatte es ihr Mann berichtet, war eine große Verehrerin des Kinderbuchautors und Schriftstellers Janosch gewesen. Anna freute sich deswegen darüber, in dessen Buch »Janosch erzählt Grimm's Märchen« eine passende Passage entdeckt zu haben.

»Als Angehörige durchleben sie in diesen Tagen viele Augenblicke der Wehmut und der Niedergeschlagenheit. Aber Sie sind solchen Erfahrungen nicht hilflos ausgesetzt. Dazu gibt es ein schönes Gleichnis von Janosch, das ich Ihnen im Folgenden nahebringen möchte:

›Einmal kam der Tod über den Fluss, wo die Welt beginnt. Dort lebte ein armer Hirt, der eine Herde weißer Gänse hütete.»Du weißt, wer ich bin, Kamerad?«, fragte der Tod.
»Ich weiß, du bist der Tod. Ich habe dich oft auf der anderen Seite hinter dem Fluss gesehen.«

»Du weißt, dass ich hier bin, um dich zu holen und dich mitzunehmen auf die andere Seite des Flusses?«
»Ich weiß.«
»Sag, fürchtest du dich nicht?«
»Nein«, sagte der Hirt. »Ich habe immer über den Fluss geschaut, seit ich hier bin, ich weiß, wie es dort ist.«
»Gibt es nichts, was du mitnehmen möchtest?«
»Nichts, denn ich habe nichts.«
»Nichts, worauf du hier noch wartest?«
»Nichts, denn ich warte auf nichts.«
»Dann werde ich jetzt weitergehen und dich auf dem Rück-weg holen. Brauchst du noch etwas, wünschst du dir noch was?«
»Brauche nichts, hab' alles«, sagte der Hirt. »Ich habe eine Hose und ein Hemd und ein Paar Winterschuhe und eine Mütze. Ich kann Flöte spielen, das macht lustig. Meine Gänse verstehen nicht viel von Musik.«

Als der Tod nach langer Zeit wiederkam, gingen viele hinter ihm her, die er mitgebracht hatte, um sie über den Fluss zu führen. Da war ein Reicher dabei, ein Geizhals, der Zeit seines Lebens wertvolles und wertloses Zeug an sich gerafft hatte: Klamotten, auch Gold und Aktien und fünf Häuser mit etlichen Etagen. Der Mann jammerte und zeterte: »Noch fünf Jahre, nur noch fünf Jahre hätte ich gebraucht, und ich hätte noch fünf Häuser mehr gehabt. So ein Unglück, so ein Unglück, verfluchtes!« Das war schlimm für ihn.

Ein Rennfahrer war unter ihnen, der zeit seines Lebens trainiert hatte, um den großen Preis zu gewinnen. Fünf Minuten hätte er noch gebraucht bis zum Sieg. Da erwischte ihn der Tod.

Ein Berühmter war dabei, dem ein Orden gefehlt hatte, nur ein einziger Orden, für den er Jahre aufgewendet hatte, da holte ihn der Bruder Tod. Das war schlimm für ihn.

Dann war da ein junger Mann, der hatte an seiner Braut gehangen, denn sie waren ein Liebespaar gewesen, und keiner konnte ohne den anderen leben.

Ein schönes Fräulein war dabei mit langen Haaren. Und viele Reiche, die jetzt nichts mehr besaßen, und noch mehr Arme, die jetzt auch nicht das besaßen, was sie gerne hätten haben wollen.

Ein alter Mann war freiwillig mitgegangen. Aber auch er war nicht froh, denn 70 Jahre waren vergangen, ohne dass er das bekommen hatte, was er hatte haben wollen. Das war schlimm für sie alle.

Als sie an den Fluss kamen, wo die Welt aufhört, saß dort der Hirt.

Und als der Tod ihm die Hand auf die Schulter legte, stand er auf: ging mit über den Fluss, als wäre nichts, und die andere Seite hinter dem Fluss war ihm nicht fremd. Er hatte Zeit genug gehabt, hinüberzuschauen, er kannte sich hier aus, und die Töne waren noch da, die er immer auf der Flöte gespielt hatte: Er war sehr fröhlich. Das war schön für ihn. Was mit den Gänsen geschah? Ein neuer Hirte kam.‹

»Ich weiß von Ihnen, lieber Herr Helmstädter«, fuhr Anna fort, »dass auch Ihre Frau in ihren letzten Tagen immer wieder über den Fluss geschaut und langsam die andere Seite kennengelernt hat. Dabei war sie sehr ruhig, sie konnte loslassen. Sie wusste, dass es keine Berge ohne Täler gibt, keinen Glauben ohne Zweifel und keine Vollendung ohne Tod.«

Nach dem Beerdigungs-Kaffee in einem nahegelegenen Café ging Anna – sie hatte sich angeregt mit zwei Freundinnen der Verstorbenen über die jeweiligen Literatur-Interessen unterhalten – fast beschwingt nach Hause. Ich habe mich wieder gefangen, überlegte sie, ich habe wieder Maß und Mitte gefunden.

Es ist vorbei, es ist an der Zeit, Hildegard Brauer zu vergessen.

Zwei Tage vor dem geplanten Abendessen schrieb ihre Schwester per Mail, dass nunmehr feststünde, dass sie zu viert anreisen und übernachten würden. Jan habe sich »aus vollster Überzeugung« – dahinter hatte Antonia einen Smiley eingefügt – für den Besuch bei seiner Tante statt eines Ausflugs mit Freunden entschieden. Anna ahnte, dass Antonia mindestens sanften Druck auf ihren Sohn zugunsten dieser Entscheidung ausgeübt hatte. Aber es war ihr einerlei. Sie mochte Inken und Jan – nicht zuletzt, weil sie im Gegensatz zu ihrer Mutter und ihrem Vater in ihren Gesprächen und Telefonaten immer wieder ehrliches Interesse an Annas Beruf und ihrem Engagement als Trauerrednerin gezeigt hatten. Am Nachmittag informierte Anna die Besitzerin der nahegelegenen Ferienwohnung in der Allmelingstraße, die sie bereits nach der Einladung an ihre Schwester vorsorglich reserviert hatte.

Ihre vier Gäste klingelten am Samstag pünktlich um 16 Uhr. »Ihr ahnt ja nicht, wie sehr ich mich freue«, rief Anna ihnen entgegen, als sie in der Tür stehend jeden mit einer kräftigen Umarmung begrüßte. Antonia und Anna hielten einander besonders lange fest.

»Es tut mir leid, wenn ich zuletzt vielleicht etwas kratzig war«, flüsterte Antonia ihr ins Ohr. »Vielen, vielen Dank für Deine Einladung.«

Anna war einen Moment lang gerührt. Und unsicher. Rührung und Mitgefühl waren in ihrer Familie nahezu unbekannte Gefühle.

»Was haltet Ihr davon«, versuchte sie sich an einer schnellen Ablenkung,»wenn wir zunächst einen kurzen Spaziergang machen? Ihr habt eine lange Autofahrt hinter Euch, noch scheint die Sonne, und ich habe das Essen weitgehend vorbereitet. Wenn wir wiederkommen, bringe ich Euch zur Ferienwohnung, und eine Stunde später steht das Essen auf dem Tisch. Keine Sorge, Jan und Inken, der Spaziergang soll wirklich kurz ausfallen.«
»Das ist ein perfekter Plan«, meldete sich Bernd zu Wort.»Natürlich sind wir dabei.«
»Dann haben wir ja wohl keine andere Wahl«, meinte Antonia. Anna glaubte, ein verkrampftes Lächeln im Gesicht ihrer Schwester entdeckt zu haben.

Sie wollte gerade die Haustür hinter sich abschließen, als das Telefon klingelte.»Tut mir leid«, meinte Anna.»Vielleicht ist es wichtig. Geht doch schon langsam bis zur Straßenecke oben vor, ich komme schnell nach.«

Antonia, Bernd und die beiden Kinder machten sich auf den Weg.

»Hier spricht Anna Verhaak«, meldete sie sich am Telefon.

»Und hier ist Paul Wilhelmi. Ich rufe aus dem Hospiz in Lüneburg an. Wir kennen uns nicht, haben Sie dennoch einen Moment Zeit für mich?«

Anna hatte den Namen noch nie gehört.

»Es sollte wirklich nur ein Moment sein, Herr Wilhelmi, denn ich habe Gäste. Was kann ich denn für Sie tun?«

»Ich hoffe zunächst, dass Sie mich gut verstehen. Ich bin 91 Jahre alt, manchmal fällt mir das Reden schwer, manchmal kann ich nur sehr leise sprechen.«

»Ich verstehe Sie sehr gut, Herr Wilhelmi.«

»Wenn Sie Gäste haben, will ich mich wirklich kurzfassen, Frau Verhaak. Vielleicht können wir nach diesem ersten Gespräch in den kommenden Tagen etwas ausführlicher miteinander sprechen. Darüber würde ich mich freuen. Wie gesagt: Ich rufe aus dem Hospiz in Lüneburg an, und Sie wissen natürlich, was das bedeutet. Es geht zu Ende mit mir. Der Arzt sagt, dass ich mich auf maximal zwei Wochen einstellen soll. Damit habe ich mich abgefunden. Aber ich habe noch ein großes Anliegen: Ich wünsche mir sehr, dass Sie die Trauerfeier auf meiner Beerdigung halten. Würden Sie das übernehmen?«

Anna musste ihre Gedanken sortieren. Sie setzte sich.

»Verstehe ich Sie richtig: Sie möchten bereits jetzt festlegen, dass ich die Trauerrede auf Sie halten soll? Was sagt denn Ihre Familie dazu?«

»Genau richtig. Meine Familie weiß noch nichts davon. Aber keine Sorge: Meine Frau und der Rest meiner Sippschaft werden es rechtzeitig erfahren. Ich habe meiner Frau Frieda einen Brief gegeben. Sie weiß, dass sie den Brief unmittelbar nach meinem Tod öffnen soll, aber keinesfalls vorher. In diesem Brief lege ich fest, dass Sie, Anna Verhaak, die Trauerrede halten sollen. Ich bin sicher, dass sich meine Frau daran halten wird.«
»Aber damit Sie es doch schon festgelegt, bevor ich überhaupt zugesagt habe. Oder verlangen Sie den Brief von Ihrer Frau zurück, falls ich gleich absagen sollte?«
»Das fällt mir jetzt auch gerade auf. Das war zugegebenermaßen etwas voreilig. Aber ich hoffe natürlich sehr auf Ihre Zusage. Spricht denn irgendetwas dagegen?«
»Mal davon abgesehen, dass ich Ihnen noch viele weitere Tage wünsche, Herr Wilhelmi, kann ich allein deswegen nicht ohne weiteres zusagen, weil wir alle nicht wissen können, wann sie sterben und ob ich an dem Tag Ihrer Beerdigung Zeit haben werde. Ich finde übrigens, dass dies ein überaus merkwürdiges Gespräch ist.«
»Das kann ich gut nachvollziehen. Aber glauben Sie mir: Es ist mir wichtig, sehr wichtig sogar. Wobei ich Ihnen das Wichtigste noch gar nicht erzählt habe…«
»Stopp, stopp, stopp, Herr Wilhelmi, auch wenn oder gerade weil Sie mir das Wichtigste noch gar nicht erzählt haben, muss ich Sie jetzt vertrösten. Ich möchte meine Gäste nicht länger warten lassen. Ich bin aber bereit, ein weiteres Gespräch mit Ihnen zu führen. Wollen Sie vielleicht morgen Abend gegen 18 Uhr nochmal anrufen?«
»Das ist sehr freundlich von Ihnen, Frau Verhaak. Und selbstverständlich brechen wir das Gespräch jetzt ab. Ich melde mich also morgen wieder. Pünktlich.«
»Jetzt habe ich aber doch noch eine Frage, Herr Wilhelmi. Wie sind Sie eigentlich auf mich gekommen?«
»Ich kenne die Dame, die Sie mir empfohlen hat, schon lange aus dem Heimatverein. Sie heißt Hildegard Brauer. Kennen Sie sie?«
»Auf Wiederhören, Herr Wilhelmi.«
Anna blieb sitzen. Sie spürte, wie sich eine Mischung aus Entsetzen, Unruhe und Wut in ihr entwickelte. Sie starrte aufs Telefon, ihre Hände fingen zu zittern an.
Ich muss mich jetzt auf Antonia, Bernd und die Kinder konzentrieren, dachte sie, ich muss Ablenkung suchen, ich muss dieses Telefonat verdrängen. Welch ein Segen, dass ich Gäste habe, um die ich mich kümmern

muss. Und wenn ich dabei versage, weil ich immer an etwas anderes denken muss? Ich war kurz davor, dem Kapitel Hildegard Brauer ein Ende zu setzen. Ich bin damit gescheitert. Will auch dieser Herr Wilhelmi mich vor einem Missbrauch bewahren? Noch kann ich seinen Wunsch ablehnen, ich bin schließlich frei. Oder doch nicht? Nein, das bin ich schon lange nicht mehr.

Anna schreckte auf, als sie die Klingel hörte. »Kommst Du endlich?«, fragte Inken, als sie die Tür öffnete. »Wir warten schon lange auf Dich.«

»Ja natürlich, ich komme jetzt mit. Es tut mir leid.«

»Du bist ja weiß wie eine Wand«, rief Antonia ihr von Weitem entgegen. »Hast Du eine schlechte Nachricht bekommen?«

»Nein, alles in Ordnung. Ich habe mich schon heute Morgen, als ich aufstand, etwas unwohl gefühlt. Aber das kenne ich bereits, das kommt öfter vor. Vielleicht sind es die Wechseljahre. Es wird sicher gleich besser werden.«

»Du hast Dich unwohl gefühlt, weil Du an Deinen bevorstehenden Besuch dachtest«, meinte Bernd und grinste.

Anna konnte nicht viel mehr als gequält lächeln. »Unsinn. Ich habe mich seit der Zusage ehrlich auf Euren Besuch gefreut. »Ich schlage vor, dass wir durch den Domänenpark in Richtung Kloster laufen und dann über die Hauptstraße zurückgehen. Länger als eine halbe bis dreiviertel Stunde werden wir dafür nicht brauchen. Und jetzt erzählt Ihr beide bitte, wie es Euch derzeit in der Schule geht«, sagte Anna und legte jeweils einen Arm um Jan und Inken.

»Ganz gut«, meinte Inken, »Mathe und Englisch machen mir am meisten Spaß, den Sport-Unterricht würde ich am liebsten jedes Mal ausfallen lassen.«

»Bei mir ist es genau umgekehrt«, sagte Jan. »Ich könnte mir deswegen auch gut vorstellen, nach dem Abitur Sport zu studieren.«

»Das klingt gut«, antwortete Anna. »Du wärst bestimmt eine sehr gute Mathe- und Englisch-Lehrerin, Inken. Und für Dich wäre ein Sport-Studium garantiert das Richtige.«

»Dazu hattest Du aber auch schon mal eine andere Meinung«, meldete sich Antonia zu Wort. »Als wir an Weihnachten vor fünf Jahren über mögliche Berufe unserer Kinder diskutiert haben, hast Du wortwörtlich gesagt: ›Ein Beruf, der allein auf Sport basiert, kann doch nicht wirklich Euer Anspruch sein.‹«

»Daran kann ich mich wie immer nicht so gut wie Du erinnern. Aber ich kann es nur so gemeint haben, dass ich wenig davon halte, dass man

beispielsweise eine Karriere als Fußball-Profi plant und dafür alles andere in Sachen Bildung und Kultur für unwichtig erklärt. Aber wenn Jan jetzt beispielsweise ins Sport-Management gehen möchte oder Sportlehrer werden will, dann fände ich das großartig.«
»Das klang damals vollkommen anders«, beharrte Antonia auf ihrem Standpunkt. »Bernd und ich waren jedenfalls sehr überrascht seinerzeit.«
Anna sah, wie Bernd seine Frau mit einem strengen Blick ansah und mit dem Kopf schüttelte. Er versuchte sich einmal mehr an einer launigen Bemerkung, um damit die Stimmung zu verbessern. »Wenn Jan als künftiger Manager dabei helfen kann, die Situation von Werder zu verbessern, ist mir alles recht«, sagte er.
»Vielleicht kannst Du wenigstens in diesem Moment, in denen wir über die Zukunft Deiner Kinder diskutieren, ernst bleiben.« Antonia war offensichtlich wütend.
»Mensch, Mama, jetzt mach doch nicht so ein großes Thema daraus«, mischte sich Inken ein. »Anna soll vor fünf Jahren irgendetwas gesagt haben, an das offenbar nur Du Dich erinnerst. Außerdem kann man doch auch seine Meinung ändern. Geht es Dir mittlerweile etwas besser, Anna?«
»Das ist natürlich großartig, dass Ihr Euch alle einig seid«, ließ Antonia ihrer Schwester keine Sekunde Zeit für eine Antwort. »Ich bin ja auch nur die kleine Krankenschwester, die die großen Themen ihrer ach so intellektuellen Familie nicht versteht.«
»Jetzt übertreibst Du wirklich maßlos«, sagte Bernd. »Anna hat nur gesagt, dass sie Jan ein Sport-Studium zutraut. Es ist mir ein Rätsel, wie Du von einer solch einfachen und harmlosen Bemerkung zu einer solch grundsätzlichen These kommst, die im Übrigen nicht der Wahrheit entspricht.«
»Hältst Du immer noch regelmäßig Trauerreden?«, versuchte sich Inken an einem Themenwechsel.
»Ja«, antwortete Anna. »Aber ich bin mir mittlerweile nicht mehr sicher, ob ich es fortführen soll.«
»Warum denn nicht?«, fragte Jan.
»Weil es neben meinem Beruf doch sehr anstrengend ist. Jede Rede bedarf einer langen Vorbereitung.«
»Dann lass es doch einfach bleiben«, ging Antonia dazwischen. »Ich habe ohnehin noch nie verstanden, warum Du Dich so gerne mit Tod und Trauer beschäftigst. Und finanziell hast Du es ja wohl auch nicht nötig.«
»Nein, darum ging es mir noch nie. Ich empfinde es als eine erfüllende

Aufgabe, Menschen in einer für sie sehr schwierigen Situation beizustehen und ihnen ein wenig helfen zu können. Ich mag den Spruch, dass Trauer der Preis ist, den wir für unsere Liebe zahlen – und das versuche ich während einer Trauerfeier als Trost zu vermitteln.«

»Mit derartigen Poesiealbums-Sprüchen konnte ich noch nie etwas anfangen«, antwortete Antonia. »Die wahren Dramen spielen sich bei mir auf der Intensivstation ab, aber dafür interessiert sich ja offenbar niemand. Aber keine Sorge, das bin ich bereits gewohnt.«

»Jetzt mache ich mir aber doch Sorgen«, meinte Bernd. »Und zwar darüber, wie sich dieses Gespräch entwickelt. Wir wollen doch einen schönen gemeinsamen Abend verbringen. Vielleicht ist es besser, wenn wir etwas einfachere Themen diskutieren.«

»Wir könnten beispielsweise über die Krise der Lebensversicherungs-Policen sprechen oder über die Zukunft der Gebäudeversicherungen in Zeiten einer sich abzeichnenden Immobilienkrise. Meinst Du diese Art von Themen?«, fragte Antonia.

»Du willst Bernd offenbar missverstehen«, wendete Anna ein. »Er meint es doch nur gut. Und mich würde wirklich die Situation auf deiner Station interessieren, gerade jetzt unter den Corona-Bedingungen. Erzähl doch mal davon.«

»Nicht nur Bernd, alle meinen es angeblich immer nur gut mir. Ihr behandelt mich wie ein kleines Kind, das quengelt und ihr ihm deswegen jetzt ein Spielzeug gebt. Das habe ich so satt!«

»Und ich bin es leid, dass Du einmal mehr eine Kleinigkeit aufbauschst und dass Du Dich und uns alle in eine schlechte Stimmung bringst. Merkst Du das eigentlich gar nicht?«, hielt Bernd energisch dagegen.

»Oh doch, die schlechte Stimmung spürt sogar die kleine und naive Krankenschwester«, antwortete Antonia. »Aber keine Sorge: Ihr sollt zumindest an diesem Wochenende nicht länger darunter leiden. Ich werde noch heute Abend mit dem Zug zurückfahren. Ich wünsche Euch allen einen schönen Abend.«

Anna blieb stehen. »Das ist jetzt nicht Dein Ernst.«

»Das ist mein voller Ernst. Meine Entscheidung steht fest.«

»Weißt Du eigentlich, was Du damit anrichtest – auch gegenüber Deinem Mann und Deinen Kindern?«, fragte Anna, die spürte, dass sie jetzt ihrer Wut freien Lauf lassen musste. »Deine unsinnigen Minderwertigkeitskomplexe haben über die Jahre hinweg dazu geführt, dass Du den Respekt vor Dir selbst und mir verloren hast, weil Du meinst, dass ich mich für etwas Besseres halte. Das ist zwar grober Unfug, aber diese Theorie ist mittlerweile fest in Deinem Gehirn verankert. Du interessierst Dich nicht einen Funken für mich. Du ergehst Dich in Selbstmitleid und schaust deswegen – von Deiner Familie mal abgesehen – nicht nach rechts und links. Wann warst Du zuletzt bei Papa? Wann hast Du Dich jemals danach erkundigt, wie es mir in der Bücherei geht, warum ich Trauerrednerin geworden bin oder wie ich meine Scheidung überstanden habe? Ich habe mehrfach versucht, ein tiefergehendes Gespräch mit Dir zu führen, beispielsweise nach Mamas Tod. Und Du? Fehlanzeige. Und ich bin mir sicher, den Grund dafür zu kennen: An diesen Dingen und damit auch an mir hast Du nullkommanull Interesse. Stattdessen kramst Du immer wieder alte Geschichten hervor, wer wann was um welche Uhrzeit mit welchen Hintergedanken gesagt hat. Wer sich nicht mindestens genauso gut an derartige Dinge erinnern kann, die sich vor drei, fünf oder neun Jahren abgespielt haben, ist in Deinen Augen oberflächlich und ignorant. Das Gegenteil ist der Fall: Du bist gegenüber Deiner Umwelt ignorant geworden und zwar aus purem Egoismus. Das tut mir als Deine Schwester in der Seele weh. Aber ich habe einsehen müssen, dass ich Dich von diesem Irrweg nicht abbringen kann. Du bist und bleibst auf Deinem Egoismus-Trip. Es tut mir leid, dass ich jetzt so brüsk bin, aber Deine Provokationen sind mittlerweile unerträglich.«

Antonia schaute Anna mit offenem Mund an. »Jetzt weiß ich endgültig, woran ich bei Dir bin. Deswegen ist es auch das Beste, wenn ich Euch jetzt allein lasse.«

Rund 15 Minuten später saßen Antonia, Bernd und die beiden Kinder in ihrem Auto, winkten Anna kurz zu und fuhren in Richtung Autobahn. Auf dem Rückweg zum Haus hatte niemand mehr ein Wort gesagt. Anna hatte kurz jeweils eine Hand von Jan und Inken genommen und sie fest zugedrückt; Jan drückte ebenfalls fest zu, Inken liefen die Tränen herunter. Anna sagte die Ferienwohnung telefonisch ab und versprach der verärgerten Eigentümerin, die Kosten zu übernehmen.

Anna kippte das gesamte Essen – Rinderrouladen, Rotkohl und Kartoffeln – in einen einzigen großen Topf, zerschnitt das Fleisch und schüttete alles in die Toilette. Sie spülte wieder und wieder nach, zwischendurch wischte sie sich mit kaltem Wasser die Tränen aus dem Gesicht. Das erste Glas Rotwein leerte sie zwischendurch in der Küche in zwei Zügen, für das zweite Glas setzte sie sich vor den Fernseher. Der Alkohol hatte die gewünschte Wirkung. Anna entspannte sich. Nach dem dritten Glas legte sie sich aufs Sofa, auf dem sie schnell einschlief. Noch nie hatte sie sich hingelegt, ohne sich zuvor das Gesicht gewaschen und die Zähne geputzt zu haben, noch nie hatte sie auf ihrem Sofa geschlafen.

IX.

Nachdem sie tags darauf gegen neun Uhr aufgestanden war, dachte sie einen Moment darüber nach, ihre Schwester anzurufen. Aber es war doch Antonia gewesen, überlegte sie, die sich nicht nur meiner Meinung nach unmöglich benommen und mich und alle anderen brüskiert hat. Es stünde ihr gut zu Gesicht, sich mir zu melden und sich zu entschuldigen – wobei in diesem Fall eine Entschuldigung und ein weiteres Gespräch nicht reichen wird. Gestern ist etwas Elementares zwischen uns zerbrochen, dachte sie. Antonia hat sich nicht nur an diesem Abend, sie hat sich grundsätzlich verabschiedet. Sie ist viel zu verbohrt und stolz, um zu Kreuze zu kriechen.

Sie hat mir die Schwesternschaft aufgekündigt.

Reiß dich gerade jetzt zusammen, Anna, redete sie sich ein. Besinne dich auf deine Stärken, erledige deine Aufgaben, werde nicht weinerlich, konzentriere dich auf deine Arbeit. Dreh dich bei Gegenwind um, und schon ist es Rückenwind: Mit dieser Einstellung bist du dein Leben lang gut gefahren.

Eine Stunde später holte Anna den Spaziergang nach, den sie gestern vorgeschlagen hatte. Heute Abend wird Herr Wilhelmi mich erneut anrufen, dachte sie und setzte sich auf eine Bank. Was ist wohl »das Wichtigste«, von dem er sprach? Und was hat Hildegard Brauer mit all dem zu tun? Ein neuer Missbrauchsfall? Es ist nicht zu leugnen, dachte sie, dass rund um eine Trauerfeier zig Verdrehungen, Bagatellisierungen und Verharmlosungen kursieren. Über Tote soll man nur gut sprechen – das hatte Anna bislang eingeleuchtet und beherzigt. Schließlich liegt der Ursprung dieses Spruchs im antiken Griechenland, wo dies nicht nur als gesellschaftliche Konvention, sondern als göttliches Recht galt. Es versteht sich doch von selbst, dass man Trauernde nicht kränken soll. Aber kann mich das dazu zwingen, bewusst oder unbewusst dabei mitzuhelfen, die Wahrheit zu verleugnen? Ich bin Opfer und Täterin zugleich.

Vielleicht liegen wir mit unserer Beerdigungsritualen falsch, grübelte Anna. Vielleicht verleiten uns unsere tradierten Rollenspiele zu Unvermeidlichkeiten, die es zu überwinden gilt. Trauerreden, schwarze Kleidung, gedämpfte Musik, Lug, Betrug und Vertuschung am offenen

Grab – muss das so sein? Ist unsere Gesellschaft nicht darauf ausgerichtet, den Tod auszulagern, zu verdrängen und zu verleugnen, anstatt sich schon zu Lebzeiten damit zu beschäftigen, den Tod zu enttabuisieren? Natürlich darf man nicht aus Angst vor dem Tod das Leben vergessen. Natürlich bedarf es für einen solchen Wandel einer großen Stärke. Schließlich wird, wie Anna einst bei Rainer Maria Rilke gelesen hatte, viel von uns selber fortgenommen, wenn wir etwas verlieren, mit dem wir auf wunderbare Weise fest verbunden waren.

Anna kamen die sogenannten Jazz-Beerdigungen in New Orleans in den Sinn, bei denen zahlreiche Bands fröhliche Musik spielen und das Zeremoniell in ein berauschendes Fest zu Ehren der Verstorbenen übergeht. Oder der aus der mexikanischen Kultur stammende »Tag der Toten«, der mittlerweile in weiten Teilen Lateinamerikas gefeiert wird und der als Feier des Lebens und des Todes gilt. Im Glauben daran, dass der Tod ein natürlicher Teil des Lebens ist, gelten dort die Toten noch immer als Teil der Gemeinschaft, die während des Día de Muertos zeitweise auf die Erde zurückkehren. Drei Tage lang bezeugen die Hinterbliebenen rund um Allerheiligen und Allerseelen mit Festumzügen und auf Partys ihre Liebe zu den Verstorbenen – sich als Skelett zu verkleiden, ist besonders beliebt.

Fasziniert war Anna auch von ihrer Lektüre über die Ma'Nene-Zeremonie des indonesischen Toraja-Volks, bei der die Mitglieder alle drei Jahre ihre toten Vorfahren exhumieren, mit Pinseln reinigen, neu einkleiden, manchen von ihnen Zigaretten in den Mund stecken oder eine Sonnenbrille aufsetzen. Die Toraja, fast alle von ihnen sind Christen, weigern sich, ihre Toten der Erde zu überlassen oder sie zu verbrennen. Was für uns eine strafbare Störung der Totenruhe darstellt und nicht wenige als unwürdige Leichenfledderei betrachten, ist für sie ein Fest der Zusammenkunft und ein Grund zur Freude. Sei's drum, unser Umgang mit den Toten ist nichts Naturgegebenes, war Anna überzeugt, wir könnten unsere Traditionen und Konventionen ändern, sofern wir es wollten. Es hätte etwas Befreiendes, Besänftigendes. Es würde uns einen Teil unserer Trauer nehmen, dachte sie. Und es würde mich und andere vor Missbrauch schützen.

Und ist nicht bereits unsere Wortwahl, dachte Anna, mit der wir dem Tod und Sterben begegnen, in mehrerlei Hinsicht verräterisch? Jemand segnet das Zeitliche, er wird abberufen, er geht hinweg, er entschläft, er hat uns für immer verlassen: Einerseits bedienen wir uns zahlreicher Vokabeln, mit denen wir alles dafür tun, den Tod nicht beim Namen zu nennen, ihn zu verdrängen und unkenntlich zu machen. Andererseits empfinden wir den Tod als etwas Brutales, Einschneidendes, Katastrophales, als etwas wider unsere Natur – und sprechen deswegen vom Sensenmann, von Schnitters und Gevatter Tod als jemandem, der uns überfällt und gnadenlos mit sich reißt. Wenn wir doch nur Montaignes Überzeugung mit Leben füllen könnten, dachte Anna, wonach »das Ziel unseres Lebenslaufs der Tod ist« – wir alle würden unendlich viel gewinnen.

Bis 18.30 Uhr blieb das Telefon stumm, und Anna wollte sich bereits ihr Abendbrot zubereiten, als es schließlich doch noch klingelte. »Guten Abend, Frau Verhaak. Es tut mir leid, dass ich mich verspätet habe, aber der Nachmittag war nicht leicht für mich.«

»Dafür habe ich selbstverständlich Verständnis, Herr Wilhelmi. Ich würde gerne schnell zur eigentlichen Sache kommen. Mich interessiert nach unserem ersten Telefonat natürlich vor allem, was Sie damit meinten, als Sie sagten, dass Sie mir das Wichtigste noch gar nicht gesagt hätten.«

»Auch ich will nicht lange drumherum reden, Frau Verhaak, denn darin steckt tatsächlich der Kern meines Anliegens. Um es kurz zu machen: Ich habe während meines Lebens eine schwere Schuld auf mich geladen, und ich möchte, dass dieser Umstand während der Trauerfeier unmissverständlich zur Sprache gebracht wird. Von ihnen. Und ohne, dass meine Familie vorab darüber informiert wird. Ich bin mir sicher, dass meine Familie während des üblichen Trauergesprächs nach meinem Tod kein Wort darüber verlieren wird. Aus Angst, Scham, Feigheit und zum Selbstschutz. Ich war ebenfalls lange Zeit zu feige. Aber damit soll jetzt Schluss sein. Und damit es wirklich Wirkung zeigt, möchte ich, dass Sie es während der Trauerfeier berichten, also in einem Moment, in dem jeder Gast hochkonzentriert ist und niemand damit rechnet. Es wird auf viele Gäste schockierend wirken. Dessen bin ich mir bewusst. Ich weiß sehr genau, was ich von Ihnen verlange, verehrte Frau Verhaak. Und deswegen habe ich einen Plan entwickelt, wie ich Sie bestmöglich schützen kann. Das ist mir sehr wichtig.«

»Ich habe noch viele weitere Fragen, Herr Wilhelmi. Aber dieser Punkt ist mir besonders wichtig: Welche Rolle spielt Frau Brauer dabei?«

»Sie kennen sie also doch?«

Anna schwieg.

»Also gut. Ich kenne Frau Brauer bereits seit vielen Jahren aus unserem gemeinsamen Engagement für den Heimatverein. Als ich ihr vor einigen Wochen davon berichtete, dass ich wohl nicht mehr lange zu leben haben würde, dass ich eine schwere Schuld auf mich geladen habe, dass ich bislang zu schwach und vielleicht auch zu mutlos für eine öffentliche Beichte gewesen sei, dass aber auch Teile meiner Familie mich zu meinem langen und unentschuldbaren Schweigen massiv gedrängt haben, da sagte sie plötzlich: Die Trauerfeier ist der Moment, an dem ich vor einem großen Publikum Schluss machen könnte mit der Verlogenheit und Bigotterie. Mit Hilfe einer Trauerrednerin. Außerdem kenne sie die beste Trauerrednerin, der sie zudem den Mut und die Zivilcourage zutraue, meinen Plan in die Tat umzusetzen.«

Anna war wie betäubt ob der vielen Informationen.

»Wenn ich im Moment nicht viel sage, Herr Wilhelmi, dann hat das vor allem den Grund, dass ich gerade sehr verwirrt bin. Es würde zu weit führen, Ihnen dies jetzt im Detail zu erläutern. Geben Sie mir bitte 30 Minuten Zeit, um mich zu sammeln, und rufen Sie mich dann nochmal an. Einverstanden?«

»Selbstverständlich.« Er legte sofort auf.

Anna zog sich ihren Mantel an und stürzte an die frische Luft. Bewusst versuchte sie den Bericht von Paul Wilhelmi zu verdrängen und sich stattdessen eines ihrer Lieblingsgedichte von Friedrich Schleiermacher in Erinnerung zu rufen. Sie musste auf andere Gedanken kommen, durchatmen.

»*Sorge nicht um das, was kommen mag*«, sagte sie laut vor sich hin, »*weine nicht um das, was vergeht; / aber sorge, dich nicht selber zu verlieren, / und weine, wenn du dahintreibst im Strome der Zeit, / ohne den Himmel in dir zu tragen.*«

Sie mochte dieses Gedicht, weil sie auf zahlreichen Trauerfeiern die Sorgen ihrer Kunden aufgenommen und sie zu lindern bemüht hatte; irgendwann hatte sie das Gefühl, dass es gute Gründe dafür gab, sich auch um sich selbst zu sorgen. Eines Tages entdeckte sie das Gedicht »Sorge nicht« des evangelischen Theologen und Philosophen, das ihr seitdem viel bedeutete. Damit mich der Mut nicht verlässt, sagte sie sich damals, damit die Sorge nicht überhandnimmt. Damit ein Funken Hoffnung bleibt, eine Portion Mut, Optimismus und Zufriedenheit. Und stets ein Stück blauer Himmel im Herzen.

Ihr Telefon klingelte exakt 30 Minuten, nachdem sie aufgelegt hatte.

»Ich gebe zu, dass ich nicht nur überrascht, sondern etwas durcheinander bin, Herr Wilhelmi«, begann sie das Gespräch. »Aus vielen Gründen. Aber noch kenne ich ihre Geschichte und ihr Anliegen nicht in Gänze. Und vorher möchte ich mich auch nicht inhaltlich dazu äußern beziehungsweise zu- oder absagen. Fahren Sie also bitte fort.«

»Ich weiß es sehr zu schätzen, Frau Verhaak, dass Sie mir überhaupt zuhören.«

Die folgenden 15 Minuten waren, von wenigen kurzen Anmerkungen und Nachfragen abgesehen, ein Monolog von Paul Wilhelmi. Er legte seine Schuld in allen Details offen, er schilderte Anna seine Wünsche für die Trauerfeier, und er legte seine Pläne dar, wie er Anna zu schützen gedachte.

»Ich kann das nicht ad hoc entscheiden«, sagte sie schließlich. »Geben Sie mir eine Nacht, um darüber zu schlafen und vielleicht einen Tag, um darüber nachzudenken. Aber ich verspreche Ihnen, dass ich mich spätestens morgen Abend bei Ihnen melde, Herr Wilhelmi.«

»Das ist überaus freundlich von Ihnen. Eines möchte ich Ihnen schon heute versprechen: Sollten Sie meinen Wunsch ablehnen – ich werde es ohne jede Widerrede akzeptieren. Schlafen Sie gut, Frau Verhaak.«

»Gute Nacht, Herr Wilhelmi.«

Noch bevor Anna Verhaak sich am nächsten Morgen für einige Einkäufe auf den Weg nach Lüneburg machte, rief sie Paul Wilhelmi an. Sie sagte nur einen Satz. »Ich werde Ihre Trauerrednerin sein und komme heute Nachmittag zu Ihnen, um Ihren Vorschlag im Detail zu besprechen.«

»Danke. Ich bin überglücklich.«

In den kommenden Tagen sagte Anna sagte alle Anfragen für Trauerreden ab. Nach dem rund anderthalbstündigen Gespräch mit Paul Wilhelmi, der alles andere als einen todkranken Eindruck auf sie gemacht hatte, beschloss sie, sich auf die Trauerfeier für Paul Wilhelmi zu beschränken und zu konzentrieren. Er hatte sie mit seiner Offenheit beeindruckt und gefesselt, seine Geschichte war plausibel, er hatte eine gute Idee, um Anna bestmöglich vor Anfeindungen oder Beleidigungen der Angehörigen und Freunde zu bewahren.

Mehr noch: Anna erkannte sofort, dass es der perfekte Plan war, um ihrem Trauerspiel und ihrem Missbrauch ein Ende zu bereiten.

Als sie sich voneinander verabschiedeten, nahmen sie sich in den Arm. Lange. Sie spürten, dass sie sich gegenseitig zu tiefem Dank verpflichtet waren. Sie wussten zudem, dass sie sich nie wiedersehen würden, dass es ein endgültiger Abschied war.

In den kommenden Wochen blieb das Telefon mit Ausnahme von zwei Werbeanrufen aus einem Call-Center stumm. Antonia meldete sich genauso wenig wie ihr Vater, ihrer Freundin Andrea reichte offenbar die Aussicht auf ihr baldiges Treffen, Paul Wilhelmi erfreute sich mutmaß-

lich nach wie vor seines Lebens. Wie lange noch? Bei diesem Gedanken griff Anna zum Hörer und wählte die Nummer ihres Vaters.
»Hallo Papa, hier spricht Deine Anna. Wie geht es Dir?«
»Danke der Nachfrage. Mir geht es ganz ordentlich, ich bin zufrieden. Aber bei Dir scheint ja einiges durcheinander geraten zu sein.«
»Wie meinst Du das?«
»Ich habe vorgestern mit Antonia telefoniert. Sie hat mir von Deinem Auftritt berichtet.«
»Hast Du sie angerufen oder umgekehrt? Und was meinst Du denn mit dem Begriff Auftritt?«
»Ich finde zwar, dass es nicht wichtig ist – aber ich habe Antonia angerufen. Ich habe im Keller alte Spielsachen von ihr gefunden und habe sie gefragt, ob ich ihr sie schicken soll. Dabei erzählte sie mir, dass sie Dich in Ebstorf besucht haben und Du ihr massive Vorwürfe gemacht hast. Sie ist sehr enttäuscht von Dir, und es würde mich nicht wundern, wenn sie sich nicht mehr so schnell bei Dir melden würde.«
»Mich würde es wiederum nicht wundern, wenn das alles war, was Antonia Dir erzählt hat. Frag doch mal Bernd oder die beiden Kinder – sie würden Dir bestätigen, dass es Antonia war, die aus heiterem Himmel einen unsinnigen Streit vom Zaun gebrochen und diesen Eklat geradezu provoziert hat.«
»Aber heißt es nicht, dass die Klügere nachgibt?«
»Das ist doch nun wirklich keine Frage von Klugheit oder Nachsicht.«
»Du hast studiert, Anna, Du verkehrst in besseren Kreisen als wir, Du hast Erfolg in Deinem Beruf. Du solltest nun wirklich über solchen Dingen stehen.«
»Das macht mich fassungslos, Papa. Und ganz ehrlich: Es ist an der Zeit, Dir zu sagen, dass ich es nicht mehr ertrage. Hast Du eigentlich jemals das Oberflächliche beiseitegeschoben und Dich gefragt, wie es um das Verhältnis Deiner beiden Töchter wirklich steht? Siehst Du in mir tatsächlich nur die Akademikerin, oder sorgst Du Dich auch als Vater um mich als Deine Tochter, die viele Probleme am Arbeitsplatz und in ihrem Privatleben zu bewältigen hat? Ich weiß, dass dies für jedermann gilt. Aber Dich scheint nur zu interessieren, mit welchen vermeintlich oder tatsächlich Prominenten ich zu Abend esse und wie ich meine vermeintlich Untergebenen in Schach halte. Du fühlst nicht mit mir, Du beobachtest mich nur.«
»Das ist starker Tobak, Anna.«
»Ich weiß, und es tut mir in der Seele weh. Aber das ist ein Zustand,

den ich schon seit vielen Jahren kenne. Für Dich erfülle ich nur eine Funktion, Antonia sieht in mir in erster Linie einen Blitzableiter. Ich komme beim besten Willen nicht mehr an Euch heran – und umgekehrt wolltet Ihr gar nicht an mich heran.«

»Jetzt weiß ich jedenfalls, was Antonia meinte und woran ich bin.«

»Ist das alles, was Du dazu zu sagen hast?«

»Ich habe nicht den Eindruck, dass ich Dich von Deinem Standpunkt abbringen könnte.«

»Aber spürst Du denn gar nicht die Kühle, die Du auch jetzt, genau in diesem Moment ausstrahlst, Papa? Du agierst und argumentierst selbst mir gegenüber wie ein Geschäftsmann und nicht wie ein Vater. Ich habe es zig Mal versucht. Aber sobald ich beispielsweise auf Mamas Tod, Deinen Gesundheitszustand, auf meinen Beruf oder meinen Job als Trauerrednerin zu sprechen komme, lenkst Du sofort ab oder machst dicht. Jeden meiner Versuche, auch nur einen Zentimeter unter die Oberfläche vorzudringen, lässt Du an Dir abprallen. Du bist in vielen Dingen unerreichbar. Das schmerzt. Sehr sogar. Ich bin weit mehr als enttäuscht. Ich bin verzweifelt. Aber anstatt dass wir uns in unserer kleinen Familie beistehen, fallen wir übereinander her.«

»Woran auch Du Deinen Anteil hast.«

»Das will ich überhaupt nicht bestreiten. Aber Du und auch Antonia verwechselt Ursache und Wirkung. Ich will es noch deutlicher sagen: Dies ist ein Hilferuf von mir!«

»Ich weiß wirklich nicht, was ich mir zuschulden habe kommen lassen. Ich weiß natürlich auch, dass ich eher zu Nüchternheit als zu Gefühlsduseleien neige. Aber auf mich war immer Verlass, und ich lasse mir nicht gerne vorwerfen, dass ich ein schlechter Vater bin.«

»Das habe ich auch gar nicht behauptet. Aber zwischen einer sogenannten Gefühlsduselei und einem ehrlichen Interesse an meinem Beruf oder meinen Trauerreden besteht doch wohl ein großer Unterschied. Hast Du mich jemals danach gefragt, wie ich meine Scheidung verwunden habe? Oder wie ich damit klarkomme, keine Kinder zu haben? Ob meine Trauerreden meine Einstellung zum Tod verändert haben? Nein, niemals. Es sind Themen, die nichts mit Gefühlsduseleien zu tun haben, über die ich aber gerne mit Dir und Antonia diskutieren möchte. Aber Ihr lasst es nicht zu, Ihr verweigert Euch.«

»Ich schlage vor, dass Du zunächst das Verhältnis zu Deiner Schwester klärst und dann melde Dich gerne nochmal.«

»Für Dich scheint das Gespräch damit beendet zu sein.«

»Ja, aus meiner Sicht ist alles gesagt. Mach's gut, Anna.«
»Mach's gut, Papa.«
Anna brach in Tränen aus. Sie legte sich auf ihr Bett, legte eine Hand auf ihre Augen und sprach leise ihr Lieblingsgedicht vor sich hin: »*Sorge nicht um das, was kommen mag, / »weine nicht um das, was vergeht; / aber sorge, dich nicht selber zu verlieren, / und weine, wenn du dahintreibst im Strome der Zeit, / ohne den Himmel in dir zu tragen.*« Ich weine, ich sorge mich, ich verliere mich selbst, dachte sie. Ich kann keinen Himmel mehr erkennen, keinen Lichtblick und keinen Hoffnungsschimmer. Von mir wird etwas fortgenommen, was über Jahrzehnte tief und wunderbar mit mir zusammenhing – meine Familie. Und weil dem so ist, wird auch viel von mir fortgenommen. Ich verliere einen Teil meines Selbst, ich verliere meinen Verstand.

»Darf ich Ihnen sagen, dass Sie heute nicht gut aussehen, Frau Verhaak? Ist bei Ihnen vielleicht eine Krankheit im Anflug?« Ihr Kollege aus der Abteilung »Bibliothek der Dinge« klang ernsthaft besorgt, als er sie tags darauf auf dem Flur ansprach.

»Nein, das glaube ich nicht Herr Krämer. Aber Sie haben schon recht: Ich habe schlecht geschlafen, und wahrscheinlich sieht man es mir auch an. Keine Sorge, morgen bin ich sicher wieder topfit.«

»Das wünsche ich Ihnen auch – gute Erholung.«

Bevor sich Anna von ihrem freundlich-fürsorglichen Kollegen verabschieden konnte, rief ihr ihre Sekretärin auf dem Flur zu: »Telefon, Frau Verhaak, eine Frau Wilhelmi möchte Sie sprechen.«

Nun ist es also so weit, dachte Anna, als sie in ihr Büro ging und die Tür hinter sich schloss, Paul Wilhelmi ist gestorben. »Hier spricht Anna Verhaak.«

»Guten Tag, Frau Verhaak, mein Name ist Paula Wilhelmi aus Bad Bevensen. Wir kennen uns nicht, und ich rufe Sie nicht in Ihrer Funktion als Leiterin der Ratsbücherei, sondern als Trauerrednerin an. Darf ich Sie kurz stören?«

»Üblicherweise führe ich solche Telefonate von zuhause aus, Frau Wilhelmi. Aber es ist derzeit sehr ruhig in der Bücherei. Also gerne – was kann ich für Sie tun?«

»Das ist sehr freundlich. Mein Vater ist gestern mit 91 Jahren im Hospiz in Lüneburg gestorben. Meine Mutter hat mich darüber informiert, dass sie am gestrigen Abend einen Brief meines Vaters an sie geöffnet hat, in dem er ausdrücklich den Wunsch äußert, dass Sie die Trauerrede auf ihn halten sollen. Wir ahnten zwar, dass ihm nicht allzu viel an einer streng kirchlichen Beisetzung liegen würde. Er fand auf Beerdigungen immer schon persönliche Erinnerungen besser als die biblischen Auferstehungs-Geschichten. Dennoch kommt die explizite Auflage, dass Sie das Begräbnis mitgestalten sollen, für uns genauso überraschend wie vermutlich auch für Sie. Aber meinem Vater schien dies sehr wichtig zu sein. Deswegen wende ich mich heute mit der Frage an Sie, ob Sie diesen Auftrag übernehmen würden.«

»Zunächst möchte ich Ihnen meine aufrichtige Anteilnahme aussprechen, Frau Wilhelmi. Und Sie haben vollkommen recht: Das kommt auch für mich unerwartet, dass ein Verstorbener selbst mich vorab als Trauerrednerin festlegt. Ich will diesen Umstand aber auch nicht überbewerten. Für wann ist denn die Beerdigung geplant?«

»Aller Voraussicht findet die Besetzung nach am kommenden Montag um 11 Uhr auf dem Friedhof Medingen statt. Kennen Sie den?«

»Nein, aber das wird dem nicht im Wege stehen. An dem Tag habe ich jedenfalls noch keinen Termin. Und montags ist die Bücherei geschlossen, das müsste also klappen.«

»Das wäre großartig. Meine Mutter wird sich ebenfalls freuen. Ist es nicht üblich, dass wir uns vorher zusammensetzen?«

»Unbedingt, ohne ein solches Gespräch wäre es mir unmöglich, eine Trauerfeier zu gestalten. Was halten Sie von morgen gegen 19 Uhr?«

»Wir werden es einrichten. Reicht es, wenn meine Mutter und ich dabei sind?«

»Im Prinzip ja. Da ich Ihre Familie nicht kenne, weiß ich ohnehin nicht, wer sonst noch im Frage käme.«

»Wunderbar. Vielleicht ist mein Bruder Dietmar auch im Haus, aber das ist nicht so wichtig. Meine Mutter und ich werden Ihnen alle notwendigen Informationen geben können. Ich schicke Ihnen unsere Adresse gleich per Mail. Vielen Dank nochmal.«

»Ich habe zu danken, Frau Wilhelmi – bis morgen.«

Anna hatte dieses Gespräch nahezu wortgleich vorhergesehen und sich für die zu erwartenden Fragen die aus ihrer Sicht passenden Antworten in Gedanken zurechtgelegt. Es war ihr vor allem wichtig, im Nachhinein erkennbare Lügen zu vermeiden und vorab mögliche Irritationen weitgehend auszuschließen. So konnte sie beispielsweise guten Gewissens behaupten, dass auch sie von dem Ansinnen Paul Wilhelmis, sie als Trauerrednerin zu gewinnen, überrascht sei – die Tatsache, dass sie davon früher wusste als dessen Familie, ordnete Anna mit Blick auf die Bedeutung eines letzten Willens als zweitrangig ein.

Den Rest des Tages verbrachte Anna weitgehend allein, indem sie im in der historischen Abteilung der Bücherei einige Drucke aus dem 17. Jahrhundert inspizierte. Sie wollte ihre Nervosität für sich behalten und weiteren Nachfragen ihrer Kollegen aus dem Weg gehen. Sie spürte, dass ihre nächste Trauerfeier außergewöhnlich und damit auch für sie ein Stück unkalkulierbar verlaufen würde.

Aber ich bin froh über diese Möglichkeit, dachte sie. Ich bin Paul Wilhelmi sogar dankbar, dass er mir diese Gelegenheit bietet; sie ist ein Ausweg, ja sogar ein Fluchtweg für mich. Hätte ich es auch allein geschafft? Nein, denn ich bin zu schwach, bequem und zu feige. Es wird mich befreien, es wird eine Last von mir nehmen, es wird mir neue Perspektiven aufzeigen, es wird mich erleichtern. Danke, Paul Wilhelmi. Danke, Hildegard Brauer.

Anna verabschiedete sich am nächsten Tag bereits um 15 Uhr aus dem Büro und fuhr zunächst zum Friedhof Medingen, um sich die Friedhofskapelle anzuschauen. Keine Besonderheiten. Weil sie noch reichlich Zeit für die Fahrt nach Bad Bevensen hatte, setzte sich auf eine Parkbank auf dem Friedhof – mit Blick auf das Grab von Johanna Mersch. Geboren in Peine, vor zwei Jahren in Bad Bevensen gestorben. Die Hinterbliebenen hatten einen geschmackvollen, etwa einen Meter hohen und 60 Zentimeter breiten Grabstein aus grauem Granit mit zwölf integrierten Kieselsteinen ausgesucht.

Erst beim zweiten Blick fiel Anna auf, dass Johanna Mersch am gleichen Tag wie sie geboren war, am 17. Juni 1974. Welch ein Zufall. Wieso bist du so früh gestorben, Johanna? Hattest du ein glückliches und erfülltes Leben? Du hattest sicher eine liebevolle und aufmerksame Familie. Eine gütige Mutter und einen warmherzigen, verständnisvollen, einfühlsamen Vater, der bis zuletzt Dein bester Freund war und den Du in allen Fragen deines Lebens ins Vertrauen ziehen konntest. Vielleicht hattest Du mehrere Geschwister, die füreinander einstanden und wie Pech und Schwefel zusammenhielten. Die ihre Sorgen und Nöte miteinander teilten, die mal gemeinsam Unsinn trieben und ein anderes Mal sich eine ganze Nacht lang über Gott und dessen Welt unterhielten, über Krieg, Hunger und Armut, über die Vielfalt bürgerschaftlichen Engagements in unserer Gesellschaft, über die Trennungen vom jeweils ersten Freund oder der ersten Freundin, über die Angst vor dem Sterben. Für Dich war die Familie sicher die Heimat Deines Herzens. Und Du hattest viele Freunde, auf die Du in jeder Lebenslage zählen konntest – und von denen Du über lange Zeit und viele Kilometer getrennt sein konntest, ohne dass sich zwischen Euch etwas geändert hat. Die nicht nur sich selbst im Blick hatten, sondern die sich auch für Dich, für Deinen Kummer und Deine Traurigkeit aus tiefstem Herzen interessiert haben. Die dich nicht nur pflichtschuldig gefragt haben, wie es Dir geht, sondern sogar die Antwort abgewartet und mit Dir darüber diskutiert haben. Ihr seid hoffentlich ehrlich miteinander umgegangen, ihr alle habt Euch aus Eurer festen Verbundenheit heraus geliebt und gleichzeitig nicht geschont. Es tut mir leid für Dich, Johanna, und für Deine Familie und Freunde, dass Du so früh gehen musstest.

Anna, die eine dunkelblaue Jeans und eine weiße Bluse trug, schaute auf die Uhr und ging zu ihrem Auto zurück. Was wird mich dort erwarten?, fragte sie sich. Bin ich gut vorbereitet? Was könnte eine überraschende Frage sein? Wird die Familie Verdacht schöpfen? Ich bin vor allem darauf gespannt, dachte sie, ob ihr Bericht genauso ausfällt, wie es Paul Wilhelmi mir prophezeit hat, und ob der der Sohn des Verstorbenen, Dietmar Wilhelmi, dabei sein wird. Ich muss mir keine Sorgen machen, war sie überzeugt, ich habe mich gut vorbereitet. In knapp zehn Minuten erreichte sie die Ludwig-Ehlers-Straße.

Paula Wilhelmi, ganz in Schwarz, öffnete die Tür und führte sie ins Wohnzimmer, wo die Ehefrau des Verstorbenen, Frieda Wilhelmi, an einem mit drei Kaffeetassen gedeckten Tisch saß. »Wir freuen uns sehr, dass Sie dem Wunsch meines Vaters entsprechen, Frau Verhaak«, sagte Paula Wilhelmi. »Ich möchte Ihnen meine Mutter Frieda vorstellen, die sicher sitzenbleiben darf.«

»Selbstverständlich, ich möchte Ihnen beiden zunächst meine Anteilnahme aussprechen. Ich weiß, dass dies sehr schwere Stunden und Tage für Sie sind.«

Frieda Wilhelmi, von der Anna wusste, dass sie 86 Jahre alt war, richtete sich auf und schaute Anna mit festem Blick an.

»Ja, das ist wahr, Frau Verhaak, aber es hatte sich abgezeichnet. Mein Mann hatte ein gutes Leben, und wir hatten zusammen ein gutes Leben.«

Anna nickte.

»Sagen Sie, Frau Verhaak«, fuhr Paula Wilhelmi fort, »wissen Sie, wie mein Vater auf Sie als Trauerrednerin gekommen ist – kannten Sie sich?«

»Nein, wir kannten uns nicht, und deswegen könnte ich darüber nur spekulieren.«

»Es ist wahrscheinlich auch nicht so wichtig. Viel wichtiger ist natürlich, dass es eine würdige und stilvolle Trauerfeier wird. Wir erwarten rund 50 Gäste.«

»Das ist eine schöne Größe.«

Plötzlich ging die Tür auf, und ein Mann mittleren Alters ging quer durchs Wohnzimmer, um aus einem Schrank ein Glas zu holen. Er sagte nichts, er schaute nicht mal zu ihnen herüber. »Das ist mein Bruder Dietmar«, sagte Paula Wilhelmi. »Er wird bei unserem Gespräch nicht dabei sein. Aber das muss meiner Meinung nach auch nicht sein.« Dietmar Wilhelmi verließ das Zimmer ohne jede Regung oder Bemerkung.

Gute 30 Minuten berichteten Frieda und Paula aus dem Leben ihres Ehemanns und Vaters. Sie gaben sich große Mühe, viele Lebensstationen und Anekdoten zum Besten zu geben. Im Normalfall wäre Anna mit der Ausbeute mehr als zufrieden gewesen. Aber dies war kein normales Vorbereitungsgespräch. Paul Wilhelmi war demnach ein »mittelprächtig gläubiger« Mensch mit einem großen historischen Interesse gewesen; detailreich und glaubwürdig schilderten sie beispielsweise, wie intensiv er sich mit den Verbrechen der Nationalsozialisten auseinandergesetzt hatte. Anna dachte daran, dass sie sich wahrscheinlich unter anderem für eine Textpassage des 1945 von den Nazis ermordeten Theologen Dietrich Bonhoeffer entschieden hätte; eine Passage, die sie mittlerweile in leicht verkürzter Form auswendig kannte und die ihr jetzt beim Zuhören wieder in den Sinn kam. »*Es gibt nichts, was uns die Abwesenheit eines Menschen ersetzen kann, und man soll das auch gar nicht versuchen. Man muss es einfach aushalten und durchhalten. Das klingt sehr hart, aber es ist doch zugleich ein großer Trost. Denn indem die Lücke wirklich unausgefüllt bleibt, bleibt man durch sie miteinander verbunden. Je schöner und voller die Erinnerungen, desto schwerer die Trennung. Aber die Dankbarkeit verwandelt die Qual der Erinnerung in eine stille Freude.*« Ich bin mir nicht sicher, dachte Anna, als sie Frieda und Paula Wilhelmi anschaute, ob ihr während der Trauerfeier nicht doch mehr eine quälende Erinnerung als eine stille Freude empfinden werdet.

»Das war sehr hilfreich für mich«, betonte Anna, als sie merkte, dass das Gespräch zum Ende kam. »Gibt es noch irgendetwas, dass Ihnen für den Ablauf wichtig ist?«

»Nein, danke. Es wäre uns recht, wenn Sie gleich nach dem ersten Lied, wie sagt man so schön, das Heft des Handelns, in diesem Fall des Redens in die Hand nehmen und uns durch diese Trauerfeier führen würden.«

Anna musste ob der leicht schrägen Abwandlung der Redensart innerlich schmunzeln. »Das mache ich gerne. Es soll eine für Sie alle unvergessliche Feierstunde werden.«

Als Anna sich eine Stunde danach an ihren Küchentisch setzte, um zu Abend zu essen, dachte sie daran, dass ihr mutmaßlich ereignisreiche Tage bevorstanden. Am nächsten Samstag war sie mit ihrer besten Freundin Andrea verabredet, was ihrem Gefühl nach keineswegs kein lockeres Gespräch, sondern vielmehr eine möglicherweise turbulente Aussprache werden würde. Und mit derartigen Wortgefechten hatte sie zuletzt gleich zwei Mal sehr unangenehme Erfahrungen gemacht.

Sie goss sich ein Glas Rotwein ein, wobei ihr auffiel, dass von den sechs Flaschen, die sie vor etwa zwei Wochen gekauft hatte, nur noch eine übrig war. Sechs Flaschen – das hatte früher Annas Jahresverbrauch entsprochen.

Das Café Sand lag in Sichtweite des Alten Krans, der nach einem schweren Schaden 1797 wiederaufgebaut worden war und seit 1860 stillsteht. Ein für Lüneburg bedeutsames Bauwerk direkt an der Ilmenau, denn ohne den Kran wäre der Betrieb der Saline undenkbar gewesen. Hier kam seinerzeit das Brennholz an, das man für die Herstellung des Salzes benötigte; von hier wurde das Salz anschließend als »weißes Gold« verschifft. Weil sie um die Bedeutung der Saline für Lüneburg wusste, hatte Anna sich gleich an ihren ersten Arbeitstagen in der Bücherei in die Geschichte der Anlage eingelesen, die bis 1980 in Betrieb gewesen war. Besonders amüsant fand sie die Legende, wie man seinerzeit die Saline entdeckt hatte. Demnach soll ein Jäger etwa im Jahr 800 eine schneeweiße Wildsau erlegt haben. Die Bürger vermuteten, dass die Sau sich zuvor in Salz gesuhlt hatte; deren auffällige und ungewöhnliche Fellfarbe war offenbar durch kristallisiertes Salz zustande gekommen. Die Bewohner machten sich auf die Suche und stießen kurz darauf auf die erste Salzquelle.

»Die liebe Anna ist wie immer und im Gegensatz zu mir pünktlich«, sagte Andrea, als sie mit offenen Armen auf Anna zulief, die an einem Zweier-Tisch mit Blick auf den Fluss am Fenster saß.

»Du weißt doch: einmal Streberin, immer Streberin«, antwortete Anna, lächelte und umarmte Andrea fest und lange. Sie hatte sich nicht nur auf dieses Treffen gefreut, sie versprach sich auch viel davon. Sie wollte sich ihren schmerzhaften Kummer von der Seele sprechen, sie hoffte auf ein großes Maß an Einfühlungsvermögen und Verständnis ihrer besten Freundin, ihrer Verbündeten.

»Und wieder warst Du es, die die Initiative ergriffen und diesen Termin vorgeschlagen hat. In diesen Dingen bist Du einfach die Beste.«

»Jetzt ist aber gut. Wollen wir zunächst etwas bestellen und dann in aller Ausführlichkeit reden?«

»So machen wir es.«

Anna bestellte sich eine Kanne Ostfriesentee und ein Stück Mohnkuchen, Andrea entschied sich für Schwarzwälder Kirschtorte und einen Milchkaffee. »Fang Du an«, meinte Anna. »Wie geht es Dir?«
»Es geht mir gut, ehrlich. Meine Texte kommen gut an, mit Michael verstehe ich mich nach wie vor bestens, Julius kommt in seinem Studium gut voran. Das ist mein Zustand in aller Kürze. Und bei Dir?«
»Es lief schon mal besser...«
»...ach, das wird schon wieder, Anna. Meinst Du etwa, dass ich keine Tiefs kenne? Aber ich spüre, wie mir der Erfolg in der Redaktion rundum guttut.«
»Das freut mich, das hast Du Dir auch wirklich verdient. Was genau hast Du denn veröffentlicht, und welche Reaktionen gab es darauf?«
Andrea berichtete ausführlich über die Recherche für ihre Texte, die Schwierigkeiten mit einigen Gesprächspartnern, die Verhandlungen mit der Redaktion über die richtige Platzierung der Texte, über die Diskussionen über die besten Fotos und die Resonanz nach deren Veröffentlichungen. Anna begnügte sich damit, dann und wann eine Zwischenfrage einzuwerfen, mit der sie den Redefluss ihrer Freundin immer wieder aufs Neue antrieb.

Andrea Steinbach war immer schon eine dominante und auffällige Person gewesen. In der Schule, wo Anna sie kennengelernt hatte, war sie keinem Streit mit Mitschülern oder Lehrern aus dem Weg gegangen. Mit dem Berufsziel der Journalistin begann sie ihr Studium der Anglistik und Kommunikationswissenschaft. Sie musste aber schnell feststellen, dass die Medien trotz ihres herausragenden Abschlusses keineswegs auf sie warteten. Eine Festanstellung war ihr bis heute verwehrt geblieben. Sie hatte sich allerdings mittlerweile als freie Journalistin in der Region Bremen/Oldenburg einen Namen erarbeitet, so dass sie erstens viele redaktionelle Anfragen und zweitens ebenso zahlreiche Themenhinweise aus der Bevölkerung bekam. Sie hatte sich durchgesetzt. Aber sie musste, und damit teilte sie das Los nahezu aller freien Journalisten, jeden Tag um ihre Präsenz in den Medien kämpfen. Nicht, dass es für sie eine existenzielle Pflicht gewesen wäre – ihr Mann Michael verdiente gut als Leiter des Literaturhauses Oldenburg. Aber sie wollte keine 08/15-Texte veröffentlichen, sie wollte keinen der üblichen Lokaltermine übernehmen. Sie wollte überraschen und provozieren, sie wollte Skandale aufdecken. Brennend vor Ehrgeiz und süchtig nach Lob und Anerkennung schoss sie in ihrem Eifer nicht selten übers Ziel hinaus. In den vergangenen drei Jahren hatte sich die Chefredaktion bereits drei Mal bei Amtsleitern und Behördenchefs für Andrea Steinbachs manchmal unkonventionelle Arbeitsweise entschuldigen müssen; hinzu kam eine Gegendarstellung auf der Titelseite, die für jede Redaktion eine Art öffentlicher Höchststrafe darstellt. Andererseits hatte sie zwei spektakuläre Affären aufgedeckt; eine journalistische Leistung, die niemand sonst in der Redaktion geschafft hatte.

In der Masse der »Normalos« fühlte sich Andrea Steinbach einfach nicht wohl, sie suchte und fand oft genug das Extreme.

»Bekamen Deine Gesprächspartner kalte Füße und wollten doch wieder abspringen?«, fragte Anna.

Zehn Minuten lang schilderte Andrea ihren »irren Kampf« mit einem Firmenbesitzer, der mit einem städtischen Amt unsaubere Geschäfte abgewickelt hatte und plötzlich jedes Wort seiner Zitate auf die Goldwaage legte.

»Und die Redaktion hat anfangs gar nicht erkannt, welchen Schatz sie mit Deinen Texten in Händen hielt und wollte die Texte auf einer hinteren Seite platzieren?«

»Ja genau, ich war außer mir«, antwortete Andrea und rekapitulierte fortan nahezu jedes Telefonat mit der Chefredaktion.

Nach gut einer Stunde schien Andrea erschöpft. »Sollen wir uns nicht einen Sekt bestellen?«, fragte sie. »Ich könnte jetzt einen kleinen Schub gebrauchen.«

»Für mich bitte nicht, ich vertrage Sekt nicht mehr so gut. Aber bestell Dir gerne ein Glas, ich order mir noch eine Kanne Tee und ein Wasser.«

»Bislang habe ich fast nur ich erzählt. Jetzt bist Du aber an der Reihe. Was lief denn bei Dir angeblich schon mal besser, Anna?«

»Nahezu alles. Mit Ausnahme der Bücherei, dort läuft alles rund. Aber ich habe mich sowohl mit Antonia als auch mit Papa gestritten, heftig sogar. Und rund um meine Trauerreden hat es einige bemerkenswerte Vorkommnisse gegeben.«

»Vorkommnisse? Lass mich raten: Die Leute haben in der Trauerhalle zu klatschen begonnen, weil sie Deine Reden so gut fanden. Oder hat ein Witwer Dich etwa im Nachhinein zu einem Rendezvous eingeladen?« Der Sekt zeigte bei Andrea offenbar schnell die gewünschte Wirkung. Wie in einem Theaterstück hob sie nach einer kurzen Pause zur zweiten Hälfte an. Schnell lief sie wieder zu Hochform auf.

»Apropos Rendezvous: Einer meiner Informanten wollte mich tatsächlich nach der Veröffentlichung eines Textes, in dem er maßgeblich vorkam, zum Essen einladen«, fuhr sie fort. »Mit allem Drum und Dran, wie er mir in einer WhatsApp schrieb – was immer er sich auch drunter vorgestellt hat.«

»Hast Du die Einladung angenommen?«

»Natürlich nicht. Wie gesagt: Mit Michael läuft es rund. Er kümmert sich um vieles im Haus, er ist für Julius immer da, er erkundigt sich nach meinem Beruf. Und auch sonst – Du weißt schon, was ich meine – habe ich keinen Grund zur Klage. Ich glaube übrigens, dass ihm seine große Anerkennung im Oldenburger Literaturhaus sehr guttut. Das ist meiner Überzeugung nach der entscheidende Grund für seine Ausgeglichenheit und Zufriedenheit, was wir eben auch zu Hause spüren. Hast Du nach Deinem Streit mit Antonia sie wieder mal angerufen?«

»Nein. Und so, wie es gelaufen ist, ist es definitiv Antonia, die am Zug ist.«

»Aber es ist doch Deine Schwester, Anna. Kümmere Dich, leg Deinen Stolz beiseite und melde Dich bei ihr.«

Anna war verwundert, kurz darauf fassungslos und einen weiteren Moment später entsetzt. Andrea hatte nicht die geringste Ahnung davon, was zwischen Antonia und ihr konkret vorgefallen war; sie wollte es offenbar auch gar nicht wissen. Stattdessen schlug sie sich trotz völliger Unkenntnis auf Antonias Seite und hatte sogar die Unverfrorenheit, ihr einen Ratschlag zu geben. Anna gab innerlich auf.

»Vielleicht hast Du recht.«

»Na also, dafür sind beste Freundinnen doch da. Und mit Deinem Vater wird es sich auch sicher wieder einrenken. Er ist doch nach wie vor der beste Papa der Welt, oder?«

»Entschuldige mich bitte einen Moment, Andrea, ich muss mich kurz frisch machen.«

Auf dem Weg zur Toilette liefen Anna die Tränen herunter. Sie wusste, dass dieses Gespräch und der Nachmittag nicht mehr zu retten waren. Der Verlauf und die Art der Unterhaltung zeigten vielmehr, dass sie und ihre beste Freundin sich mittlerweile weit, sehr weit voneinander entfernt hatten. In jeder Beziehung. Es war mehr als nur eine unglückliche verlaufende Aussprache, weit mehr als ein Missverständnis, das sich irgendwann wieder ausräumen lässt.

Es war ein Desaster, ein emotionales Fiasko.

Sie stützte sich mit beiden Armen aufs Waschbecken und blickte in ihr Spiegelbild. Es hatte sich über die Jahre hinweg bereits angedeutet; an diesem Tag bekam die Entfremdung einen ultimativen und amtlichen

Charakter. Anna hatte ihre einst beste Freundin verloren; sie war einsamer denn je. Nachdem sie sich das Gesicht gewaschen hatte, ging sie durch einen Nebenausgang kurz nach draußen; sie hatte das beklemmende Gefühl, dass sie drinnen keine Luft mehr bekommen könnte.

»Ich dachte schon, dass Du Dich aus dem Staub gemacht hast, Anna. Wo hast Du denn gesteckt?«, fragte Andrea, als Anna sich wieder setzte.

»Wie gesagt: Es geht mir derzeit nicht so gut, ich musste mich etwas länger als üblich frisch machen.«

»Oder langweile ich Dich etwa mit meinen Berichten? Ich hatte ohnehin das Gefühl, dass Du nicht wirklich bei der Sache bist, wenn ich Dir etwas erzähle.«

Anna überlegte für einen Moment, ob sie dagegenhalten sollte, wie Andrea es in diesem Moment verdient gehabt hätte, ob sie von ihren Sorgen und Zweifeln berichten sollte. Aber sie spürte, dass sie nicht die Energie dafür aufbringen würde und dass ein solcher Versuch in einer möglicherweise heftigen Kontroverse enden würde. Nach mehr als vier Jahrzehnten war das Zerwürfnis perfekt, Anna hatte aufgegeben.

»Es tut mir leid, wenn Du diesen Eindruck hattest. Deine Berichte sind weit spannender als meine, und deswegen höre ich Dir gerne zu.«

»Mir tut es wiederum leid, dass ich Dir sagen muss, dass diese Antwort mehr pflichtschuldig als ehrlich klingt.«

»Ich kann mich nur wiederholen, Andrea: *Ich* höre gerne zu.«

Beide schauten aus dem Fenster, beide schwiegen.

»Es ist schon spät, Anna, und ich muss noch mehr als eine Stunde mit dem Auto fahren. Außerdem geht es Dir offenbar wirklich nicht gut, Du solltest Dich früh hinlegen. Aus meiner Sicht war es ein schöner Nachmittag, lass uns das also gerne in Kürze wiederholen.«

»Ich habe zu danken, Andrea – für Dein Interesse und dafür, dass Du den weiten Weg auf Dich genommen hast. Komm gut nach Haus und grüß Deine beiden Männer.«

Andrea bestand darauf, die Rechnung zu übernehmen. Vor der Tür, es war mittlerweile fast dunkel, umarmten sie sich kurz und schweigend und gingen schließlich in jeweils andere Richtungen. Keine von ihnen schaute sich um.

Auf ihrer Heimfahrt fuhr Anna maximal 70 Stundenkilometer. Am Ebstorfer Mittelweg angekommen, machte sie sich zügig bettfein – sie hatte auch diesen altertümlich klingen Ausdruck immer schon gemocht. Die Uhr auf ihrem Nachtschränkchen zeigte 20.10 Uhr, als sie das Licht losch. Sie konnte sich nicht daran erinnern, in den vergangenen Jahren an einem Samstag jemals so früh zu Bett gegangen zu sein. Aber die Wirkung der beiden Schlaftabletten und des fast randvollen Glases Rotwein, das sie unmittelbar nach ihrer Ankunft getrunken hatte, breitete sich zügig in ihrem Körper aus.

X.

Dieses Ausmaß an Nervosität und Anspannung kannte Anna schon seit Jahren nicht mehr, als sie am Montagmorgen gegen 10.30 Uhr ihr Auto in der Straße Am Kampenweg unweit des Medinger Friedhofs abstellte. Während des Frühstücks hatte sie die Trauerfeier für Paul Wilhelmi wieder und wieder rekapituliert. Sie hatte den Ablauf sogar erstmals auf einem Zettel notiert; sie hatte einige Wörter unterstrichen, um sich deren inhaltliche Bedeutung einzuprägen. Für einen Moment überlegte sie, auch bei ihrer Kleiderwahl von ihrer selbst gewählten und über Jahre praktizierten Norm abzuweichen. Aber das schien ihr zu billig zu sein, zu viel Effekthascherei, eine reine Äußerlichkeit. Zudem hatte auch Paul Wilhelmi Wert darauf gelegt, dass die Trauerfeier, von »seinem Programmpunkt abgesehen«, wie üblich ablaufen sollte. Anna wählte ein elegantes, schwarzes Sweatkleid, ihre Perlenkette und schwarze Stiefel.

Die Trauergemeinde hatte sich in kleinen Gruppen vor der Trauerhalle eingefunden. Als Paula Wilhelmi Anna auf die Trauerhalle zulaufen sah, ging sie ihr entgegen und begrüßte sie.

»Guten Morgen, Frau Verhaak. Ich möchte Ihnen zumindest die engsten Familienmitglieder kurz vorstellen, wenn Sie erlauben. Es wird schnell gehen.«

»Sehr gerne.«

»Meine Mutter Frieda kennen sie ja bereits, Mechthild Löns ist ihre Schwester, Waltraud Eschwitz ist die Schwester meines Vaters.« Anna gab ihnen allen die Hand und nickte ihnen kurz zu.

»Ich möchte auch Ihnen allen meine Anteilnahme aussprechen.«

»Und natürlich mein Bruder Dietmar«, fügte Paula Wilhelmi hinzu, »Aber den kennen Sie ja bereits.«

Dietmar Wilhelmi stand am Rand dieser kleinen Gruppe, er hatte die Hände vor seinem Körper gefaltet und starrte auf den Boden.

»Guten Morgen, Herr Wilhelmi, auch Ihnen gilt meine Anteilnahme«, sagte Anna und streckte ihm ihre Hand entgegen. Er reagierte nicht.

»Machen Sie nichts daraus, Frau Verhaak, Dietmar ist oft in sich gekehrt. Das gilt heute sicher in besonderem Maße.«

»Dafür habe ich natürlich Verständnis. Lassen Sie uns nun Platz nehmen.«

Rund 45 Familienangehörige, Nachbarn und Freunde verteilten sich auf die zwölf Bankreihen. Anna setzte sich an den Rand der ersten Reihe, schräg gegenüber vom Rednerpult. Fünf Minuten lang war es mucksmäuschenstill, bis die Musik den Beginn der Trauerfeier signalisierte.

»Fragen Sie mich nicht, wie mein Vater auf dieses Lied kam«, hatte Paula Wilhelmi ihr während des Vorbereitungsgesprächs gesagt, als sie über die Musikauswahl sprachen, über die Paul Wilhelmi ebenfalls selbst entschieden hatte. »Uns allen ist schleierhaft, warum er sich für ein englischsprachiges Lied entschieden hat, wo er doch sonst fast nur deutsche Schlager gehört hat. Aber es war nun mal sein erklärter Wunsch.«

Anna kannte den Grund. Sie allein, dessen war sie sich sicher, kannte den Grund. Und sie wusste in diesen drei Minuten und 37 Sekunden, in denen die drei Bandmitglieder von »Chicago« ihr »Hard to say I'm sorry« darboten, welche Textstellen Paul Wilhelmi besonders wichtig waren. »*Halt mich jetzt / Es fällt mir schwer zu sagen, dass es mir leidtut…/ Nach allem, was wir durchgemacht haben / Ich werde es wiedergutmachen, das verspreche ich … / Du wirst der Glückliche sein.*«

Anna sah, dass sich einige Gäste die Nase putzten oder sich Tränen aus den Augen wischten, als sie ans Pult trat und das Lied drei weitere Sekunden nachwirken ließ.

»Liebe Familie Wilhelmi, sehr geehrte Angehörige und Nachbarn, ich begrüße Sie alle herzlich an diesem Morgen, an dem Sie Abschied nehmen müssen von Ihrem Ehemann, Vater, Bruder und Freund. Sie alle werden sich bereits des Öfteren von jemandem verabschiedet haben. Aber dies ist ein Abschied, der besonders schwerfällt, denn es ist ein Abschied für immer. Das galt auch für Paul Wilhelmi in seinen letzten Tagen und Stunden im Hospiz, der jedoch Halt in seiner Hoffnung auf ein Wiedersehen mit Ihnen fand. Diesen Trost wünsche ich Ihnen ebenfalls.«

Ohne dass es irgendjemand bemerkte, holte Anna aus einer ihrer beiden Seitentaschen ein kleines Aufnahmegerät und legte es vor sich aufs Pult. »Diese Trauerfeier, verehrte Gäste, wird keine gewöhnliche Trauerfeier sein, so wie Sie sie möglicherweise kennen und erwartet haben. Und das liegt vor allem an Paul Wilhelmi, der mich vor wenigen Wochen zu meiner großen Überraschung um ein Gespräch gebeten hat. Wobei er Wert darauf legte, dass niemand von unserem Gespräch, das über zwei Stunden dauerte, erfahren durfte.« Während die Mehrzahl der Gäste diese Ankündigung wie eines der gewöhnlichen Trauerfeier-Sätze ohne Regung zur Kenntnis nahm, schauten Frieda und Paula Wilhelmi Anna in diesem Moment mit einem staunenden Blick an. Als ob sie etwas ahnten. Sie schauten einander an, Paula Wilhelmi signalisierte mit einem Schulterhochziehen ihre Ahnungslosigkeit.

»Paul Wilhelmi hat mir gegenüber eine Art Geständnis abgelegt. Eine Beichte, die mich, und das meine ich wortwörtlich, in ihrer Offenheit und ihren Details zutiefst erschüttert hat. Er hat mich eindringlich darum gebeten, seine Erklärung an den Anfang dieser Trauerfeier zu stellen. Und dieser Bitte, der letzten Bitte von Paul Wilhelmi, möchte ich nun entsprechen.« Anna stellte das Aufnahmegerät an:

»Liebe Familie, liebe Nachbarn und Freunde. Ja, Ihr hört richtig, ich bin es, Euer Paul, Euer Paul Wilhelmi. Ich bin seit zwei Wochen im Hospiz, und ich bin mir mittlerweile sicher, dass ich dieses Haus nicht mehr lebend verlassen werde.« Anna beobachtete die Trauergemeinde, die mittlerweile hochkonzentriert zuhörte.

»Ich hatte in den vergangenen Wochen und Monaten die Zeit und Ruhe, über mein Leben nachzudenken. Vor allem über meine Schuld und meine Verlogenheit, zu der viele von Euch, ich muss es so hart sagen, beigetragen haben. Glaubt mir: Dieser Schritt und diese Deutlichkeit fallen mir nicht leicht, auch wenn ich mittlerweile nicht mehr unter Euch bin. Ich habe mich für diesen Weg des Bekenntnisses und der Reue entschieden, weil ich nur so Eure volle Aufmerksamkeit habe. Und weil es mir wichtig ist, dass nachher niemand behaupten kann, dass er oder sie es immer noch nicht gewusst habe. Mit diesen über viele Jahre praktizierten Ausflüchten will ich endgültig Schluss machen. Hört mir bis zum Ende zu, darum bitte ich Euch alle. Und gebt nicht der Trauerrednerin Anna Verhaak die Schuld. Ich habe sie inständig gebeten, als Teil meines letzten Willens dieses Tonband abzuspielen. Ich bin ihr aus tiefstem Herzen dankbar, dass sie meinem Wunsch entsprochen hat.«

Paula Wilhelmi flüsterte ihrer Mutter etwas ins Ohr. Frieda Wilhelmi nickte. Dietmar Pauli schien abwesend zu sein, er schaute von Beginn an aus einem Seitenfenster nach draußen.

»Nachdem unser Sohn Dietmar vor 49 Jahren zur Welt gekommen war, spürten wir schnell, dass mit ihm etwas nicht stimmte. Er reagierte nicht wie üblich, er war anders. Es dauerte länger als normal, bis er seine ersten Worte sprach und zu laufen begann. Unser Hausarzt, den wir darauf ansprachen, sagte damals: Alles normal, Kinder entwickeln sich unterschiedlich schnell. Manche lernen beispielsweise früher laufen, dafür fangen sie später an zu sprechen als andere – oder umgekehrt. Die meisten Kinder, die zeitweise in einem Bereich langsamer vorankommen, holen bald wieder auf und haben als Jugendliche und Erwachsene keine Schwierigkeiten mehr. Das hat uns anfangs beruhigt. Aber wir hatten den Eindruck, dass Dietmar nicht aufholte. Im Gegenteil: Er fiel immer wieder hinter seine Altersgenossen zurück. Und wie haben wir als seine Eltern darauf reagiert? Wir haben ihn versteckt, wir haben ihn eingesperrt. Wir waren beschämt und abweisend statt aufmerksam und hilfreich. Er musste nach der Schule immer sofort nach Hause kommen, er durfte keine Freunde einladen, er durfte keine Einladungen annehmen. Wir haben ihm eingeredet, dass es das Beste für ihn sei, und Dietmar hat uns in seiner kindlich-naiven Zuneigung vertraut. Manchmal wehrte er sich, er versuchte es zumindest. Wenn es besonders heftig wurde, wenn er also beispielsweise zu schreien und um sich zu schlagen begann, habe ich ihn im Keller eingeschlossen. Wie einen Störenfried. Wie einen Aussätzigen. Wie ein Tier. Manchmal mehrere Stunden lang. Wenn wir abends bei Freunden oder Verwandten eingeladen waren, gaben wir ihm zunächst Schlaftabletten und brachten ihn danach in den Keller. ›Papa, warum muss ich alleine im Keller sein?‹ fragte er mich einmal. ›Viele Kinder müssen manchmal allein sein‹, antwortete ich ihm. Damit gab er sich zufrieden und legte sich auf die Matratze, die wir in eine Ecke gelegt hatten. Heute muss ich jedes Mal weinen, wenn ich an diese Szene denke, wie er allein dort in der Ecke kauerte. Oft hörten wir von unten leise seine Stimme, wenn er nach Papa oder Mama rief. Manchmal hatte er sich in die Hose oder in die Ecke uriniert. Wenn ich die Kellertür wieder aufschloss, kam er mir fast jedes Mal entgegen und umarmte mich. Er liebte mich trotzdem, ich war schließlich sein Vater.

Dietmar brauchte Hilfe. Aber er bekam unsere Kälte und unsere Unbarmherzigkeit. Eine bösartige Form von Ohnmacht und Versagen, mit der auch ich das Leben unseres Sohnes zerstört habe. Es gibt keine Entschuldigung für dieses Verhalten. Ich will es nicht länger schönreden: Es war ein schweres Vergehen, es war ein Verbrechen.«

Anna hatte sich einen Meter abseits des Rednerpults hingestellt. Sie wollte bewusst auf Distanz zum Aufnahmegerät und damit zu Paul Wilhelmi gehen. Es war eine innere Angelegenheit der Familie Wilhelmi, sie war nur eine helfende Hand. Außerdem wollte sie, dass alle Aufmerksamkeit dem Gesagten galt. Tatsächlich starrten alle Gäste während des Abspielens auf das Trauerpult, an dem niemand stand, so als ob Paul Wilhelmi persönlich vor ihnen aufgetaucht war. Anna hatte vorab überlegt, wie wahrscheinlich es sei, dass eine der Familienangehörigen spätestens an dieser Stelle einschreiten und das Tonband an sich reißen würde. Sie hatte für sich entschieden, dass sie sich auf keinen Fall dagegen wehren würde. Diese Reaktion hätte ohnehin für sich gesprochen und Paul Wilhelmis Aussage eher mehr als weniger Glaubwürdigkeit und Gewicht verliehen. Dietmar Wilhelmi schaute noch immer aus dem Fenster, als ob ihn all das nichts angehen würde.

»Es war eine Schandtat. Ich habe, nein wir haben wir das Leben eines Menschen, in diesem Fall unseres eigenen Sohnes ruiniert. Wir taten es aus purer und unmenschlicher Selbstsucht. Wir wollten unsere Ruhe und keine Scherereien. Mag sein, dass wir uns im juristischen Sinne nicht strafbar gemacht haben. Aber wir haben uns des kollektiven und gnadenlosen Schweigens und der unterlassenen Hilfeleistung schuldig gemacht. Denn wer weiß, ob wir nicht einiges zum Guten hätten wenden können, wenn wir frühzeitig offen und ehrlich damit umgegangen wären, anstatt uns und andere zu belügen.

Meine Frau, meine Tochter Paula, meine Schwester Waltraud, meine Schwägerin Mechthild und einige Nachbarn und Freunde haben es gewusst. Der eine mehr, die andere weniger. Sie haben sich mal aktiv und mal passiv an diesem Unrecht beteiligt, als Mittäter oder Mitwisser. Sie haben ebenfalls Schuld auf sich geladen, weil auch sie Dietmar bestraft, vernachlässigt, ignoriert und beiseitegeschoben haben. Nein, dies ist keineswegs der Versuch, meine eigene Schuld zu relativieren oder kleiner zu machen. Ich betone ein weiteres Mal: Ich bekenne mich schuldig, und ich bin mir sicher, dass ich dort, wo ich jetzt bin, meine gerechte Strafe bekommen werde. Ich habe im Hospiz viel in der Bibel gelesen und im Alten Testament im Buch Hiob folgende Textstelle gefunden: *»Selig ist der Mensch, den Gott zurechtweist; darum widersetze dich der Zucht des Allmächtigen nicht.« Glaubt mir: Ich werde mich nicht widersetzen. Aber ich habe auch folgende Passage in der Bibel entdeckt, die ich Euch allen zurufe: Wer seine Missetat leugnet, dem wird's nicht gelingen; wer sie aber bekennt und lässt, der wird Barmherzigkeit erlangen.«* Fragt Euch also selber, ob Ihr eine Missetat begangen habt und bekennt Euch dazu – Dietmar zuliebe und für Euren eigenen Seelenfrieden.«

Mittlerweile schaute auch Dietmar Wilhelmi nach vorne in Richtung Pult. Sein fragender Blick verriet, dass er die Stimme seines verstorbenen Vaters nicht einordnen konnte. Mit leicht geöffnetem Mund hörte er andächtig zu – so wie alle anderen auch.

»Selbstverständlich wird sich jetzt der eine oder andere von Euch fragen, warum ich mich erst jetzt, also nach meinem Tod, und auf diese Weise an Euch wende und meine Schuld offenbare. Die von mir genannten Familienmitglieder wissen, dass ich mich mehrfach dafür ausgesprochen habe, dem unwürdigen und abscheulichen Verhalten Dietmar gegenüber ein Ende zu bereiten. Denn sein geistiger und körperlicher Zustand verschlechterte sich im Laufe der Jahre rapide. Aber sie alle votierten vehement dagegen. Aus Angst vor möglichen Konsequenzen, aus Scham, aus Bequemlichkeit, aus Rücksichtslosigkeit, aus kaltblütigem Kalkül. Jeder und jede von Euch hatte seinen eigenen Grund, es abzulehnen. Auch unser Hausarzt machte es sich allzu leicht, er schrieb Dietmar einfach ab. Pech gehabt. Ich hätte all dem widersprechen können, ja müssen. Schließlich ist Dietmar mein eigenes Fleisch und Blut. Ich habe es nicht getan, weil es der vermeintlich bequemere Weg war; auch deswegen werde ich mich der verdienten ›Zucht des Allmächtigen‹ nicht widersetzen.«

Anna schaute sich um. Es war totenstill. Sie erkannte Hildegard Brauer, die in der letzten Reihe saß.

»Ich hoffe sehr, dass Ihr die Geduld und den Anstand hattet, meiner Beichte bis zum Schluss zuzuhören. Ich möchte an dieser Stelle bewusst nicht um Verzeihung bitten, weil ich weiß, dass die Person, die ich dafür anflehen müsste, nicht dazu in der Lage ist, mir zu vergeben. Es wäre also nicht mehr als eine hohle Phrase und ein Lippenbekenntnis. Ich möchte gleichwohl mit etwas anderem, etwas hoffentlich Versöhnlichem enden: mit dem Bekenntnis meiner Verbundenheit zu meiner Familie, die ich auch für diesen außergewöhnlichen Abschied um Verständnis bitten möchte. Bringt die Trauerfeier zu einem angemessenen Ende, und nehmt vor allem Dietmar in Eure fürsorgliche Obhut. Ein besonderer Dank gilt abermals Anna Verhaak. Ich versichere Euch, dass ich allein diese Trauerfeier so geplant habe. Frau Verhaak hat mir dabei geholfen, meinen letzten großen Wunsch zu realisieren. Dafür hat sie auch Eure Anerkennung verdient. In großer Zuneigung: Euer Paul.«

Langsam trat Anna wieder ans Rednerpult und steckte das Aufnahmegerät ein. Sie zählte bis drei.

»Sehr geehrte Familie Wilhelmi, sehr geehrte Verwandte und Freunde. Ich kann allenfalls erahnen, wie Sie sich jetzt fühlen. Es war auch für mich ein Schock, als Paul Wilhelmi mich ins Vertrauen zog und mir diese Geschichte erzählte. Er tat es in großer Klarheit und, soweit ich das beurteilen kann, mit ehrlicher Reue. All das hat mich tief beeindruckt, vor allem mit Blick auf die Folgen für Ihren Sohn, Bruder und Verwandten Dietmar Wilhelmi. Ich habe Paul Wilhelmi in unserem Gespräch gesagt, dass ich bereit bin, dieses Tonband abzuspielen. Aber dass ich mich erst nach meinem Vorbereitungsgespräch endgültig entscheiden würde, denn ich konnte ja nicht wissen, ob und was die Angehörigen von Paul Wilhelmi mir in dieser Hinsicht offenbaren würden. Ihr Ehemann und Vater hat mir gegenüber die Vermutung geäußert, dass Sie keine Silbe über dieses Drama verlieren würden. Und genauso kam es. Aus den von Paul Wilhelmi soeben genannten Gründen, aber auch weil sie möglicherweise das Andenken an ihn nicht, wie er es bezeichnete, beschmutzen wollten. Als Außenstehende liegt es mir fern, darüber zu urteilen. Paul Wilhelmi lag offensichtlich daran, in den letzten Momenten seines Lebens dieses Schweigen als falsches und heuchlerisches Ritual aufzubrechen. Ich wiederum ging darauf ein, weil ich nach vielen Enttäuschungen die große Chance darin erkannte, mich endgültig von meiner Rolle als einer Trauerrednerin zu verabschieden, die sich des Öfteren in ihrer unverschuldeten Ahnungslosigkeit fürs Vertuschen, Verschweigen, Schönreden, Bagatellisieren und Verharmlosen missbrauchen ließ. Dazu bin ich nicht mehr bereit. Und glauben Sie mir bitte, dass es mir aufrichtig leidtut, dass Sie als Zuschauer und Zuhörer dafür herhalten mussten.

Mir liegt gleichwohl viel daran, dass wir diese beispiellose Trauerfeier, mag es uns auch schwerfallen, zu einem würdigen Ende bringen. Vieles von dem, was Sie gegenüber Paul Wilhelmi empfunden haben, ist heute leider unausgesprochen geblieben. Nutzen Sie daher das gleich folgende Lied, das er sich gewünscht hat, um Ihre persönlichen Erinnerungen an ihn zu sammeln und ihn fest in ihren Herzen zu verankern. Und so verabschieden wir uns von Paul Wilhelmi mit folgenden Gedanken:

Der Tod eines geliebten Menschen
Bricht dich fast auseinander.
Deine Gedanken zerbröckeln.
Kein Wort hält das andere.
Verlorene Richtung.
Unheimliches Schweigen.
In diesen Stunden wünsche ich dir,
dass du dem Chaos standhältst,
dich aushältst in deinem Klagen,
in deiner Verlorenheit, deiner Unruhe,
deinen Zweifeln und deinem verborgenen Zorn.

Anna stellte sich an den Rand der ersten Reihe. Schweigen und Stille waren ihr aus ihren zahlreichen Trauerfeiern wohlvertraut. Aber diese Stille war qualvoll und schmerzhaft. Sie atmete auf, auf sie die ersten Töne von Tom Astors Abschlusslied mit dem Titel »Ehrlichkeit« hörte:

Sie hat sich still und leise von uns entfernt,
wir haben dummerweise nichts dazugelernt.
Sie ist nur noch ganz selten ein gern geseh´ner Gast,
für manchen ist sie oftmals eine Last.
Sie ist ein wenig schüchtern und schnell gekränkt.
Sie ist so schön und stolz, wenn man an sie denkt.
Sie hasst das herbe Lügen, das ihr Bild verändern will.
Manchmal weint sie laut und manchmal still.
Ehrlichkeit, Ehrlichkeit, ich will dich in mir spür´n
Ehrlichkeit, Ehrlichkeit, ich will dich nie verlier´n.
Sie lebt in jedem Herzen, und sie lacht uns an.
Sie ist wie die Morgensonne, die so stark sein kann.
Wenn wir in uns´ren Worten ein paar Silben reservier´n, wird irgendwann die Lüge resignier´n.
Ehrlichkeit, Ehrlichkeit, ich will dich in mir spür´n
Ehrlichkeit, Ehrlichkeit, ich will dich nie verlier´n.

Anna wollte allen Beteiligten jede Art von Erklärung und Peinlichkeit ersparen und verließ deswegen die Trauerhalle als erste durch den Seiteneingang. Langsam lief sie den langgezogenen Weg in Richtung Ausgang. Am Ende des Wegs sah sie Hildegard Brauer, die sich plötzlich umdrehte, ihr zulächelte und schnell davonging.

Anna verspürte ein schon lange nicht mehr erlebtes Hochgefühl. Im Auto stellte sie ihr Radio auf laut, als die Beatles zu ihrem Klassiker »Yesterday« ansetzten. Tränen liefen ihr die Wangen herunter, es waren Tränen der Aufregung und der Rührung.

Ich habe es gewagt, dachte sie, ich habe es getan.

Und es tut mir gut.

Ich bin befreit, ich habe mich selbst befreit. Ich will nicht wieder zurück, ich will nach vorne schauen, ich will leben und nicht mehr schauspielern. Ich akzeptiere keine Rollen mehr, ich will für meinen Vater nicht mehr nur die Akademikerin, eine Zielscheibe für meine Schwester und der Kummerkasten für meine beste Freundin sein. Ich will mich nicht mehr verstellen und funktionieren, ich will nicht mehr nur den Erwartungen anderer entsprechen, ich will echt sein, es wird mein Leben bereichern, es wird mein eigenes Leben sein. Endlich. Endgültig. Das Instrumentalisieren hat ein Ende.

XI.

Nach wenigen Kilometern entschied sie sich, nach Uelzen abzubiegen und sich dort einen entspannten Nachmittag und ein Abendessen im besten Restaurant der Stadt zu gönnen. Sie hatte Zeit, sie hatte einen klaren Kopf, sie war erleichtert. Sie nahm bereits um 17.30 Uhr in der »Traube« Platz und bestellte sich ein Drei-Gänge-Menü und ein Wasser. Sie war in den vergangenen Monaten auf die stille Variante umgestiegen, weil sie immer wieder das Gefühl hatte, dass alle Getränke mit Kohlensäure Schluckbeschwerden bei ihr auslösten. Nach ihrer Bestellung nahm sie erneut die Speisekarte zur Hand. »Dann schauen wir doch mal, ob der Besitzer dieses feinen Etablissements nicht nur köstliche Speisen, sondern auch eine fehlerfreie Karte im Angebot hat«, dachte sie und lächelte. Auf der dritten Seite wurde ein »Hirschragut« angepriesen, als Dessert gab es unter anderem ein »Crème brullée«, auf der letzten Seite fand sich ein Hinweis auf die diesjährigen »Weinachtsferien«. Das Essen schmeckte allerdings köstlich.

Anna war am nächsten Vormittag auf dem Sprung zu ihrem Auto, als das Telefon klingelte. »Entschuldigen Sie die frühe Störung, Frau Verhaak. Haben Sie einen Moment Zeit?«, fragte Josef Rehmüller vom gleichnamigen Bestattungsunternehmen.

»Tut mir leid, aber ich muss ins Büro. Ich rufe Sie gerne im Laufe des Tages an, Herr Rehmüller. Sagen Sie mir aber zumindest, worum es geht.«

»Vor zwei Tagen habe ich einer Familie empfohlen, dass sie sich mit ihrem Wunsch nach einer Trauerrednerin an Sie wenden sollten. Vor einer halben Stunde rief mich die Tochter des Verstorbenen an und bat mich um eine andere Trauerrednerin. Sagen Sie, Frau Verhaak: Ist irgendetwas passiert?«

»Ich ahne, was dahinterstecken könnte. Ich melde mich am Nachmittag bei Ihnen.«

»Sehr freundlich und bis später.«

Für diesen Vorfall, überlegte Anna während der Autofahrt nach Lüneburg, konnte es nur eine Erklärung geben. Der Eklat von gestern hatte sich, wie es in einer kleinen Gemeinde nicht unüblich ist, rasend schnell herumgesprochen. Mit dieser Konsequenz hatte Anna gerechnet. Es war ihr gleichgültig. In der Bücherei angekommen, ging sie von Büro zu Büro und lud fünf ihrer Mitarbeiter zum Mittagessen ein. »Nur so«, antwortete sie auf die fünffache Frage nach dem Warum. Bevor sie damit begann, die Vielzahl an Mails zu beantworten und mit ihrer Stellvertreterin weitere Details des in wenigen Wochen bevorstehenden Tages der offenen Tür zu besprechen, rief sie ihren Hausarzt an und bat um einen Termin. Nach dem Hickhack der vergangenen Monate wird mir ein allgemeiner Check guttun, dachte sie.

Anna hielt das Telefonat mit Josef Rehmüller bewusst kurz. Ihr stand nicht der Sinn danach, einem ihr nur beruflich bekannten Unternehmer die Hintergründe der gestrigen Trauerfeier zu erläutern. Da es sich bei Josef Rehmüller allerdings um einen ihrer wichtigsten Fürsprecher bei Hinterbliebenen handelte, erschien es ihr angemessen und sinnvoll, ihm ihren Sinneswandel und die daraus folgenden Konsequenzen zu erläutern.

»Ich vermute«, sagte sie, »dass die Familie, von der Sie heute Morgen sprachen, davon erfahren hat, dass meine gestrige Trauerfeier nicht wie gewöhnlich verlaufen ist und sie deswegen auf Nummer sicher mit einer anderen Trauerrednerin gehen will.«

»Mittlerweile weiß ich natürlich auch, was gestern vorgefallen ist. Es geht mich ja nichts an, Frau Verhaak, aber das war natürlich ein starkes Stück, das in der gesamten Region die Runde macht. Wie kam es denn dazu?«

»Darauf gibt es eine einfache Antwort: Paul Wilhelmi wollte vor versammelter Mannschaft und in aller Deutlichkeit für klare Verhältnisse und für einen ehrlichen Umgang mit seinem Sohn sorgen. Das erschien mir trotz aller Zweifel, die ich von Beginn an und bis zuletzt hatte, unterstützenswert. Zudem bot sich für mich damit die Gelegenheit, deutlich zu machen, dass ich mich als Trauerrednerin nicht länger täuschen und lenken lasse.«

»Hat sich jemand von der Familie Wilhelmi nochmal bei Ihnen gemeldet?«

»Nein, damit rechne ich auch nicht. Es ist auch alles gut so. Paul Wilhelmi hat mir mein übliches Honorar vorab in bar übergeben. Ich muss also auch nicht bei seiner Ehefrau oder Tochter nachträglich darum bitten, das wollte Herr Wilhelmi mir dankenswerterweise ersparen. Ich bin mit mir und allen anderen vollkommen im Reinen.«

»Das freut mich natürlich. Ich kann Ihre Reaktion verstehen. Aber es entspricht doch einfach nicht den Tatsachen, dass alle Angehörigen Sie zum Vertuschen und Schönreden ausnutzen.«

»Das habe ich auch nie behauptet. Ich bin mir sogar sicher, dass die meisten Angehörigen ehrlich und redlich mit sich und mir umgegangen sind. Aber die Versuchung, sich einer arglosen Trauerrednerin für eine familieninterne Abrechnung oder eine taktische Verschleierung zu bedienen, ist naturgemäß sehr groß. Dem will ich mich nicht mehr aussetzen. Diese Inszenierungen haben für mich ein Ende. Im Übrigen auch in privater Hinsicht, aber das ist ein anderes Thema. Ich werde deswegen nur noch Trauerreden für Familien und Angehörige übernehmen, die ich gut einschätzen kann oder kenne.«

»Das ist sehr schade, Frau Verhaak, denn Sie sind die mit Abstand beste Trauerrednerin, die ich kenne. Und ich habe im Laufe meiner vielen Berufsjahre viele Trauerredner kennengelernt. Es wäre ein Jammer, wenn Sie wirklich aufgeben würden.«

»Das ist sehr freundlich von Ihnen, Herr Rehmüller, aber meine Entscheidung ist unumstößlich. Im selben Moment, als ich gestern diesen Entschluss fasste, spürte ich, welche Last von mir fiel. Das zeigte mir eindeutig, dass ich damit genau richtig liege. Lassen Sie uns gerne in Kontakt bleiben. Aber ich möchte Sie bitten, meine Entscheidung zu respektieren und mich in Zukunft zunächst zu kontaktieren, bevor Sie mich jemandem empfehlen.«

»Darauf können Sie sich verlassen.«

»Das wusste ich, ich danke Ihnen. Machen Sie's gut, Herr Rehmüller.«

»Alles Gute auch für Sie, Frau Verhaak, und bleiben Sie gesund.«

Der Termin bei ihrem Hausarzt verlief wie gewöhnlich. Blutabnahme, abhorchen, Blutdruck messen, Urinprobe, die üblichen Fragen nach Auffälligkeiten oder Beschwerden. »Das Schlucken fällt mir manchmal schwer«, antwortete Anna.

»Seit wann?«, fragte Dr. Andreas Richter.

»Seit einigen Monaten, aber es behindert mich bislang nicht wirklich. In den vergangenen drei Wochen wurde es allerdings lästig.«

»Dann warten wir mal die Laborwerte ab. Ich melde mich schnellstmöglich bei Ihnen.«

Es war der erste Abend seit langem, dachte Anna, als sie sich in ihren Sessel setzte, den sie ohne Sorgen vor einem anstehenden Termin, einem schwierigen Telefonat oder einer möglicherweise unangenehmen Aussprache verbrachte. Das Schweigen ihres Vaters, die Vorwürfe ihrer Schwester, die Ignoranz ihrer Freundin: All das tat ihr weh, sehr sogar, aber Anna hatte Rotwein als ein probates Gegenmittel entdeckt. Sie wusste, dass sie damit nur die Schmerzen betäubte und keineswegs die Ursachen bekämpfte. Aber in ihrer aktuellen Lage musste und wollte sie sich damit zufriedengeben; sie war es leid, sich immer wieder rechtfertigen zu müssen. Nach der Tagesschau las sie die letzten 58 Seiten vom »Gesang der Flusskrebse«. Ab und zu schaute sie zu ihrem Bücherregal hinüber, zu der Stelle, an die sie die beiden Briefe von Hildegard Brauer gestellt hatte.

»Können Sie noch heute kurz vorbeikommen?«, fragte ihr Arzt Andreas Richter, als er sie am nächsten Vormittag im Büro anrief.

»Ja, aber erst am späten Nachmittag. Ist es denn so eilig? Muss ich mir Sorgen machen?«

»Das kann ich noch nicht abschließend sagen. Aber einer Ihrer Blutwerte ist auffällig, und das sollten wir möglichst schnell klären.«

Anna sagte ihren letzten, für 16 Uhr angesetzten Termin in der Bücherei ab und fuhr stattdessen zügig zu ihrem Hausarzt in der Ebstorfer Stadionstraße. Es ist nur eine Auffälligkeit, murmelte sie vor sich hin, das ist doch nichts Besonderes. Mein ganzes Leben ist voller Auffälligkeiten.

»Ich habe den Verdacht, dass mit Ihrer Speiseröhre etwas nicht stimmt«, begann der Mediziner das Gespräch ohne lange Vorrede. »Sie sprachen von Schluckbeschwerden, und die deuten in Kombination mit den Blutwerten, die mir vorliegen, darauf hin. Ich schlage vor, dass ich mich dafür einsetze, dass sie schnell einen Termin im Klinikum Lüneburg bekommen. Dort arbeiten einige Kollegen, die sich mit Speiseröhren sehr gut auskennen.«

»Jetzt machen Sie mir aber doch Angst, Herr Richter.«

»Das kann ich gut verstehen. Aber noch wissen wir nichts Genaues. Und deswegen ist es wichtig, schnell für Klarheit zu sorgen, anstatt zu raten und zu spekulieren.«

Anna holte ihr Handy aus ihrer Tasche und begann zu tippen. »Einverstanden, das klingt vernünftig und… .« Sie stockte und blickte von ihrem Handy auf. »Stimmt es, dass es sich um das ›Speiseröhrenkrebszentrum‹ im Klinikum Lüneburg handelt?«

»Ja, Frau Verhaak, das stimmt.«

Anna stand auf und gab ihm die Hand.

»Sie können mich jederzeit erreichen.«

»Ich weiß, was Ihnen jetzt durch den Kopf geht. Bitte bleiben Sie ruhig und warten zunächst den genauen Befund meiner Kollegen ab.«

Sie verbrachte den gesamten Abend, immer ein Glas Rotwein an ihrer Seite, an ihrem Küchentisch, auf dem sie ihr Laptop platziert hatte. Nach rund zwei Stunden der Internetrecherche wusste sie nahezu alles über Speiseröhrenkrebs, über die Risikofaktoren, über die Symptome, über die Untersuchungs- und Behandlungsmethoden. Es war vor allem dieser eine Satz auf den Seiten der deutschen Krebsgesellschaft, der ihr nicht mehr aus dem Kopf gehen wollte: »Krebserkrankungen der Speiseröhre werden oft erst in einem fortgeschrittenen Stadium festgestellt – die Heilungsaussichten sind dann ungünstig.« Sie überlegte, wen sie anrufen könnte, um sich auszutauschen, zu erleichtern, um Trost zu bekommen. Niemanden.

»Hier spricht Josef Rehmüller.«

Sie saß am kommenden Vormittag erst wenige Minuten an ihrem Schreibtisch, als das Telefon klingelte.

»Glauben Sie mir: Ich habe die genau richtige Anfrage für eine Trauerrede für Sie. Frau Odermatt aus Ebstorf ist verstorben, ihr Mann rief mich gestern an. Wir haben uns eine Viertelstunde lang unterhalten, in der er mir gegenüber mehrfach betonte, dass er sich eine gleichermaßen würdige wie ehrliche Trauerfeier wünscht. Als ich ihn danach fragte, warum er seinen Wunsch nach einer ehrlichen Feierstunde so betont, schilderte er mir einige eher unangenehme Seiten seiner verstorbenen Ehefrau. Er wolle keineswegs nachtreten oder, wie er sagte, ihren Namen beschmutzen. Aber ein Verschweigen käme ihm ebenfalls falsch vor. Was meinen Sie, Frau Verhaak, wollen Sie ihn anrufen?«

»Ja, das klingt so, wie ich es mir wünsche. Ich melde mich bei ihm. Für eine endgültige Zusage möchte ich aber das Gespräch mit Herrn Odermatt abwarten.«

»Natürlich, großartig. Viel Erfolg, und bleiben Sie gesund.«

Der für Josef Rehmüller typische Schlusssatz hatte diesmal in Annas Ohren einen anderen Klang.

Die Trauerfeier für die mit 76 Jahren verstorbene Magdalene Odermatt fand vier Tage später statt. Anna konnte sich nicht daran erinnern, wann sie zuletzt ein solch offenes und gradliniges Vorgespräch geführt hatte. Franz Odermatt hatte ausführlich begründet, warum er allein mit Anna sprach.

»Aber seien Sie versichert, Frau Verhaak«, betonte der 72-Jährige, »dass ich niemanden aus dem engsten Familienkreis von diesem Gespräch ausschließen will oder den Trauergästen einen Eklat bieten und deswegen vorher mit Ihnen unter vier Augen bleiben möchte. Meine Tochter und mein Sohn wären gerne heute dabei gewesen, aber sie haben aus wirklich guten Gründen keine Zeit. Und es gibt keine weitere Person, die für ein solches Gespräch in Frage gekommen wäre.«

Die Ebstorfer Trauerhalle war zu Ehren von Magdalene Odermatt etwa zur Hälfte gefüllt. Franz Odermatt und seine beiden Kinder saßen in der ersten Reihe, auf den ersten Blick erkannte Anna keine weitere Person.

»Liebe Familie Odermatt, liebe Angehörige, sehr geehrte Trauergemeinde«, begann Anna, nachdem Enyas berührendes Lied »Only time« verklungen war. »Ich begrüße Sie alle sehr herzlich zu dieser Trauerfeier. Ein Mensch ist von Ihnen gegangen, Ihre Ehefrau und Mutter, Ihre Freundin und Nachbarin. *Hoffnung oder Untergang*, heißt es in einem Gedicht, *blühendes Leben oder reifendes Sterben, lebendiger Rhythmus oder tödlicher Kreislauf – es kommt darauf an, wie man darauf schaut.* Sie schauen heute mit großer Trauer auf den Tod von Magdalene Odermatt, sie fühlen sich vielleicht sogar erschüttert und hilflos. *Jeder neue Anfang reift*, heißt es weiter in diesem Gedicht, *aus dem Loslassen eines alten Endes. Was nicht mehr leben kann in mir, lasse ich fallen. Um einer neuen Zeit entgegenzuwachsen.* Das wünsche ich Ihnen allen von Herzen – dass Sie schnell mit Zuversicht und Hoffnung einer neuen Zeit entgegensehen.

Ich stehe heute gerne an Ihrer Seite. Ich bin sogar sehr dankbar für die Gelegenheit, Ihnen als Trauerrednerin zu dienen. Denn Sie, verehrter Herr Odermatt, haben mir in unserem Vorgespräch in einer für mich beeindruckenden Weise ein ausführliches Bild Ihrer verstorbenen Frau gezeichnet. Sie haben mir geschildert, wie sehr sie einander vertraut haben, wie liebevoll Ihre Frau Ihre Kinder umsorgt hat, dass Verlass auf sie war, dass sie Ihre Freundschaften gepflegt hat, dass sie im buchstäblichen Sinn herzensgut war. Dass sie aber auch schwierige Phasen zu überstehen hatten, in denen sie viel Alkohol trank und zeitweise jähzornig war, dass sie einmal für vier Wochen verschwunden war und damit die Familie und viele Verwandte und Freunde in Panik versetzte. Glücklicherweise hatte sie den Willen und die Kraft, sich eines Besseren zu besinnen und umzukehren.

Ich bin Ihnen sehr dankbar, verehrter Herr Odermatt, dass sie mich ins Vertrauen gezogen haben. Sie haben, davon gehe ich in vollstem Vertrauen aus, nichts beschönigt und verschwiegen. Sie haben mich als Trauerrednerin ernst genommen und mich nicht nur mit einem von Ihnen ausgewählten Text auf diese Bühne geschickt. Und damit ist es auch für mich eine würdige Trauerfeier und kein Trauerspiel. Sie alle können nicht wissen, wie verbunden ich Ihnen für diese Aufrichtigkeit bin. Ich war zudem von Anfang an bewegt von Ihrem ehrlich gemeinten Anspruch, eine Trauerfeier zu gestalten, die Ihrer Magdalene gerecht wird. Im Guten wie im Schlechten. Und sollte es so nicht immer sein? Dass wir auch im Angesicht des Todes glaubwürdig und wahrhaftig bleiben? Das muss, von wenigen Ausnahmen abgesehen, keineswegs im Widerspruch zum Wunsch aller Hinterbliebenen stehen, für die Verstorbenen eine würdige Trauerfeier abzuhalten. Und so wollen wir es auch heute für Magdalene Odermatt halten.«

Anna schaute Franz Odermatt an. Er nickte ihr zu.

Der Witwer hatte Anna gebeten, auch am Grab einige Worte zu sprechen.

»Magdalene Odermatt ist unendlich viel mehr als ihre sterbliche Hülle, und so wird sie weiterleben in Ihrem Lachen, in Ihren Gesprächen und Ihren Erinnerungen.

Wenn Du beginnst zu lieben…
…sagst Du schon Ja
Zu den Tränen des Abschieds,
sagst Du Ja zu den Hoffnungen,
die sich nicht erfüllen,
zu Anfängen, die unvollendet bleiben.
Wenn Du beginnst zu lieben,
sagst Du schon Ja
zu den Schmerzen des Loslassens.
Wenn Du beginnst zu lieben,
sagst Du schon Ja zu jemandem,
der seinen eigenen Weg geht,
den Du nicht halten kannst,
der sein eigenes Ziel hat.
Wenn Du beginnst zu lieben,
sagst Du schon Ja.

Der Witwer hatte auch Anna zum Leichenschmaus eingeladen. Sie war in diesen Stunden und Tagen dankbar für jede Form der Zerstreuung und Ablenkung. Sie nahm an einem Tisch mit drei weiteren Personen Platz, die sich als Nachbarinnen der Verstorbenen vorstellten.

»Es hat mir gefallen, wie direkt und unverblümt Sie auch die problematischen Seiten von Frau Odermatt angesprochen haben«, hob eine von ihnen hervor.

»Das ging mir genauso«, ergänzte die zweite von ihnen. »Vor allem, dass es Ihnen gelungen ist, dass man sie trotzdem in guter Erinnerung behalten wird. Denn es war ja keineswegs so, dass diese Probleme ihr Leben und ihr Verhalten dominiert haben. Magdalene hatte einige schwierige Etappen zu überstehen, aber es waren eben nur Phasen von nicht allzu langer Dauer.«

Auch die dritte Nachbarin meldete sich zu Wort. »Magdalene war im Grunde eine aufrechte und warmherzige Frau. Und das stand auch in Ihrer Rede, Frau Verhaak, erfreulicherweise im Vordergrund. Sie haben eine wunderbare Mischung aus Empathie und Aufrichtigkeit hinbekommen.«

»Das freut mich natürlich«, antwortete Anna. »Aber glauben Sie mir: Das Lob für all dies hat Herr Odermatt verdient. Denn er war es, der mir gegenüber offen und aufrecht war – und von dieser Einstellung bin ich als Trauerrednerin natürlich abhängig. Ich habe nicht nur großen Respekt vor dieser Geradlinigkeit, ich bin auch in meiner Funktion sehr dankbar dafür. Sehen Sie es mir bitte nach, dass ich mich jetzt auch schon verabschieden muss.«

Anna gab den drei Damen die Hand und zog ihren Mantel an. Franz Odermatt hatte sie dabei offensichtlich beobachtet und ging auf sie zu. »Ich hätte es mir nicht passender vorstellen können, Frau Verhaak«, sagte er.

»Alles bestens«, antwortete sie. »Sie haben es mir leicht gemacht. Mehr noch: Sie haben mir, ohne es zu wissen, einen großen Gefallen getan, der mein Leben beeinflussen wird. Ich werde immer eine starke Verfechterin von pietätsvollen Bestattungen sein. Aber ich werde gleichermaßen eine starke Gegnerin von falsch verstandener und praktizierter Pietät sein. Ich werde nie mehr bereit sein, die Rolle einer Verlogenheits-Vermittlerin zu übernehmen.«

Anna hatte noch ihren Mantel an, als ihr Telefon klingelte. »Franziska Morgner aus dem Sekretariat von Professor Asmussen – spreche ich mit Anna Verhaak?«

»Ja, das bin ich.«

»Herr Asmussen möchte Sie schnellstmöglich sehen. Entweder übermorgen gegen 15 Uhr – oder hätten Sie spontan am heutigen Nachmittag um 16 Uhr Zeit, Frau Verhaak? Ein Patient hat vor wenigen Minuten seinen Termin abgesagt.«

»Ja, das kann ich einrichten, ich komme gerne gleich vorbei.«

Jens Asmussen, ein schlanker, blasser und mindestens zwei Meter – so schätzte Anna – großer Mann kam ihr entgegen, als die Sekretärin ihr am Nachmittag die Tür zu seinem Besprechungszimmer offenhielt. »Es freut mich, dass sie so schnell Zeit haben, Frau Verhaak. Nehmen Sie bitte Platz«, begrüßte er sie mit einem kräftigen Händedruck.

»Sie können sich sicher vorstellen, Herr Asmussen, dass ich nach den ersten Informationen meines Hausarztes und der Eile, die er mir empfahl, sehr beunruhigt bin. Und auch Sie scheinen Wert darauf zu legen, dass alles sehr schnell geht. Tun Sie mir also bitte einen Gefallen und seien Sie offen und ehrlich zu mir.«

»Das kann ich gut verstehen. Es bedarf aber noch der einen oder anderen Untersuchung, bevor ich mich festlege.«

Der Arzt tastete Annas Hals ab, begutachtete ihre Mundhöhle und ließ sich im Folgenden kurz von ihren Schluckbeschwerden berichten.

»Ich schlage eine Speiseröhrenspiegelung mit einer Gewebeentnahme und je nach Ergebnis zusätzlich eine Computertomografie vor. Aber Sie haben mich um eine erste und ehrliche Einschätzung gebeten. Und die fällt, so leid es mir tut, zum jetzigen Zeitpunkt eindeutig aus: Es besteht bei Ihnen der dringende Verdacht auf Speiseröhrenkrebs im weit fortgeschrittenen Stadium. Selbstverständlich sollten wir die Hoffnung nicht aufgeben, dass sich dieser Befund durch die Untersuchung der Gewebeproben oder die Tomografie als falsch erweist, zumindest die Frage des Stadiums. Aber Sie sollten sich nicht allzu viel Hoffnung machen.«

Anna sagte kein Wort. Nach zwei Minuten des Schweigens – Jens Asmussen stand auf und nahm Anna überraschend lange in den Arm – hatte sie sich wieder so weit im Griff, dass sie sich verabschieden und einen Termin für die Spiegelung vereinbaren konnte. »Im fortgeschrittenen Stadium«: Für Anna klang diese Einschätzung nach ihren sorgfältigen Erkundungen im Internet wie ein vorweggenommenes Todesurteil.

Ich habe mich doch gerade erst befreit, dachte sie. Ich will noch nicht sterben. Ich will ein neues Leben anfangen. Ein Leben ohne falsche Erwartungen, Kompromisse, Gefälligkeiten und Zugeständnisse. Kein selbstgerechtes, sondern ein aufrechtes Leben. Ich will endlich ich selbst sein und nicht mehr posieren, simulieren oder mich selbst blenden. Ich habe den schmerzhaften Absprung geschafft.

Es darf noch nicht zu Ende sein.

Bei den folgenden Untersuchungen bestätigte sich die Vermutung des Arztes. Der Tumor war bereits in benachbarte Organe »eingewachsen«, beispielsweise in die Hauptschlagader und die Luftröhre. Anna hielt sich nicht lange mit ihrer Einschätzung nach sinnlosen Überlegungen daran auf, wie es sein konnte, dass sich diese Krankheit derart unbemerkt in ihren Körper hatte schleichen und einen Teil davon bereits zerstören können. Nachdem der Arzt ihr in der gewünschten Offenheit deutlich gemacht hatte, dass selbst eine Strahlen- oder Chemo-Therapie keine substanziellen Verbesserungen mit sich bringen würde und sie mutmaßlich schnell sterben würde, lehnte sie jede weitere Behandlung inklusive einer Operation ab.

Anna hatte sich oft genug mit Sterbeprozessen, mit Sterbebegleitung und dem Tod beschäftigt, um für sich klare Entscheidungen für die kommenden Wochen zu fällen. Sie meldete sich auf unabsehbare Zeit krank. Sie zog sich in ihre Bücher zurück. Sie beantwortete keine Post. Sie nahm keine Anrufe mehr entgegen – das Telefon blieb ohnehin stumm. Sie entschied sich für ihre Einsamkeit. Ich gehe meinen Weg weiter, dachte sie. Es ist nur ein kurzer Weg, aber es ist mein Weg der Befreiung. Ohne meinen Papa, meine Schwester und meine ehemals beste Freundin, die eine andere Richtung eingeschlagen haben und die ich nicht mehr erreiche. Ich empfinde keine Feindseligkeit oder gar Hass ihnen gegenüber. Ich empfinde stattdessen ein unermessliches und brennendes Ausmaß an Traurigkeit.

Anna hatte ein präzises Bild ihrer letzten Tage vor Augen. Sie gab sich verloren, sie spürte in gleichem Maße ein steigendes Maß an Ausgeglichenheit. Eines Abends beschloss sie, ihrem Vater, ihrer Schwester und ihrer besten Freundin jeweils einen Brief zu hinterlassen. Mit einem Brief von Hildegard Brauer hatte alles angefangen, ihre persönliche Wende, die in eine Neuordnung ihres Lebens gemündet war. Mit einem Brief wollte sie ihr Leben beschließen. Sie entschied, einen einzigen Text zu formulieren und nur die Anrede anzupassen.

»Lieber Papa«, begann sie mit Tränen in den Augen, »wenn Du dies liest, bin ich bereits nicht mehr unter Euch. Ich versichere Dir, dass es ein schneller Tod war, ich musste nicht allzu lange leiden. Ich habe mich bewusst dafür entschieden, auch Dich nicht über meinen Zustand zu informieren. Es war ein Zustand, an dem weder ein Arzt noch Du oder ich etwas hätten ändern können.

›Wir haben uns so weit entfernt‹, heißt es in einem Liedtext, an den ich in den vergangenen Wochen oft und voller Traurigkeit denken musste.

›Und nun sind wir uns fremd. Du redest, aber ich verstehe Deine Worte nicht. Was hat die Zeit aus uns gemacht? Wann habe ich Dich verloren? Wir haben uns doch mal geschworen, dass uns nie etwas trennen kann. Wann fing der Anfang vom Ende an?‹
Ja, es stimmt, wir haben uns verloren. Wir haben beide nicht gemerkt, wie zerbrechlich unsere Beziehung war. Vielleicht dachte jeder von uns zu sehr an sich allein. Für mein Herz und meine Seele war es ein Ausnahmezustand. Ich habe offenbar nicht (mehr) dem entsprochen, was Du von mir erwartet hast – ich war irgendwann nicht mehr bereit, die mir von Dir zugedachte Rolle auszufüllen. Denn das war ich nicht, am Ende war es nur noch ein Trauerspiel. Aber ich habe glücklicherweise zwischendurch zu mir selbst gefunden – ironischerweise über einen Rollenwechsel, den ich als Trauerrednerin vollzogen habe. Es war ein für mich entscheidender Moment der Umkehr und des (viel zu kurzen) Glücks. Als ich kurz darauf die Nachricht von meiner tödlich verlaufenden Krankheit bekam, musste ich oft danach an Theodor Fontane denken, der einst sagte: ›Wenn man glücklich ist, sollte man nicht noch glücklicher sein wollen.‹

Ich bin in großem Vertrauen eingeschlafen, mit Zuversicht. Ich zweifele nicht an dem, wie es im Hebräerbrief heißt, ›das man nicht sieht‹. Ich habe während meiner Trauerfeiern oft ein schönes Gedicht von Charles Péguy zitiert. Einen Teil davon möchte ich auch Dir heute sagen: ›Gebt mir den Namen, den ihr mir immer gegeben habt. Gebraucht nie eine andere Redeweise, seid nicht feierlich oder traurig. Betet, lacht, denkt an mich, betet für mich. Ich bin nicht weit weg, ich bin nur auf der anderen Seite des Weges.‹

In Liebe: Deine Anna«

44 Tage später rief Anna mitten in der Nacht telefonisch nach einem Notarzt. Sie starb noch am selben Tag.

Vier Tage später tröpfelte es auf die Trauerhalle des Ebstorfer Friedhofs. Pfarrer Wilhelm Klute hatte in den vergangenen Tagen alles versucht, um Annas Vater und ihre Schwester zu erreichen und mit ihnen die Beerdigung abzusprechen. Paul Verhaak sagte mit großem Bedauern und tiefer Traurigkeit, wie er mehrfach betonte, wegen großer gesundheitlicher Probleme ab. Er könne sich nur sehr schlecht bewegen, an eine Reise wäre derzeit nicht zu denken. Und er möge ihm abnehmen, dass er es sehr bedauere, nicht bei der Beerdigung dabei sein zu können. Antonia reagierte auf keinen Anruf und auf keine Mail.

Und so saß Wilhelm Klute an diesem regnerischen Vormittag allein in der ersten Reihe mit Blick auf Annas schwarze Urne. Als Musikstück hatte er Franz Schuberts »Ave Maria« ausgesucht. Nachdem Ruhe eingekehrt war, nahm er die Urne und machte sich auf den Weg zu Annas Grab. Ein Friedhofs-Mitarbeiter hob die vier Trauersträuße und Kränze auf einen Wagen und ging voraus. Paul Verhaak, Antonia, Annas Freundin Andrea und ihre Kollegen aus der Bücherei hatten sich für einen letzten Blumengruß entschieden anstatt Anna auf ihren letzten Metern zu begleiten.

Der Pfarrer war erst wenige Meter gegangen, als er Schritte hinter sich hörte und sich umdrehte. »Guten Morgen, Herr Pastor, mein Name ist Hildegard Brauer. Ich kannte Frau Verhaak. Wenn Sie nichts dagegen haben, möchte ich Sie zum Grab begleiten.«

»Nein, ich habe nichts dagegen. Im Gegenteil: Ich freue mich, wenn ich nicht allein bleibe.«

Am Grab angekommen, ließ er die Urne herab, faltete die Hände und setzte zu seiner Rede an.

»Wir nehmen Abschied von Anna Verhaak, die mit 48 Jahren den Weg zu Gott gefunden hat. Sie war eine gläubige Christin, die somit voller Zuversicht dem entgegengeschaut hat, was sie jetzt erwartet. Es ist bitter, dass wir heute nur zu zweit an ihrem Grab stehen. Aber ich weiß, dass sie einen liebevollen Vater, eine verständnisvolle Schwester und einige gute Freundinnen hatte, die stets treu an ihrer Seite standen. Auch wenn sie alle heute nicht dabei sein können – Annas Tod bewegt sicher auch ihre Herzen. Guter Gott, wir danken Dir für diesen wunderbaren Menschen, den wir Dir heute zurückgeben. In festem Glauben an Deinen Sohn, der gesagt hat: ›Ich lebe, und so sollt auch Ihr leben.‹ Amen.«

»Ich wünsche Dir, liebe Anna Verhaak«, dachte Hildegard Brauer, »dass Du, wo immer Du auch gerade bist, nicht ein einziges Wort dieser Trauerrede gehört hast. Der Pfarrer hat nichts Falsches gesagt oder gemacht. Es war eine der üblichen Trauerfeiern. Das Wesentliche hat er nicht erwähnt. Denn er wusste nichts von Deinen Einsichten, Deinem Wandel, Deinem Mut und Deinen Nöten, die auch ich nur erahnen kann. Und vor allem von Deiner Gabe, außergewöhnlich gute und nicht nur gewöhnliche Trauerreden zu halten.«

Wenige Minuten später stand Hildegard Brauer allein an Annas Grab. »Dir lag immer viel daran, Deine Texte literarisch einzubetten«, sagte sie mit fester Stimme. »So wurden sie zu etwas Besonderem. Und so möchte ich Dir zu Ehren dieses Gedicht von Luise Kleinwort vortragen, das so wunderbar zu Dir passt.« Sie nahm einen Zettel aus ihrer Jackentasche und hob leise an:

Mutig vorwärts musst Du schreiten,
Auf der ird'schen Lebensbahn.,
Wenn auch manches wohl zu Zeiten,
Dir nicht glückt nach Wunsch und Plan.
Liebend seitwärts mußt Du richten,
Deine Augen, willst Du seh'n,
Wie sich zweier Wege lichten
Wenn sie Hand in Hand nur geh'n.
Gläubig aufwärts mußt Du blicken!
Wer es mit dem Himmel hält,
Fühlt sich selbst bei Mißgeschicken,
Nicht verlassen in der Welt.

Sie verneigte sich vor Annas Grab und ging zum Ausgang.